SUSAN MALLERY

SOLO PARA TI

Editado por Harlequin Ibérica.
Una división de HarperCollins Ibérica, S.A.
Núñez de Balboa, 56
28001 Madrid

I.S.B.N.: 978-84-687-0471-5
Depósito legal: M-16901-2012

Para Kristy Lorimer. Un desconocido misterioso, una
heroína adorable aunque un poco caótica y una perra tonto-
rrona llamada Fluffy. Todos para ti.

Capítulo 1

Montana Hendrix estaba teniendo una mañana perfecta hasta que aparecieron un perrito caliente, un niño de cuatro años y una perra labradora mezclada con golden retriever llamada Fluffy.

Las cosas habían empezado bastante bien. Montana estaba decidida a meter a la perra de casi un año en un programa de entrenamiento para perros de terapia. Fluffy era nerviosa y torpona, sí, y tenía la costumbre de comérselo todo y, en general, de pasárselo en grande, pero también tenía un corazón enorme. Simplificando, podía decirse que era un poco desastre, pero Montana se negaba a echárselo en cara. Ella sabía lo que era no dar la talla, sentir siempre que una no era lo bastante buena. Había hecho de ello su profesión. Y aunque quizás estuviera proyectando demasiadas cosas en un animal inocente, en fin... esas cosas pasaban a veces.

Así que allí estaba, en Fools' Gold, una hermosa mañana de verano, paseando a Fluffy o, más bien, dejándose pasear por ella.

—Calma, concéntrate —le dijo a la perra, sujetándola con firmeza de la correa—. Los perros de terapia son muy tranquilos. Los perros de terapia saben que deben refrenarse.

Fluffy le lanzó una sonrisa perruna y luego, con un meneo de su cola que nunca se estaba quieta, estuvo a punto de volcar un cubo de basura. La palabra «refrenarse» no figuraba en su vocabulario. Apenas se estaba quieta cuando dormía.

Más tarde, Montana se diría que debería haber estado sobre aviso. Esa mañana era el primer fin de semana de vacaciones escolares e iba a celebrarse una feria. Hacía varios días que los vendedores ambulantes estaban montando sus puestos. Aunque era temprano, el aire estaba impregnado de olor a perritos calientes y barbacoa. Las aceras estaban atestadas de gente y Fluffy tiraba sin cesar hacia los niños que jugaban en el parque. Su expresión no dejaba lugar a dudas: ella también quería jugar.

Un poco más adelante, una madre estaba comprando un perrito caliente. Su hijo, un niño pequeño, lo agarró con ansia pero, antes de darle un mordisco, vio a Fluffy. Sonrió y le tendió la comida. En ese preciso momento, Montana estaba distraída mirando el escaparate de la librería Morgan y aflojó la mano sin darse cuenta. Fluffy se lanzó, la correa resbaló de su mano y entonces empezaron los problemas.

Ofrecer un perrito caliente desde lejos podía parecer una buena idea... hasta que un perro de cuarenta kilos se abalanzaba hacia ti. El niño chilló, soltó el perrito caliente y corrió a esconderse detrás de su madre. La pobre mujer no había visto el principio de la escena. Lo único que vio fue que un perro frenético se abalanzaba hacia su hijo y ella. Gritó. Montana salió corriendo detrás de Fluffy, gritándole que parara. Pero fue tan eficaz como decirle a la Tierra que dejara de dar vueltas.

La madre levantó en brazos a su pequeño y se escondió detrás de un puesto de limonada. Fluffy agarró el perrito caliente sin dejar de correr, se lo tragó de un bocado y siguió corriendo. Al parecer, sentía la llamada de la libertad.

Montana corría tras ella, pero las sandalias de verano que se había comprado la semana anterior se le clavaban en los pies. Sabía que tenía que detener a Fluffy. Era un encanto de perra, pero no estaba muy bien adiestrada. Su jefe, Max Thurman, le había dejado claro que Fluffy no tenía madera de perro de terapia. Si se enteraba de aquel desaguisado, se empeñaría en que la perra dejara el curso de adiestramiento. Y Montana no podría soportar que eso ocurriera.

Fluffy era mucho más rápida que ella y enseguida se perdió de vista. Guiándose por los chillidos y los gritos, Montana corrió por las calles del pueblo, esquivó un carrito de cacahuetes y estuvo a punto de estrellarse con dos ciclistas. Dobló una esquina justo a tiempo de ver una cola desapareciendo por las puertas automáticas de un edificio de varios pisos.

–¡No! –exclamó, mirando el hospital–. Ahí no. A cualquier parte, menos ahí.

Apretó el paso mientras pensaba horrorizada en lo que podía hacer Fluffy en un lugar así. Las grandes patas de un cachorro y los suelos resbaladizos no eran buena combinación. Montana subió corriendo los seis escalones que llevaban a la entrada y al irrumpir en el edificio vio ante sí un reguero de desastres marcándole el camino.

Había un carrito de suministros empujado contra la pared. Sábanas esparcidas por el suelo. Una niña en silla de ruedas sonrió y señaló pasillo abajo.

Al llegar a los ascensores, varias personas le dijeron que, en efecto, un perro había subido al ascensor. Miró el panel de luces y vio que el ascensor se había detenido en la cuarta planta. Montó de un salto en el ascensor de al lado y marcó el número de esa planta.

Al abrirse las puertas, oyó gritos. Había una silla volcada. Más sábanas esparcidas por el suelo, además de un par de historias clínicas. Allá delante, unas puertas daban paso a la unidad de quemados. Varios letreros explicaban qué cosas estaban prohibidas en esa parte del hospital. Un alegre ladrido confirmó sus sospechas de que Fluffy había violado todas y cada una de aquellas normas.

Sin saber qué hacer, Montana cruzó la puerta. Un poco más adelante, varias enfermeras intentaban acorralar a la alegre cachorra, que hacía lo posible por lamerlas a todas al mismo tiempo. Cuando Montana la llamó, la perra dio media vuelta y corrió hacia ella. Justo cuando un médico salía de una habitación cercana.

Fluffy intentó pararse. Montana vio que se trastabillaba al intentar frenar. Pero no pudo agarrarse al suelo. Comenzó a derrapar con el trasero agachado y las patas delanteras tensas, y resbaló sentada por el suelo del pasillo. Chocó con el doctor, y el doctor chocó contra Montana.

El doctor medía más de metro ochenta y pesaba mucho más que ella. La golpeó en el pecho con el hombro, dejándola sin respiración, y se tambalearon los dos antes de caer al suelo violentamente. Montana, que había caído debajo del médico, se quedó allí, aturdida. No podía respirar. Solo sentía un peso muerto aplastándola y una lengua húmeda lamiéndole el tobillo desnudo.

El médico se levantó y se arrodilló a su lado.

–¿Se encuentra bien? –preguntó.

Ella sacudió la cabeza. Después consiguió aspirar un poco de aire. Fluffy se acercó y se sentó a su lado, muy tranquila y formal. Pero Montana no iba a dejarse engañar.

El médico empezó a examinarla. Pasó sus manos grandes y de dedos largos por sus piernas y brazos y palpó luego su nuca. Su contacto era impersonal, pero hacía meses que ningún hombre la tocaba. Antes de poder decidir si le gustaba, miró su cara.

Era el hombre más guapo que había visto nunca: ojos de color humo, rodeados por negras pestañas; una boca perfecta; una mandíbula fuerte; unos pómulos...

–Está bien –dijo, volviéndose para hablar con alguien que había detrás de él.

Cuando giró la cabeza, Montana vio el otro lado de su cara. Por el cuello de su camisa asomaban gruesas cicatrices rojas que subían por un lado del cuello, hasta el lado izquierdo de su mandíbula y su mejilla. Se retorcían, formando una espiral de aspecto doloroso que tensaba su piel.

Montana tuvo la sensación de haber puesto cara de asombro, pero él no pareció notarlo. La agarró de la mano y tirando de ella la ayudó a levantarse.

—¿Mareada? —preguntó enérgicamente.

—No —logró decir ahora que podía respirar otra vez.

—Bien —él se acercó—. ¿Se puede saber qué le pasa? ¿Qué clase de idiota irresponsable permite que pase una cosa así? Deberían detenerla y acusarla de intento de asesinato. ¿Sabe usted cuántos gérmenes tiene encima ese perro? ¿Y los que tiene usted? Esto es una unidad de quemados. Estos pacientes están muy expuestos a una infección y tienen dolores que usted ni siquiera puede imaginar.

Montana dio un paso atrás.

—Lo siento —balbució.

—¿Cree que a alguien le importa un bledo que lo sienta? Su inconsciencia es indignante.

Montana sentía su rabia en cada palabra. Más que lo que decía, daba miedo cómo lo decía. No levantaba la voz, ni imprimía mucho ímpetu a sus palabras, pero las pronunciaba con una frialdad que la hacía sentirse pequeña y estúpida.

—No he...

—No ha pensado —la cortó él—. Sí, eso está claro. Dudo que piense mucho sobre nada. Ahora márchese de aquí.

La vergüenza se apoderó de ella. Era consciente de que los demás miembros del personal revoloteaban por allí, escuchando. Montana sabía que la carrera de Fluffy por el hospital habría sido desastrosa. Pero ella no lo había planeado.

—Ha sido un accidente —dijo levantando la barbilla.

—Eso no es excusa.

—Supongo que usted nunca ha cometido un error.

Sus ojos gris verdosos brillaron, burlones.

                    SUSAN MALLERY

–¿Alguna vez se ha hecho una quemadura? ¿Ha tocado una sartén caliente o el quemador de una cocina? ¿Recuerda lo que sintió? Imagíneselo en una parte significativa de su cuerpo. El proceso de curación es largo y lo que hacemos aquí para acelerarlo es dolorosísimo. En esta planta, las infecciones matan. Así que los errores que yo haya cometido no vienen a cuento en esta discusión.

Era absurdo explicarle que el trabajo que ella hacía también era importante. A menudo visitaba el hospital con sus perros de terapia. Aquellos perros ayudaban a curarse a los pacientes; sobre todo, a los niños. Pero sospechaba que eso no iba a impresionar al doctor.

–Tiene razón –dijo con calma–. Lo que ha ocurrido no tiene excusa. Lo lamento.

Él torció la boca.

–Fuera.

Montana se quedó atónita.

–¿Cómo dice?

–¿Está sorda? Fuera. Márchese. Llévese a su maldito perro y no vuelva por aquí.

Ella estaba dispuesta a reconocer su culpa y aceptar su responsabilidad, pero hacer caso omiso de su disculpa era una grosería. El hecho de ser un desastre no significaba que fuera mala persona.

–¿Es usted médico? –preguntó, a pesar de que ya sabía la respuesta.

Él entornó los ojos.

–Sí.

–Pues quizá convenga que se saque el palo que lleva metido en el trasero. Así le sería más fácil fingir que es humano, lo que probablemente ayudaría a sus pacientes.

Sin más, agarró la correa de Fluffy, que estaba lamiendo la mano del médico, y salió de la unidad de quemados con la cabeza bien alta.

Camino del centro de adiestramiento, sujetó con fuerza a Fluffy, pero por más que la sujetara no podía olvidar que habían metido la pata hasta el fondo. Montana amaba su trabajo. Le había costado mucho tiempo descubrir qué quería hacer con su vida. Le encantaba adiestrar perros, y trabajar con niños en el hospital y con ancianos en la residencia. Había empezado a impartir un programa de lectura con perros en los cinco colegios del pueblo.

Pero podía perderlo todo a causa de lo sucedido. Si el gerente del hospital llamaba a Max y se empeñaba en prohibirle la entrada al hospital, su jefe la despediría. Gran parte del trabajo de terapia tenía lugar allí. Si no podía entrar en el hospital, no le serviría de gran cosa a su jefe. ¿Y entonces qué?

Sabía que la culpa era solo suya. Max le había dejado bien claro que Fluffy no servía, pero ella había querido darle otra oportunidad.

Montana había sido distinta toda su vida. Cuando tenía un buen día, se decía que era un poco caótica. Pero cuando tenía uno malo... Cuando tenía uno malo, sus palabras eran mucho más duras.

Fuera cual fuese la etiqueta que se asignara, parecía que nada había cambiado. Seguía siendo incapaz de hacer nada bien.

En la planta de quemados se restableció el orden en cuestión de minutos. Simon Bradley se olvidó de la intrusa y continuó su ronda. Su último paciente de esa mañana era el más preocupante. Kalinda Riley, de nueve años, había ingresado hacía dos días, después de que estallara la barbacoa de gas de su familia. Era la única que había resultado herida.

Tenía quemaduras en el cuarenta por ciento de su cuerpo. Simon la había operado la víspera. Si sobrevivía, aquella operación sería la primera de muchas. Y durante el resto de su vida, su existencia quedaría definida por sus quemaduras. Él lo sabía mejor que nadie.

Sus padres estaban destrozados y asustados. Querían respuestas y él no podía darles ninguna. Las siguientes semanas decidirían si la niña vivía o moría. Simon no quería hacer conjeturas ni dar nada por sentado, pero tampoco podía ignorar la opresión que sentía en el pecho.

–Doctor Bradley...

Sonrió a la madre de Kalinda. La señora Riley no había cumplido aún los treinta años y seguramente era bastante guapa cuando no estaba pálida por el miedo y la angustia. Kalinda era hija única.

–Ha estado muy tranquila –prosiguió la madre.

–Vamos a mantenerla sedada mientras cicatrizan las lesiones.

–Ha entrado un perro.

Simon se puso tenso.

–No volverá a ocurrir.

La señora Riley le tocó el brazo.

–Ha abierto los ojos al oír el ruido. Quería ver al cachorro.

Simon se volvió hacia la habitación de Kalinda. La niña no debía estar tan lúcida. La examinaría y luego revisaría su medicación.

–¿Ha dicho si le dolía? –preguntó.

Más adelante le enseñarían modos de aliviar sus molestias. Así era como las llamaban. Molestias. No sufrimiento, ni tormento, ni agonía. Todas esas cosas que podía ser una quemadura seria. Más adelante aprendería a respirar, a meditar, a visualizar. De momento solo podían medicarla.

–Ha dicho que quería abrazar al cachorro.

Simon respiró hondo.

–Era un perro de cuarenta kilos cuyo sitio no está en un hospital.

–Ah –los ojos de la señora Riley se llenaron de lágrimas–. Antes teníamos un perro. Un yorkie pequeñito. Murió hace unos meses. Sé que Kalinda lo echa muchísimo de menos. Recuerdo haber leído que algunos hospitales utilizan perros para hacer terapia. ¿Cree usted que eso la ayudaría?

Era una madre que quería a su hija y que haría cualquier cosa por ayudarla. Para evitar que sufriera.

Simon lo había visto centenares de veces. La grandeza del amor materno no dejaba de asombrarlo. Quizá porque él nunca lo había experimentado.

Prefería comer cristal a tener a un animal mugriento en su unidad de quemados, pero sabía que la capacidad de curación del cuerpo humano podía dispararse por motivos inesperados. Y para sobrevivir, Kalinda iba a necesitar algo parecido a un milagro.

—Veré qué puedo averiguar —dijo, y se volvió hacia la habitación de su paciente.

—Gracias —dijo la señora Riley, sonriendo valientemente a través de las lágrimas—. Se ha portado usted maravillosamente.

Había hecho muy poco, en realidad. La cirugía era una destreza aprendida. El don que acompañaba a esa destreza tenía un precio, pero Simon estaba dispuesto a pagarlo. Vivía por y para sus pacientes, para curarlos dentro de lo humanamente posible y luego seguir adelante. A la siguiente tragedia. Al siguiente niño cuya vida cambiaba con un solo fogonazo y el roce de una llamarada.

—No vas a ir a la cárcel —afirmó Max Thurman.

—Debería ir. Ese médico tenía razón. Lo que he hecho ha sido un crimen.

Montana había tenido casi una hora para fustigarse y había aprovechado cada segundo de ella. La valentía que había demostrado al enfrentarse al médico se había disipado y ahora se sentía fatal.

—Eso es un poco melodramático, ¿no crees? —dijo Max, divertido—. Te lo estás tomando demasiado a pecho.

—Fluffy se ha colado en un hospital. Ha corrido por los

pasillos, ha volcado varios carros, se ha metido en la unidad de quemados.

–No digo que convenga que los animales corran sueltos por un establecimiento sanitario, pero ha sido un accidente y, según la directora del hospital, no ha pasado nada grave. Necesitas verlo con un poco de perspectiva.

Estaban en el despacho de Max, una habitación luminosa al fondo de su casa. Las casetas de los perros estaban en su finca, al igual que el centro de adiestramiento. La finca, calculaba Montana, tenía un buen puñado de hectáreas. Tardaba más de tres minutos en llegar desde la carretera a la casa. Tres minutos que en invierno podían ser todo un reto.

–Si hubieras visto a ese médico... –murmuró, recordando su frialdad–. Estaba hecho una furia.

–Pues discúlpate.

–¿Delante de él? –no quería volver a verlo–. O podrías llamar tú a la directora y decirle que lo siento muchísimo.

Max entornó los ojos, divertido.

–Muy maduro por tu parte.

–Tú la conoces.

–Tú también.

–Pero tú le gustas –cada vez que tenían una reunión, la directora era incapaz de quitarle los ojos de encima a Max.

A ella le parecía bastante guapo, aunque un poco, en fin, un poco mayor. Tenía el pelo de color gris acero, el rostro curtido y ojos azules y penetrantes. Era alto, delgado y ágil. Daba la impresión de ser uno de esos hombres que sabían valerse solos en cualquier situación. Tenía casi sesenta años, pero parecía mucho más joven y actuaba como si lo fuese.

–Si tan preocupada estás, deberías llamarla tú misma –le dijo a Montana–. Ella comprende que ha sido un accidente.

–Ese médico no –masculló Montana sin mucha energía.

Max tenía razón. Tenía que llamar ella.

–Me voy a trabajar con los perros, a ver si me armo de valor –le dijo a su jefe, y salió del despacho.

Una vez fuera, cruzó la gran explanada mullida y verde. Al este veía las montañas recortándose, muy altas, contra el cielo azul. La finca de Max estaba al pie de Sierra Nevada, lindando con el pueblo de Fool's Gold. Situada al sur de Reno y al este de Sacramento, aquella zona era muy hermosa. Había bodegas, un gran lago en el centro del pueblo y una estación de esquí a pocos kilómetros, carretera arriba.

A Montana le encantaba su pueblo y le encantaba su trabajo. No quería perderlos. El pueblo no podía quitárselo nadie, pero aun así... Se sentía un poco vulnerable. A pesar del apoyo de Max, le preocupaba lo que había hecho Fluffy. Lo que ella había permitido que ocurriera.

Dio un rodeo para llegar a la zona de recreo donde, durante el día, los perros corrían libres, jugaban o tomaban el sol. Varios corrieron a saludarla cuando cruzó la verja. Les acarició, los abrazó y miró a Fluffy.

–Max tenía razón –le dijo–. No sirves para esto.

Fluffy meneó la cola.

–Te buscaremos una casa bonita, con niños. Te gustarán los niños. Tienen tanta energía como tú.

Tenía más cosas que decirle. Quería explicarle que aquello no era culpa suya. Que para descubrir que una cosa no se te daba bien, primero había que probar a hacerla. Pero no le dio tiempo a empezar. De pronto oyó acercarse un coche. Rodeó la zona de recreo y se sorprendió al ver a la alcaldesa saliendo de su coche.

Marsha Tilson era alcaldesa de Fool's Gold desde antes de que ella naciera. Era una mujer cariñosa y simpática que había dedicado buena parte de su vida a servir al pueblo.

–Esperaba encontrarte aquí –dijo al ver al Montana–. ¿Tienes un minuto?

–Claro.

Montana salió de la zona de recreo y se acercó a ella. La alcaldesa iba elegantemente vestida con traje y perlas. Su cabello blanco permanecía perfectamente peinado a pesar de la ligera brisa que soplaba. Comparada con ella, Montana se sentía un poco descuidada. El vestido que llevaba estaba ya viejo el año anterior, y se había quitado las sandalias nada más subir al coche. Le habían dejado marcas rojas en los pies, y un par de zonas hinchadas que prometían convertirse en ampollas.

–Hay una sala de reuniones en el centro de adiestramiento –le dijo–. ¿Te parece bien? ¿O quieres que vayamos a casa de Max?

–La sala de reuniones está bien.

Marsha la siguió por el camino y entró con ella en el amplio edificio. Había un despacho, un pequeño cuarto de baño, la sala de reuniones, una cocina y las grandes puertas que llevaban a la zona donde estaban los perros.

–¿Te apetece beber algo? –preguntó Montana cuando entraron en la sala. En la mesa ovalada cabían doce personas, aunque rara vez tenían tanta gente en una reunión–. Hay refrescos, o puedo hacerte un café.

–No quiero nada, gracias.

Marsha esperó a que Montana apartara una silla y se sentó frente a ella.

–Seguramente te estarás preguntando qué hago aquí –comenzó a decir.

–¿Has venido a venderme boletos para una rifa?

Marsha sonrió.

–Necesito tu ayuda para un proyecto especial.

Montana sintió el impulso de levantarse de un brinco. Unos meses antes, la alcaldesa había pedido la colaboración de su hermana Dakota en un proyecto especial, y Dakota había acabado trabajando en un *reality show* como enlace entre el Ayuntamiento y la productora. Lo bueno era que así había conocido al amor de su vida, se había quedado embarazada, se había prometido y había adoptado a una bebé preciosa. Había sido una época muy ajetreada.

Pero aunque la idea de colaborar en otro proyecto especial la ponía un poco nerviosa, Montana no tenía escapatoria. Era una Hendrix, formaba parte de una de las familias fundadoras del pueblo. No era tan emocionante como ser miembro de las Hijas de la Revolución, pero aun así la historia era importante.

–¿En qué puedo ayudar? –preguntó, consciente de que su madre iba a sentirse orgullosa de ella.

Marsha se inclinó hacia delante.

–Hay un médico que va a pasar una temporada trabajando en el hospital. Un cirujano con mucho talento. Es un hombre inteligentísimo. Un poco difícil, sí, pero las cosas que puede hacer por los demás... Se llama Simon Bradley y está especializado en grandes quemados. También hace operaciones de cirugía estética corrientes. Va a pasar aquí casi tres meses. A eso se dedica. Va de hospital en hospital haciendo milagros. Yo quiero que se quede. Sería maravilloso tenerlo en el pueblo para siempre.

Montana arrugó el ceño.

–Suena muy bien, pero ¿qué puedo hacer yo? –imaginaba que Marsha no quería que se prendiera fuego para acercarse al buen doctor. Sin duda era de los que...

Empezó a levantarse automáticamente y luego se obligó a permanecer sentada. De pronto le parecía que hacía mucho calor en la habitación. Quiso convencerse de que lo que sospechaba no era posible, pero en el fondo sabía que no iba a tener tanta suerte.

–Y dices que... ¿que es nuevo aquí? –preguntó.

–Sí. Lleva en el pueblo cerca de una semana.

Montana tragó saliva.

–¿Tú lo conoces?

–Sí. Como te decía, no es un hombre muy hablador, pero tiene un don.

–¿Tiene una cicatriz en la cara? ¿Solo en un lado?

—Ah, ya lo conoces.

—No exactamente. He tenido un encontronazo con él esta mañana. Literalmente.

Le explicó lo ocurrido. En lugar de escandalizarse, la alcaldesa se echó a reír.

—Ojalá hubiera estado allí –dijo.

—Apuesto a que no te habría hecho tanta gracia si hubieras estado en mi lugar –Montana suspiró–. Aunque me encantaría ayudarte, ya ves que no soy la persona más indicada.

Marsha dejó de reírse.

—Qué va –se inclinó hacia ella–. Al contrario. Eres la persona más idónea que se me ocurre.

—¿Por qué?

—Tengo un presentimiento. No sé cómo explicarlo. He visto al doctor Bradley y tiene algo.

—Sí, un palo en el trasero –masculló Montana en voz baja–. Ya está enfadado conmigo. ¿No preferirías a alguien sin esa lacra?

—No, te quiero a ti. Lo único que tienes que hacer es ser tú misma, tan encantadora como siempre. Hazte amiga suya. Enséñale el pueblo, llévalo a conocer a tu familia. Esas cosas. Ayúdalo a ver Fool's Gold como un lugar maravilloso para vivir –la alcaldesa se irguió–. Te necesito, Montana, y también te necesita el pueblo.

Montana quería insistir, convencerla de que aquello era un error, pero la alcaldesa ya había dicho las palabras mágicas. Arrimar el hombro era parte de la cultura de Fool's Gold. Cuando se les necesitaba, los buenos vecinos siempre decían que sí. Aunque no les apeteciera ni pizca.

—Hablaré con él –prometió–. Pero si todavía me odia, tendrás que buscar a otra persona.

No se le ocurría ninguna circunstancia en la que el doctor Simon Bradley pudiera desear pasar un rato con ella, de modo que no se comprometía demasiado aceptando la petición de Marsha.

–De acuerdo –dijo la alcaldesa al levantarse–. Si el buen doctor se niega a saber nada de ti, buscaré a otra persona.

Montana también se levantó. Se acercaron a la puerta.

–Me alegro de que te hayas dejado el pelo largo –comentó Marsha–. Así es mucho más fácil reconocer a cada una de las trillizas. Yo no tengo problemas para distinguiros, pero he recibido quejas.

Montana se rio mientras se tocaba el pelo, que se había dejado crecer hasta la mitad de la espalda.

–¿En serio? ¿La gente se ha quejado?

–No tienes ni idea de las cosas que me encuentro todos los días.

Montana la acompañó fuera.

–El año pasado tenía el pelo oscuro. Eso debía de ayudar.

–Sí, aunque yo prefiero tu color rubio natural –la alcaldesa miró a Montana inquisitivamente–. Me pregunto si a Simon le gustarán las rubias.

Montana levantó las dos manos.

–¿Puedes decirme hasta dónde tengo que llegar exactamente para convencerlo de que se quede en el pueblo?

La alcaldesa se rio de nuevo.

–No tienes que sacrificar tu virtud, si te refieres a eso.

¿Su... virtud? De eso hacía ya años, pero no pensaba decírselo a una señora que podía ser su abuela.

–Haré todo lo que pueda –dijo.

–Eso es lo único que te pido.

Cuando la alcaldesa se marchó, Montana regresó a la zona de recreo y se puso a trabajar con los perros. Max insistía mucho en la necesidad de refuerzo constante. Los perros que se utilizaban para terapia tenían que portarse bien y estar bien entrenados. Montana trabajaba con los que estaban aún en fase de adiestramiento dos veces al día y a los miembros más veteranos del equipo les hacía realizar diferentes ejercicios un par de veces por semana.

Trabajar con los perros le permitía no tener que pensar en la extraña petición de la alcaldesa. Sabía que tendría que hacer todo lo que pudiera, pero no tenía ni idea de por dónde empezar. Seguramente, disculparse con el doctor Bradley sería un buen comienzo.

A mediodía entró en la casa para decirle a Max que iba a ir a comer al pueblo y que regresaría al cabo de una hora. Su jefe sonrió al verla.

—Adivina quién ha llamado —dijo.

—¿De la lotería? ¿Me han tocado veinte millones de dólares?

Max se rio.

—No exactamente. Ha telefoneado el doctor Simon Bradley. Quiere pasarse por aquí esta tarde.

Montana se quedó sin apetito de repente y tuvo que hacer un esfuerzo por sofocar un gemido.

—¿Para qué?

—Quiere hablar contigo.

—¿Hablar o tirarme piedras?

—Hablar, ha dicho. Quizá no esté tan enfadado como crees.

Lo estaba bastante, pensó Montana mientras caminaba hacia su coche. La cuestión era qué iba a hacer para castigarla.

Capítulo 2

Montana pasó las dos horas siguientes intentando no volverse loca.

Aunque el doctor Bradley había amenazado con presentarse allí, no había dicho a qué hora, de modo que Montana tenía que estar constantemente mirando la larga carretera que daba acceso a la casa y las casetas de los perros. Consciente de que esperar no le estaba haciendo ningún bien, decidió ponerse a limpiar los patios.

El interior del edificio tenía grandes perreras individuales con plataformas elevadas y camas de tamaño apropiado. Había calefacción en invierno y aire acondicionado en verano. Ventanas y claraboyas llenaban de luz la enorme nave. Algunos perros habían aprendido a abrir el pestillo de sus casetas, pero se quedaban en ellas. Cada perro tenía sus juguetes, su agua y una puerta que daba a una zona exterior. Los patios de cemento estaban cercados por malla de alambre. Durante el día, los perros o estaban trabajando o estaban juntos en una zona común. Los patios se usaban rara vez, pero aun así se cubrían de polvo y el chaparrón que había caído la noche anterior los había dejado embarrados.

Montana se quitó las sandalias, se puso unas botas de goma y empuñó la manguera. Empezó a rociar el cemento y, mientras trabajaba, se recordó que la conversación con el doctor Bradley suponía una gran oportunidad para aprender. Ella, por cómo era, tendía a sentirse siempre culpable y a comportarse como un felpudo, cosa que no quería seguir haciendo. Así que esta vez se mostraría fuerte.

Sí, había sido mala suerte que Fluffy se colara en el hospital. Había sido un error. Pero ni ella ni la perra habían actuado por maldad. Que ella supiera, la perra no había causado daños graves, así que aquel doctor tan estirado iba a tener que superarlo de una vez. Si creía que podía presentarse allí para intimidarla, estaba muy equivocado. Bueno, o casi.

A las tres había acabado de limpiar los patios de las casetas y había logrado llenarse de indignación. El doctor Bradley no tenía derecho a humillar a la gente, por muy médico que fuese. Ella no iba a permitirlo, y así iba a decírselo en cuanto llegara.

Se acercó con paso decidido al grifo principal y cerró el agua. Notaba los pies calientes dentro de las botas de goma, pero todavía tenía que enroscar la manguera antes de quitárselas. Después se tomaría unos minutos de descanso, se asearía y...

—Max ha dicho que la encontraría aquí.

Aquella voz grave y masculina surgió de la nada. Montana se giró de golpe y estuvo a punto de perder el equilibrio y soltar la manguera. Menos mal que ya había cerrado el grifo, pensó mientras se enderezaba y miraba al recién llegado.

Era aún más impresionante de lo que recordaba. No solo por su altura y la anchura de sus hombros. No. Lo que lo hacía diferente, lo que lo hacía imposible de olvidar era su cara. La perfección de su estructura ósea, la carnosidad de su boca, el extraño color de sus ojos. Hasta el sol parecía relumbrar a su alrededor como si también estuviera impresionado.

Había cambiado la bata de doctor por una camisa de manga larga, blanca con rayas grises. Llevaba el nudo de la corbata flojo, y en cualquier otro hombre aquello habría sido un rasgo de sensualidad. Pero su porte era demasiado rígido, demasiado controlado. Como si no se sintiera cómodo siendo tan mortal como cualquiera.

–¿Conoce a Max? –preguntó ella, incapaz de apartar la mirada–. Me extraña que no lo llame «señor Thurman». Parecería más propio de usted.

Él arrugó el ceño.

–¿Se apellida así? Se ha presentado como Max.

Así era su jefe. No debería haberla sorprendido.

El recién llegado cambió de postura, giró la cabeza ligeramente y ella vio sus cicatrices. Se fijó de nuevo en cómo salpicaban su cara, como estrellas. Las cicatrices deberían haber suscitado su compasión y haberlo hecho parecer más humano.

–Fue un accidente –le dijo, avanzando hacia él con las botas de goma, que le quedaban grandes. Cuando estaba solo a unos pasos, puso los brazos en jarras–. Usted sabe que a veces hay accidentes. Su profesión es una prueba de ello. Nadie hace daño a un niño a propósito. Bueno, algunos sí, pero imagino que los niños a los que atiende normalmente son heridos de accidentes. Eso es lo que ha pasado hoy.

Ignoraba para qué quería verla Bradley, pero imaginaba que se proponía amenazarla o algo peor.

–Está claro que Fluffy no tiene madera de perro de terapia –prosiguió apresuradamente para que él no tuviera tiempo de decir nada–. Max me lo advirtió, pero no le hice caso. Quería adiestrarla porque tiene muy buen corazón. Quiere a todo el mundo. Quizá no sea muy ágil, ni muy obediente, pero es muy cariñosa, y eso no está mal. Quería darle la oportunidad de que demostrar su valía. Sé que usted no lo entiende, pero le juro que si dice que es solo una perra, lo agrediré con esta manguera y lo haré chillar como a una niña.

Respiró hondo, esperando a que él se riera, o sonriera,

o empezara a gritar. Pero se quedó quieto como una piedra, observándola.

Montana dejó escapar un suspiro. Bradley era un profesional de la medicina. ¿Iba a decirle que tenía un trastorno serio? Y, si se lo decía, ¿tendría que escucharlo ella?

Se quitó las botas de goma. Si iban a echarla de su trabajo ideal, no pensaba afrontarlo con los pies sudados.

–Diga algo –ordenó–. ¿O ha venido hasta aquí para atacarme con su visión de rayos?

–¿Qué hace aquí?

Ella arrugó el ceño.

–¿Cómo dice?

Él señaló hacia la caseta que había detrás de ella.

–Hábleme del trabajo que hace.

–Trabajo con perros para terapia.

Simon Bradley entornó ligeramente los ojos y tensó la boca. «Imagínate». Por fin había conseguido que mostrara un poco de emoción, y la emoción que demostraba era fastidio. «Ten cuidado con lo que deseas y todo eso».

–Los perros adiestrados para terapia se utilizan para distintos fines. Son distintos a los perros de servicio, que están adiestrados para ayudar a personas con problemas específicos. Como los perros lazarillo de los ciegos, etcétera.

Él asintió con la cabeza.

–De acuerdo.

–Bueno... –Montana hizo una pausa, preguntándose qué querría saber exactamente–. Nuestros perros se utilizan para dar consuelo y compañía. Visitamos residencias de ancianos, centros de personas mayores, el hospital... Hay un par de perros que pasan algunas tardes en una casa comunitaria para adultos discapacitados. Y últimamente he empezado un taller de lectura. Los niños que tienen dificultades para leer, suelen sentirse más cómodos leyendo a un perro que leyendo a una persona.

Le explicó un poco en qué consistía el taller de lectura

y cómo, ahora que había acabado el curso, iban a ponerlo en marcha en la biblioteca pública.

—Ha hablado usted de hospitales, lo que significa que llevan a los animales allí —afirmó él.

—Sí. Normalmente las visitas salen mejor que hoy.

—Eso espero.

Ella dio un respingo.

—¿Sabe?, podría haber sido más amable. Se lo he explicado varias veces: fue un accidente.

—Mi trabajo no consiste en ser amable, sino en ayudar a mis pacientes a curarse.

Montana abrió la boca para replicar, pero se acordó de que la alcaldesa le había pedido que fuera encantadora y que lo convenciera para que se quedara en el pueblo.

Ella no era la persona más indicada para esa tarea, se dijo, bajando los brazos.

—Si Fluffy fuera consciente de lo que ha hecho, lo sentiría muchísimo.

Simon Bradley seguía mirándola sin decir nada. Seguramente era una suerte que fuera tan antipático, pensó ella, y deseó que fuera al grano de una vez y se marchara. Si además de estar buenísimo fuera encantador, no habría mujer que se le resistiera.

—Quiero un perro para una de mis pacientes.

Aquello la pilló tan desprevenida que pensó que no había oído bien. Parpadeó varias veces.

—¿Quiere un perro de terapia?

—Sí.

—¿En el hospital?

—Sí.

¿Y los gérmenes? ¿Y las infecciones y todo eso que le había gritado por la mañana?

Decidió que era mejor no preguntar.

—Un perro vivo, imagino.

Él exhaló un fuerte suspiro.

—Sí, convendría que estuviera vivo. Mi paciente es una

niña de nueve años llamada Kalinda. La barbacoa de sus padres estalló hace un par de días y ella sufrió quemaduras graves. La hemos operado una vez, pero la esperan muchas más operaciones. Sus padres hacen lo que pueden por afrontarlo. Kalinda está traumatizada y tiene fuertes dolores —un músculo se tensó en su mandíbula—. Tengo permiso de la madre para decirle todo esto.

—Está bien.

Montana no estaba segura de qué importancia tenía eso, pero después recordó que los médicos estaban obligados a no dar información confidencial sobre sus pacientes. Sin duda quería asegurarse de que ella comprendía que no estaba quebrantando ningún reglamento.

—Está en la cama, ¿verdad? La niña, Kalinda. ¿No puede caminar?

—No.

Montana pensó en los perros que tenían. Sería preferible uno pequeño. Además, si Kalinda tenía algún problema pulmonar, convenía evitar la caspa.

—Tengo el perro ideal para usted —dijo con una sonrisa—. Venga. Se lo presentaré.

La mujer dio media vuelta como si esperara que la siguiera. Simon no quería ir a ninguna parte con la adiestradora, pero había ido allí con un propósito. Cualquier cosa por sus pacientes. Ese había sido siempre su lema. Estaba dispuesto a hacer cualquier cosa por que se curaran. Y tratar con aquella mujer era simplemente un reto más que tenía que superar.

Ella miró hacia atrás y el sol se reflejó en su cabello largo y rubio. Simon se había fijado en su color, en su variedad de tonos dorados, en su ligera ondulación. Sus ojos, marrones oscuros, brillaban con sorna. A Simon no le cabía ninguna duda de que se estaba burlando de él.

Se sentía incómodo, pero eso no era nuevo. Se sentía

incómodo en todas partes, menos en un hospital. En aquel espacio reconocible, se sentía como en casa. Como en su reino.

La mujer, Montana, recordó que la había llamado su jefe, lo condujo hasta una zona de hierba vallada. Oyó ladrar y gemir a varios perros. Parecían contentos. Esa tarde hacía calor y brillaba el sol.

Montana se movía con agilidad. Iba descalza y sus uñas pintadas de rosa contrastaban con el verde oscuro de la hierba. Se puso unos chanclos y entró en la zona de las perreras.

Simon no esperaba que aquel lugar estuviera tan limpio. No notó ningún olor y las jaulas de los perros eran grandes. Vio grandes colchonetas de cuadros y numerosos juguetes. La iluminación era buena. Estaba claro que alguien había invertido mucho tiempo y mucho dinero en aquellas instalaciones.

–Aquí es donde viven los perros –dijo Montana, mirándolo–. Los perros son animales sociables, así que se sienten más a gusto en grupo que aislados. Casi siempre están con alguien. Tenemos algunos estudiantes que pasan aquí la noche, solo para asegurarnos de que va todo bien. A veces se traen a sus novios o novias y la cosa se pone interesante –sonrió mientras hablaba y a él le costó un momento darse cuenta de que se refería a los estudiantes y no a los perros. ¿Cómo iba a referirse a los perros? Los perros no tenían novios, ni novias.

–Max sabe un montón de anécdotas, pero usted no ha venido por eso –prosiguió ella.

–No.

Simon sabía que debía hacer el esfuerzo de charlar con ella. La gente se sentía más cómoda de ese modo. Él nunca le había visto la utilidad, pero tampoco entendía de qué servían la mayoría de los rituales más extendidos. Decirle a alguien que tuviera un buen día era una ridiculez. Como si alguien tuviera poder para decidir esas cosas.

Ella se acercó a una puerta que llevaba al exterior. Cuando la abrió y pisó la hierba, media docena de perros acudieron corriendo. Simon la siguió, lleno de curiosidad. Nunca había tenido mucho contacto con perros. Había estado en el hospital desde los once años hasta los dieciséis, cuando se fue a la universidad. Y allí no se permitían perros.

Los perros, grandes y pequeños, se acercaron correteando con igual entusiasmo. Simon reconoció a la perra de esa mañana y procuró esquivar sus alegres saltos. Montana los saludó a todos, llamó a unos cuantos y restableció el orden con una rapidez que sorprendió a Simon.

—Sisi, ven aquí, cariño –dijo, y miró a Simon–. Creo que es la más adecuada. Es tranquila, se porta muy bien y, lo mejor de todo, es muy limpia.

Una caniche de color melocotón se acercó a ella. Medía cerca de treinta centímetros de altura hasta lo alto de la cabeza, tenía las piernas largas y el cuerpo esbelto.

—Arriba –dijo Montana, y la perra se volvió para que pudiera levantarla en brazos fácilmente–. Estaría encantada de acurrucarse junto a Kalinda todo el tiempo que ella quiera –le dijo Montana–. Es estupenda con los niños, tienen un carácter muy dulce y, como tiene pelo en vez de cuero, no genera caspa. Podemos mantenerla limpísima, y sé que eso es importante.

Mientras hablaba, Sisi miraba fijamente a Simon. Sus ojos eran más oscuros que los de Montana. Movió la nariz y luego todo su cuerpo empezó a agitarse.

—¿Le pasa algo? ¿Está enferma? –preguntó.

Montana se rio.

—En el sentido en que usted lo dice, no –le susurró algo a la perra, que le lamió la barbilla. Montana volvió a mirar a Simon–. Se ha enamorado de usted.

—¿Qué?

Le acercó la perra. Simon reaccionó instintivamente alargando los brazos. Pesaba menos de lo que esperaba y sus huesos parecían muy delicados. Su pelo era suave, su cuerpo cálido. Aunque no sabía cómo sujetarla, Sisi se acurrucó en sus brazos, contenta de estar junto a él.

—Sujétela del trasero —le dijo Montana.

Él cambió de postura ligeramente. Sisi se acurrucó contra su pecho y lo miró como si fuera capaz de ver su alma. Simon se preguntó si veía todos los defectos que acechaban en ella.

—Le gusta —comentó Montana, y Simon comprendió por su tono que en realidad estaba pensando «sobre gustos no hay nada escrito».

—Parece bastante simpática —dijo, indeciso, mientras frotaba el lomo del animal con los dedos—. Con tal de que Kalinda no corra ningún riesgo...

—No se preocupe. Sisi tiene un carácter estupendo. Y yo estaré presente todo el tiempo.

Él no sabía hasta qué punto sería útil aquella mujer, pero si Kalinda quería un perro, por Dios que se lo conseguiría.

Le devolvió a Sisi y quedó con ella en que iría al hospital al día siguiente.

—Solo para probar —añadió—. Si la niña mejora, seguiremos con las visitas.

—Claro.

Simon se volvió para marcharse.

Montana, que seguía con la perra en brazos, echó a andar a su lado. Se detuvieron ambos en la puerta como si esperaran a que el otro saliera primero y luego avanzaron al mismo tiempo.

Chocaron, como chocaba la gente todos los días. Simon estaba acostumbrado a toda clase de contacto fortuito con otras personas. Tocaba a sus pacientes, las enfermeras le pasaban instrumental cuando operaba. De vez en cuando disfrutaba de la compañía de una mujer durante un par de horas. Así que no tenía motivos para turbarse al sentir el roce del brazo de Montana.

Y, sin embargo, así fue. En cuanto lo tocó, en cuanto él sintió el calor de su cuerpo, algo cobró vida dentro de él. Se sorprendió tanto que se detuvo de pronto, y ella también se paró. Chocaron de nuevo, y Montana le sonrió.

—De acuerdo. Usted primero.

Había hablado con naturalidad. Y sonreía espontáneamente, como si no notara la explosión de deseo que se había producido dentro de él.

Simon nunca había sentido nada parecido, ignoraba qué debía hacer a continuación. No sabía si podría evitar alargar el brazo hacia ella y besarla. Porque eso era lo que deseaba. No solo quería poseerla. También ansiaba que ella lo deseara.

—¿Se encuentra bien?

Simon se obligó a volver en sí. Aferrándose a sus buenos modales, asintió con un gesto.

—Sí. Gracias por su tiempo.

Ella levantó un poco las cejas. Simon sospechaba que estaba recordando su comentario de esa mañana, cuando lo había acusado de tener un palo metido en el trasero. Mejor eso que la verdad, se dijo. Mejor para ambos.

Se marchó a toda prisa. Cuando estuvo en su coche, descubrió con desagrado que le temblaban las manos y que sus ensoñaciones eróticas se habían manifestado de la manera más predecible. «Ojalá no lo haya notado», se dijo mientras ponía en marcha el motor.

Camino del hospital, intentó explicarse lo ocurrido. Nunca se había considerado muy apasionado. Cada dos o tres meses, cuando el deseo empezaba a ser un estorbo, buscaba a alguien que quería lo mismo que él: placer físico y poco más. Era bastante agradable, pero se trataba de una necesidad biológica, nada más. Nunca se había sentido impelido por el deseo. Seducido por otra persona.

Era pura química, se dijo al entrar en la carretera principal y poner rumbo a Fool's Gold. Uno de esos caprichos del ADN que, aunque curiosos, carecían de importancia. Sí, había deseado fugazmente a Montana. Pero al día siguiente, cuando volvieran a verse, todo volvería a la normalidad. Él tenía su trabajo. Lo demás no importaba. Tenía su trabajo y sus pacientes, y con eso le bastaría siempre.

Capítulo 3

El bar de Jo era uno de los sitios del pueblo preferidos de Montana. A diferencia de la mayoría de los bares, el de Jo servía principalmente a mujeres. Los colores eran suaves y femeninos, y las grandes pantallas de televisión estaban sintonizadas en programas de moda y belleza o en cadenas de telecompra. Los cócteles eran divertidos y en la carta había una serie de platos para aquellas que contaban una a una las calorías. Los hombres tenían una sala al fondo, con una mesa de billar y un montón de deportes. Pero en el bar de Jo mandaban las mujeres.

Al entrar, Montana vio que sus hermanas ya habían ocupado una mesa.

Técnicamente, Nevada era la mayor, Dakota la mediana y ella la pequeña. Se llevaban las tres catorce minutos. De pequeñas eran tan parecidas que hasta a sus familiares les costaba reconocerlas. Pero, a medida que habían ido creciendo, sus diferencias de personalidad habían influido en su apariencia.

Nevada era la más prudente de las tres. Ingeniera de profesión, le gustaba llevar el pelo corto y vestir vaqueros, camisas y botas, ropa muy práctica en las obras en las que trabajaba. Dakota era tan lista como Nevada, pero ligeramente más maternal. Era psicóloga infantil, doctorada en su campo y en los últimos tres meses había adoptado a una niña de Kazajistán, se había enamorado y quedado embarazada y, seguidamente, se había prometido en matrimonio.

Montana quería mucho a sus hermanas, pero había veces en que se sentía la fracasada de la familia. Apenas hacía un año que había descubierto lo que de verdad quería hacer con su vida. Trabajar con los perros lo era todo para ella. Prefería no pensar, de momento, en su inexistente vida amorosa.

—¿Qué tal? —preguntó al acercarse a la mesa.

—Genial —Dakota se apartó para dejarle sitio en el asiento corrido—. ¿Puedo persuadirte para que esta noche pidas un vodka con limón?

Montana saludó a Nevada y luego se volvió hacia Dakota.

—¿Por qué?

—Quiero olerlo.

Porque estaba embarazada y no podía beber alcohol, pensó Montana. Miró a su otra hermana.

—¿Y tú no lo has pedido?

Nevada señaló su vodka con tónica.

—Le he ofrecido que huela esto.

Dakota se estremeció.

—No, gracias. ¿Agua tónica? Ni hablar.

—Entonces lo pediré yo —dijo Montana mientras se acercaba Jo, la dueña del bar—. Un vodka con limón.

Dakota sonrió.

—Porque me quiere.

—Puedo hacerte uno sin alcohol —se ofreció Jo.

—¿Solo con zumo de limón y azúcar?

—Sí.

—Yo quería algo más.

—Todos necesitamos una meta en esta vida —masculló Jo, y se marchó.

Montana la observó alejarse. Jo había llegado a Fool's Gold hacía unos años y comprado el bar, por entonces mortecino. Disponía de dinero para remodelarlo por completo, pero nunca había explicado de dónde lo había sacado. De hecho, Jo rara vez hablaba de su pasado. Corrían todo tipo de rumores; unos decían que había escapado de un marido maltratador y otros que era una princesa de la mafia que se había escondido de su familia. Nadie sabía la verdad y Jo no era una mujer que se tomara bien que la interrogaran.

—¿Finn se ha quedado en casa con Hannah esta noche? —preguntó Nevada.

Dakota asintió.

—Estaban viendo *La bella durmiente*. Finn no quiere reconocerlo, pero creo que le gusta tanto como a ella.

—Más vale que no lo digas muy alto —le dijo Nevada.

Dakota se echó a reír.

—No me preocupa lo que diga la gente. Es mi chico. Que piensen lo que quieran de él.

—Qué suerte tienes —dijo Montana melancólicamente.

Se negaba a calcular cuánto tiempo hacía que no salía con nadie. Demasiado, eso seguro. Se prometió que pronto saldría con alguien. Y que esta vez las cosas saldrían mejor. Esta vez, no sentiría que no daba la talla.

—Recuerda que en este pueblo hay escasez de hombres —dijo Nevada.

—Pero están llegando muchos. El año pasado llegaban autobuses llenos.

—Sí, ya —Nevada tomó su copa—. Me muero por conocer a un tío capaz de abandonarlo todo y tomar un autobús rumbo a un lugar desconocido solo porque ha oído decir que está lleno de mujeres desesperadas. Un sueño hecho realidad.

Dakota arrugó la nariz.

—¿Has pensado alguna vez que, si sigues soltera, es en parte por ser tan sarcástica?

—No. El sarcasmo es mi mayor encanto.

—¿Y qué tal va?

—Bastante bien —Nevada frunció el ceño—. Pero no quiero hablar de eso —se volvió hacia Montana—. Distráela, por favor.

Montana sabía exactamente qué decir.

—Hoy ha venido a verme la alcaldesa.

Dakota soltó un gruñido.

—Eso nunca es bueno. ¿Qué quería?

—Hay un médico nuevo en el pueblo. Un cirujano plástico especializado en niños con quemaduras graves. Va de hospital en hospital, pero solo se queda unos meses en cada uno. Marsha quiere que lo convenza de que se establezca definitivamente en Fool's Gold.

Al acabar de hablar, se tensó automáticamente, esperando a que sus hermanas empezaran a reírse de ella. A fin de cuentas, ¿por qué iba a creer nadie que ella podía convencer al doctor Simon Bradley? Sus hermanas, sin embargo, no se rieron.

Dakota se encogió de hombros.

—Yo lo veo bien.

—¿Por qué? Marsha dijo que tenía que persuadirlo utilizando mi encanto. Pero yo no soy encantadora. No sabría qué hacer, ni qué decir.

Sus hermanas cruzaron una mirada.

—Limítate a ser tú misma —le dijo Nevada—. Tienes encanto de sobra para cualquier hombre. Te aseguro que caerá rendido a tus pies.

—Pues parece que lo he impresionado muy poco.

—¿Estás segura? ¿Te has mirado en el espejo? —preguntó Dakota, riendo—. Sé que en teoría somos idénticas, pero la guapa eres tú. Además, eres muy divertida. ¿Cómo va a resistirse?

Jo le llevó su cóctel. Montana se alegró de que llegara en ese momento: mientras le daba las gracias, no tuvo que quedarse boquiabierta de asombro. ¿Ella, la guapa? ¿Desde cuándo?

—Yo no soy guapa. Bueno, quiero decir que no soy más

guapa que vosotras –siempre había pensado que sus hermanas eran preciosas, y que ella no lo era tanto. Quizá fuera divertida, pero no siempre lo era a propósito–. No se parece a nadie que yo haya conocido. Es muy serio. Muy estirado –les contó lo que había pasado en el hospital.

–Conozco a Fluffy –rezongó Nevada–. Y es un peligro público. Es adorable, pero está claro que no es el perro mejor adiestrado del planeta.

–Tiene mucha personalidad.

–Y ninguna conciencia de su tamaño. Necesita estar con una familia. Con una familia con niños.

–El doctor Bradley estaría de acuerdo contigo.

–Fue él a verte –le recordó Dakota–. Necesita tu ayuda. Podéis entablar amistad a partir de ahí. Y luego puedes enseñarle el pueblo. Así tendréis de qué hablar.

–Tal vez. También podría...

Sonó el teléfono de la barra. El local quedó en silencio mientras todos observaban a Jo levantar el aparato.

–¿Ya es hora? –preguntó ella, preocupada. Después de una pausa, sacudió la cabeza–. No es Pia –les dijo a sus clientes.

La gente volvió a sus conversaciones.

–Pobre Pia –dijo Dakota–. Está deseando que lleguen los bebés.

Pia estaba embarazada de gemelos. Todo el mundo había dado por sentado que se le adelantaría el parto, como suele ocurrir con los gemelos. Pero en el caso de Pia no había sido así. De momento, los bebés estaban aguantando hasta el último día.

–Está inmensa –comentó Nevada–. La vi hace dos días y os juro que empezó a dolerme la espalda solo con mirarla.

Dakota levantó las cejas.

–Cuéntale a Pia lo de tu amigo el doctor. Ella sabe todo lo que pasa en el pueblo, y además así se distraerá un rato.

–Una idea estupenda –dijo Montana, y le tendió la copa para que la oliera.

–Si eso no funciona, también puedes seducirlo para que se quede –bromeó Nevada–. Envuélvete en papel de regalo.

–No creo que al doctor Bradley le vayan esas cosas –respondió Montana. Era demasiado severo. No se lo imaginaba sonriendo, y mucho menos desnudándose y practicando el sexo. Y no porque no fuera atractivo. Lo era, aunque de un modo un tanto distante y misterioso.

–Entonces sáltate lo del papel de regalo –le dijo Dakota con una sonrisa–. A todos los hombres les gustan desnudas.

Montana se rio.

–Sí, ya. Puedo presentarme desnuda en su hotel. La alcaldesa Marsha se sentirá orgullosa de mí.

–Al menos así la gente tendrá algo de qué hablar.

Montana salió del ascensor del hospital con Sisi en brazos. Al acercarse a las puertas de la unidad de quemados, respiró hondo.

–Aquí hay normas –le dijo a la perra–. Vas a tener que estar siempre muy limpia, no puedes saltar y tienes que portarte muy bien. Kalinda está muy malita y tú tienes que hacer que se sienta mejor. Por lo menos, esa es la teoría –sonrió mirando los ojos marrones y cálidos de Sisi–. Esto sería mucho más fácil si hablaras mi idioma.

–Si ese perro hablara inglés, tendríamos otras preocupaciones.

Montana se giró y vio a Simon junto a las puertas de la unidad de quemados. Era tan alto como recordaba, e igual de guapo. Al menos, por un lado. Montana comprendió que su bata blanca seguía intimidándola y tragó saliva.

Parpadeó y recordó lo que acababa de decir.

–¿Eso era una broma? –dijo espontáneamente–. ¿Ha hecho un chiste?

Su cara no cambió.

–Un chiste sin gracia, por lo visto.

Ella dio un respingo.

–Lo siento. Debería haberme reído. Es que estoy nerviosa. Da usted bastante miedo.

Él levantó una ceja.

–¿Siempre dice lo que piensa?

–Intento no hacerlo –reconoció ella–. Pero a veces no puedo evitarlo.

–Si dice algo que pueda molestar a mi paciente...

Sus ojos de color gris verdoso brillaron, llenos de rabia y determinación. Montana supuso que debía sentirse ofendida o aún más atemorizada, pero, cosa rara, su vehemencia la tranquilizó.

–Se preocupa mucho por ellos. Por sus pacientes, quiero decir.

–Es mi trabajo.

–Pero no lo hace por eso. Lo hace porque le importan –sonrió–. Y eso es muy bonito.

–Me alegro de que le agrade –no parecía alegrarse en absoluto, pero no tenía importancia. Señaló a Sisi–. ¿Está limpio?

–Sí. Esta mañana he hablado con una de las enfermeras y he utilizado el jabón que me recomendó. La he mantenido apartada de los demás perros y no ha salido desde que la he bañado.

–Gracias –Simon arrugó el ceño–. ¿No tendrá que ir al baño?

–Sisi está adiestrada. Puede hacer sus necesidades en un empapador –Montana se esforzó por no sonreír–. Descuide, no va a hacerse pipí en la cama.

–Menos mal –miró las puertas y luego a ella–. Dado que no tiene usted formación médica, seguramente no sabe qué va a encontrarse. Las quemaduras de Kalinda son muy recientes. Está vendada, pero hay zonas de su piel expuestas. Están en carne viva y son poco gratas a la vista. Las quemaduras y los diversos fármacos que empleamos tienen un olor característico. La niña tiene dolores y está agotada.

Montana dejó de sonreír y asintió.

—Ojalá pueda hacer algo por ayudarla.

—Con un poco de suerte, el perro hará que mejore su estado. Recobrarse de quemaduras de esa gravedad lleva años. Es incómodo, como mínimo. A pesar de nuestros esfuerzos, los casos más graves nunca vuelven a la normalidad tal y como se entiende generalmente. Lo cual equivale a un fracaso por nuestra parte.

Ella lo observó, comprendiendo de pronto que lo consideraba un fracaso personal. Como si él tuviera que hacer las cosas mejor que los demás.

—Se quedará un cuarto de hora y luego se marchará. Tendremos que valorar cómo ha ido la visita antes de decidir si volverá a repetirse.

Antes de que Montana estuviera preparada, empujó una de las puertas y le indicó que lo siguiera.

La última vez que había estado en la unidad de quemados, estaba tan preocupada por controlar a Fluffy que no se había fijado en lo que la rodeaba. Ahora vio puertas cerradas, con advertencias higiénicas y restricciones de paso. Mientras caminaba junto a Simon, era consciente de sus cicatrices. Cuando hablaba del esfuerzo que suponía la recuperación, hablaba por experiencia. Montana se preguntó qué le había ocurrido y a qué edad.

Se detuvieron delante de una puerta entornada. Simon la empujó y una mujer de veintitantos años salió al pasillo. Era menuda y estaba a todas luces agotada. Tenía la piel macilenta y profundas ojeras ensombrecían sus ojos azules. Al ver a Montana o, mejor dicho, a Sisi, sonrió.

—¡Ha traído un perrito!

Montana se acercó a ella.

—Soy Montana Hendrix. Esta es Sisi. Es una perra de terapia adiestrada.

—Fay Riley —la mujer dejó que Sisi olfateara sus dedos–. Es justo lo que necesita Kalinda. Muchas gracias por traerla –miró a Simon–. Y a usted, por organizarlo.

–Vamos a ver qué tal se entienden –dijo Simon.

Montana hizo amago de entrar en la habitación. Fay le puso la mano en el brazo.

–¿Le ha dicho el doctor...? –tragó saliva y se le llenaron los ojos de lágrimas–. Tiene muchas quemaduras.

–Siento muchísimo lo que le ha pasado a su hija –le dijo Montana, y respiró hondo–. Vamos a hacer todo lo que podamos para que se sienta un poco mejor. Para eso está adiestrada Sisi.

Fay miró a Simon, luego asintió con la cabeza y abrió la puerta.

Montana respiró hondo para tranquilizarse. Viera lo que viera, no sería nada comparado con lo que estaba sufriendo Kalinda. Ella solo tenía que afrontar las quemaduras desde lejos. Kalinda las estaba experimentando en carne propia. Montana se prometió a sí misma no mostrar ninguna reacción, pasara lo que pasase.

Pero mantener su promesa le costó mucho más de lo que esperaba. La niña tumbada en la cama parecía tan pequeña e indefensa... Tenía los brazos envueltos en vendajes blancos. Solo se veían las puntas de sus dedos. Su cara era una masa de piel en carne viva, al igual que su cuello. Una gruesa capa de pomada cubría las quemaduras.

El olor a desinfectante se mezclaba con el olor a carne quemada y con un hedor a podredumbre. Montana pensó por un momento que iba a vomitar, pero logró dominarse y se acordó de sonreír.

–¿Kalinda? –dijo Fay en voz baja–. Tienes visita.

La niña abrió los ojos. Eran asombrosamente azules en contraste con las rojas quemaduras. Montana pensó de inmediato que tenía que haber sido una niña muy guapa antes del accidente. Luego pensó que nunca había visto tanto dolor en una expresión.

–Hola. Soy Montana y esta es Sisi. Tu mamá me ha dicho que te gustan mucho los perros, así que espero que no te importe que la haya traído a verte.

Kalinda no dijo nada, pero asintió con un gesto. Movió la cabeza ligeramente, hizo una mueca y sus ojos se llenaron de lágrimas.

Montana sintió un nudo en la garganta. Deseó volverse hacia Simon y exigirle que hiciera algo. Que aliviara el dolor de la niña de algún modo. Pero sabía que él estaba haciendo todo lo que podía. Sencillamente, algunas cosas no podían remediarse.

Dejó a Sisi sobre la cama. Simon se acercó al otro lado y se quedó allí con actitud protectora. Montana pensó que iba a empezar a dar órdenes, pero él se quedó esperando. Sisi observó a Kalinda unos segundos. Luego, con mucho cuidado, se acercó a ella. Se acurrucó entre su cadera y su mano, estiró un poco el cuello y lamió las puntas de sus dedos.

La niña sonrió.

–Gracias –susurró con voz ronca. Cerró los ojos, pero movió los dedos, acariciando el costado de Sisi.

Montana se quedó junto a la cama lo que le parecieron horas, aunque seguramente solo fueron quince minutos. Cuando Simon asintió con la cabeza, recogió a Sisi y susurró un adiós.

Fay los siguió fuera.

–Ha sido maravilloso –dijo enjugándose las lágrimas–. Ha sonreído. ¿Lo han visto? ¡Ha sonreído! Por favor, dígame que va a volver.

Montana miró a Simon, que hizo un gesto de asentimiento.

–Cuando ustedes quieran –le dijo–. Si Kalinda se siente con fuerzas.

–Ya veremos cómo van las cosas –contestó Simon–. No conviene que se canse demasiado.

–Lo que usted considere mejor –dijo Fay mientras volvía a la habitación de su hija–. ¡Ha sonreído!

Montana tenía el estómago un poco revuelto. Aunque estaba encantada de que Sisi hubiera ayudado, odiaba pensar en lo mucho que estaban sufriendo Kalinda y su madre. La azarosa crueldad de un accidente era tan injusta...

La perrita se removió en sus brazos, intentando acercarse a Simon.

–Me parece que le ha salido una nueva admiradora –dijo Montana.

Los ojos grises de Simon se clavaron en los suyos.

–¿Cómo dice?

Señaló a la perra, que lo miraba con intensidad.

–Sisi está loca por usted.

Él apenas miró al animal.

–Seguro que es así con todo el mundo.

–No, nada de eso –Montana hizo una pausa. Pensó que seguramente debía despedirse, pero enseguida se acordó de la misión que le había encargado la alcaldesa. Se suponía que tenía que trabar amistad con Simon, engatusarlo para que se quedara en Fool's Gold.

–Podría enseñarle el pueblo –dijo sin pensárselo dos veces–. Es usted nuevo aquí y este pueblo es fantástico. Yo podría enseñárselo. Ya sabe, para que lo vea –carraspeó y esperó a que respondiera con desdén o se marchara sin más.

Continuó mirándola con la misma intensidad con que Sisi lo miraba a él.

–Gracias –dijo–. Es usted muy amable.

Montana se quedó allí, en medio del pasillo, mucho después de que Simon se excusara y se marchara. Había dicho que sí. Pero ella no sabía si eso era bueno o malo. Quizá fuera ambas cosas. Ese era el problema.

Capítulo 4

Simon estaba esperando junto al Starbucks, como le había indicado. Montana se detuvo en la esquina de enfrente y lo admiró desde lejos, sin saber si tenía valor para acercarse. Decirse que estaba haciendo aquello por el bien común no le servía de gran cosa.

El doctor Simon Bradley tenía algo. Algo que era incapaz de definir. No era solo su actitud condescendiente. Montana nunca había conocido a nadie como él. Saltaba a la vista que era muy inteligente, pero emocionalmente era una especie de rompecabezas. Además de ser muy guapo. Tenía cicatrices, claro, pero ¿de veras importaban? Cuando un hombre como él miraba a una mujer, el resto del mundo parecía desvanecerse.

No en un sentido romántico, claro, se apresuró a decirse Montana. No se sentía atraída por él. A fin de cuentas, no era un tipo simpático. ¿Y no era eso lo que ella andaba buscando? Un tipo simpático. Si además tenía aquellos ojos de color verde humo, mejor que mejor. Pero Simon no era su tipo. Quizá no supiera muchas cosas, pero de eso estaba segura: el doctor Bradley no era para ella.

Todo lo cual era muy interesante, pero no resolvía nada. Respiró hondo, cuadró los hombros y comenzó a cruzar la calle con paso decidido. Por desgracia no se le ocurrió mirar a un lado, y mucho menos a los dos, así que tuvo que dar un salto atrás para que no la arrollara un Prius conducido por un turista distraído.

Al acercarse a Simon, se dio cuenta de que había cambiado la bata blanca y los pantalones oscuros por vaqueros y una camisa de manga larga. Montana no lo conocía desde hacía mucho tiempo, pero tenía la impresión de que no le gustaba ponerse ropa informal. Jamás habría adivinado que poseyera unos vaqueros. Aunque le sentaban de maravilla.

—Hola —dijo al aproximarse. Estaba nerviosa y no sabía qué hacer con las manos. ¿Debía tenderle la mano y saludarlo agitándola?

—Buenas tardes —la voz de Simon era tan firme como su mirada. Parecía tranquilo, relajado y completamente indiferente a su presencia.

¡Qué injusto era aquello! El forastero era él. ¿No debería sentirse un poquito incómodo, por lo menos?

«Céntrate», se dijo. Tenía una misión que cumplir. La alcaldesa le había asignado una tarea y pensaba cumplir lo mejor que pudiera.

—He pensado que podíamos dar una vuelta por el pueblo —dijo, confiando en parecer alegre y confiada. Era una persona alegre, así que lo de mostrarse animada le resultó bastante fácil. En cuanto a lo de mostrarse confiada, llevaba años aplicándose el lema «finge hasta que lo consigas», sin ningún éxito.

—Eso fue a lo que se ofreció —repuso Simon, mirándola fijamente—. A enseñarme el pueblo.

Ella pestañeó.

—Sí. Eso fue lo que dije —intentó sonreír, pero se descubrió intentando dominar sus nervios otra vez y decidió ir a lo seguro. Llevaba estudiando la historia de Fool's Gold desde primer curso. «Cuando tengas dudas, cíñete a los hechos».

Se aclaró la garganta.

—A principios del siglo XIV, algunos miembros de la tribu matriarcal de los máa-zib, se asentaron a orillas de nuestro lago. No se sabe mucho de ellos. Según la leyenda, eran una rama de los mayas que llegaron aquí buscando un lugar donde las mujeres y los niños pudieran vivir en armonía. Sin hombres.

Simon levantó las cejas.

—Entonces ¿se extinguieron?

Ella se rio.

—Bueno, a los hombres se les permitía entrar en la aldea para ciertos fines. Pero dicen que había una maldición para mantenerlos alejados. Quizá por eso en Fool's Gold hay escasez de varones. O al menos la había. Porque ahora se están instalando muchos en el pueblo —pensó en decirle que él también podía trasladarse allí, pero no le pareció muy sutil. Aunque, si decía que sí, acabaría con su misión en un abrir y cerrar de ojos.

Señaló hacia el parque y echó a andar con Simon a su lado.

—En 1581, un marinero que había estado a las órdenes de sir Francis Drake escribió que había resultado herido en las montañas y que lo había curado una tribu de mujeres nativas. De su relato se deduce que estuvo aquí, en Fool's Gold, y que esas mujeres eran máa-zibs.

Simon la miró.

—Déjeme adivinar. Copuló con varias de ellas, pero no le permitieron quedarse.

Montana sonrió.

—Su habilidad para conseguir lo que querían era digna de admiración.

—¿Sentiría usted la misma admiración si se hubiera tratado de una tribu de hombres?

—Esa es una pregunta capciosa. Las mujeres decidieron quedarse embarazadas de él. Imagino que querían traer agua nueva al estanque genético, aunque no lo formularan así. Eso es muy distinto a que un hombre deje embarazada a una mujer y luego se marche.

–Salvo porque él perdió a sus hijos. No se le permitió verlos, ni criarlos.

–Tiene razón –reconoció ella–. Pero en este pueblo se respeta particularmente a las mujeres.

–Lo tendré en cuenta.

Caminaron hasta el lago. Había, como de costumbre, niños dando de comer a los patos, parejas jóvenes comiendo sobre mantas, a la sombra de los árboles, y unas cuantas personas corriendo por el carril bici.

Montana se paró a contemplar el paisaje. Aquel siempre había sido su hogar. Había intentado vivir en otra parte una temporada, y le había parecido una experiencia detestable. Sabía que algunas personas se marchaban a la gran ciudad y estaba segura de que cualquier gran zona urbana tenía sus atractivos. Pero aquel era su elemento.

Sentía la presencia de Simon a su lado. No decía casi nada, lo cual no la sorprendió. Le extrañó más, en cambio, que a ella no le molestara su silencio. Era extrañamente relajante. También era consciente de su altura y de sus anchos hombros, pero se dijo que no podía ser tan tonta. Interesarse por Simon, más allá del encargo de Marsha, era una solemne tontería.

Si seguía mirándola era posiblemente porque estaba esperando que siguiera con su relato. De ninguna manera podía estar...

Montana arrugó el ceño. Si no hubiera sabido que era imposible, habría jurado que Simon estaba mirando su boca. «No puede ser», se dijo. Era imposible que un hombre como el doctor Bradley se sintiera atraído por ella.

No le importaría que así fuera, claro, pero si a los otros hombres que había habido en su vida no les había gustado especialmente, imaginaba que Simon debía de parecerle completamente anodina.

Señaló los camiones aparcados a lo largo de la carretera, cerca del lago.

–Están preparando las fiestas del Cuatro de Julio. Fool's

Gold es conocido por sus ferias. No sé cuántas tenemos a lo largo del año. Un montón. Está la Feria del Libro y la Feria de Esquí Acuático. El Festival de Otoño, que es justo antes de Halloween –le lanzó una ojeada–. Es divertido.

–Un pueblo muy dinámico.

Montana no sabía si lo decía en un sentido bueno o en uno malo, y decidió no preguntar. Lo llevó de nuevo a la calle Mayor y le indicó diversos establecimientos comerciales antes de seguir hablando del pueblo.

–Marsha, la alcaldesa, es la persona que más tiempo lleva ocupando una alcaldía en toda California. Las fiestas las dirige mi amiga Pia. Es un trabajo enorme y, ahora que está embarazada, es aún más difícil, aunque tiene una nueva ayudante que le está facilitando mucho las cosas –se exprimió el cerebro en busca de más datos–. Mi familia, por el lado de mi padre, fue una de las fundadoras del pueblo. Sin contar la tribu matriarcal, claro. Ahí está la librería Morgan –lo llevó a la tienda y le mostró el escaparate dedicado a los libros de Liz Sutton, la novelista de misterio vecina del pueblo.

–¿La ha leído? –preguntó.

Simon negó con la cabeza y se puso al otro lado de Montana.

–¿Es buena?

–Claro que sí. Es fabulosa. Está casada con mi hermano Ethan. Tienen un hijo juntos y están criando a los dos sobrinos de Liz. Es complicado.

–Muchas relaciones de familia lo son.

–Dígamelo a mí –echó a andar otra vez y Simon la siguió–. Mi padre falleció hace once años, así que no es ninguna sorpresa que mi madre haya empezado a salir con hombres otra vez. En realidad está bien, solo que ella parecía estar bien sola y ahora tenemos que acostumbrarnos a esto y resulta muy extraño. Quiero que sea feliz, pero es lo que pasa siempre con los padres. Ella nos habla de sus citas y nosotros queremos apoyarla, pero luego empieza a hablar de besos con lengua y a mí me dan ganas de taparme los oídos y ponerme a canturrear —se detuvo—. Usted es médico. ¿Por qué oír hablar de sexo a los padres da tanto repelús? Bueno, no es repelús exactamente, pero sí que resulta muy raro.

—No tengo respuesta para eso.

—¿No fue a la facultad de medicina? ¿No hay clases sobre eso?

Y entonces sucedió. Simon le sonrió. Sus labios se curvaron, se vio un destello de dientes blancos y un hoyuelo apareció por sorpresa en su mejilla lisa.

Montana sintió un extraño cosquilleo en la tripa. No era atracción exactamente, pero tampoco desinterés. Aquella sonrisa era inesperada y muy atrayente. De pronto deseó oír su risa y quizás incluso hacerle sonreír otra vez.

—Debí de hacer novillos ese día —contestó él—. Lo siento.

—Pero trabaja en un hospital. Podría preguntar por ahí.

—¿Tan importante es para usted?

—No me gusta sentirme incómoda. Sobre todo, con mi madre. La quiero mucho y estamos muy unidas. Y tengo la sensación de que una buena hija debería poder hablar con su madre de su vida de pareja.

—Ni siquiera a una buena hija puede exigírsele que hable con su madre de besos con lengua.

Ella se rio y vio que Simon sonreía de nuevo. De repente la mañana le parecía un poco más luminosa, el cielo un poco más azul.

Se detuvieron en la esquina. Montana se acercó a pulsar el botón del semáforo y regresó junto a Simon.

—¿Dónde estaba antes de venir a Fool's Gold? Tengo entendido que viaja mucho.

El semáforo se puso en verde para los peatones y empezaron a cruzar la calle. Al llegar a la acera, Simon rodeó a Montana para ponerse al otro lado.

—Estaba en la India.

—Eso sí que es viajar —reconoció ella—. ¿Va por todo el mundo?

—Voy a donde me necesitan. Opero a quienes más necesitan mi ayuda. Casi siempre niños. Pero también adultos. Cuando me marche de aquí, tengo previsto ir a Perú.

Eso parecía muy altruista.

—Entonces ¿lo hace por generosidad?

—No.

Ella esperó, pero Simon no dijo nada más. No quedaba ni rastro de su sonrisa, y Montana se preguntó si lo había molestado o había cruzado alguna raya invisible.

—Las quemaduras son mi especialidad —añadió él.

—Debe de sentirse solo, siempre en un lugar distinto. ¿Y su familia?

—Tengo mi trabajo. Basta con eso.

No podía bastar, se dijo ella, era imposible. El doctor Bradley era un hombre difícil de entender. Evidentemente, tenía mucho talento. Su trabajo era muy duro y, por lo que ella había visto, ponía auténtico celo en el cuidado de sus pacientes. Pero ¿quién cuidaba de él?

«No, no, no vayas por ahí», se dijo. «Nada de rescates».

Simon era perfectamente capaz de cuidar de sí mismo. Había viajado por todo el mundo haciendo cosas asombrosas. No la necesitaba, ni ella debía dar a su misión más importancia de la que tenía.

Había tenido tres novios formales en su vida. Uno en el instituto, otro en la universidad y otro poco después. Los tres habían roto con ella después de dejar claro que no daba la talla. No era lo bastante guapa, ni lo bastante lista, ni lo suficientemente ambiciosa. ¿De veras quería volver a sufrir un batacazo?

—¿Tiene casa en alguna parte? —preguntó.

—En Los Ángeles.

Montana arrugó la nariz.

—Yo viví allí una temporada.

Con su novio número tres.

Simon la miró.

–Da la impresión de que no le gustó mucho.

–No. No conseguí adaptarme. Y mi novio era un desastre –se detuvo delante de un restaurante y miró a Simon–. También era médico. O iba a serlo. Todavía estaba en la facultad.

–¿Qué ocurrió?

Una pregunta razonable. Ella misma la había propiciado, así que la culpa era suya.

–No teníamos los mismos intereses.

Era verdad, en cierto modo. Pero lo realmente importante era que aquel chico había destruido por completo la poca autoestima que le quedaba. Pero Montana estaba convencida de que eso nadie podía quitárselo sin su permiso, así que sabía que también era culpa suya.

–Peor para él.

Montana se sorprendió.

–Gracias –ladeó la cabeza–. Está usted cambiado.

–¿Ya no parece que llevo un palo metido en el trasero?

Ella hizo una mueca.

–Lamento haber dicho eso. Estuvo muy mal. Usted tenía razón. Fluffy podía haber causado daños graves.

–Pero no lo hizo. A veces soy un poco exagerado.

Montana se mordió la cara interna de la boca para no sonreír.

–No me había fijado. Gracias por comprender lo de Fluffy. No fue culpa suya, sino mía. Max me lo advirtió. Me dijo que no servía para terapia, pero yo me empeñé.

–¿Para colmar sus aspiraciones perrunas?

Los ojos de Simon brillaron, divertidos. Montana sintió que se quedaba un poco sin respiración. Aquel hombre podía ser arrollador cuando quería.

–No puedo salvar al mundo, así que mi pasión es insignificante comparada con la suya.

–Insignificante no. Solo distinta.

Había algo en el modo en que la miraba. Como si tuviera hambre. Montana sacudió la cabeza. Eso sí que eran delirios de grandeza. ¿Simon, hambriento de ella? ¿En qué planeta? No estaba mirando su boca. Debía de tener una mancha o algo así. Se frotó la barbilla lo más disimuladamente que pudo.

–Max es un tipo curioso –comentó–. Un poco misterioso. Nadie sabe de dónde es. Evidentemente, tiene dinero. Ya ha visto las instalaciones. No son baratas. Y el negocio de los perros de terapia no da mucho dinero. Además, hay una extraña coincidencia. Mi madre se ha hecho un tatuaje en la cadera. Dice *Max*. Pero mis hermanas y yo no creemos que sea el mismo Max. Sería muy raro –suspiró–. Demasiada información, ¿verdad?

–Puede.

Montana siguió andando. Simon se puso a su lado.

–Ha sido por lo del tatuaje. No debería haberle dicho que mi madre tiene un tatuaje –no estaba haciendo una pregunta. Pero en lugar de responder, Simon se cambió a su otro lado. Y entonces ella lo entendió.

Siempre procuraba darle su lado bueno. Cada vez que cambiaban de dirección o se movían, ella estaba a su derecha.

Sintió una opresión en la garganta. Intentó no mostrar ninguna emoción. A él no le gustaría. Montana suponía que ni siquiera se daba cuenta de lo que hacía; que había empezado a intentar mostrar siempre su lado bueno cuando era todavía muy joven y que ahora lo hacía inconscientemente.

Se preguntó de nuevo qué le habría ocurrido. ¿Cómo se había quemado y por qué no había intentado reparar los daños? Ella no sabía mucho sobre cirugía reconstructiva, pero no podía evitar preguntarse si se podía hacer algo para reparar sus cicatrices de modo que no se notaran tanto.

Aun así, no pensaba preguntárselo. Su cita estaba saliendo bastante bien. Ella había cumplido con su deber y ya podía regresar a su vida normal. Solo que no quería. Había disfrutado de su tarde con Simon mucho más de lo que esperaba. Pero solo había hablado ella, o casi. Lo único que había averiguado sobre él era que tenía una casa en Los Ángeles.

Pero en fin... Seguramente lo había aburrido con tanto hablar de cosas que no le interesaban. Sin duda estaba acostumbrado a mujeres mucho más...

Habían llegado otra vez al parque. Montana se detuvo en la hierba, cerca de una arboleda, y se enfadó consigo misma. ¡No! ¡No iba a rebajarse otra vez! No iba a dar por sentado que era aburrida. Ella no tenía nada de malo, ni física, ni mental ni anímicamente.

—¿Se encuentra bien?

Montana suspiró.

—Perdone. Estaba manteniendo una pequeña conversación conmigo misma. Ya he terminado.

—¿Ha ganado la discusión?

—No era una discusión.

—Parecía estar pensando en algo muy seriamente.

Solo en su falta de autoestima. ¿Por qué sus hermanas eran mucho más seguras que ella? Se suponía que eran idénticas. Tenían los mismos genes, debían tener también las mismas actitudes. Pero no.

Nada de aquello, sin embargo, era asunto de Simon.

—Ya lo he retenido bastante —dijo—. Seguramente hay montones de cosas que preferiría estar haciendo esta tarde.

Él la miró y clavó los ojos en los suyos.

—¿Eso cree?

Antes de que ella pudiera contestar, antes de que le diera tiempo a respirar o a pronunciar palabra, se descubrió moviéndose hacia él. Solo que no era ella la que se movía. Unas manos fuertes se habían posado en su cintura y estaban tirando de ella. Apenas se dio cuenta de lo que ocurría. Por eso no pudo hacer nada por impedirlo. No tuvo tiempo. Estaba allí, tan tranquila, y un instante después estaba pegada a él.

Sus pechos se apretaron contra el torso musculoso de Simon. Sus muslos rozaron los de él. Sintió que una oleada de calor la envolvía, y de pronto la boca de Simon descendió hacia la suya.

Se quedó paralizada por la impresión. ¿Simon la estaba besando? Imposible.

Pero tenía que estar pasando porque tenía pruebas. Sentía sus labios sobre los suyos. Sentía la presión que ejercían al besarla, enérgicamente, pero sin agresividad. La boca de Simon se frotaba con la suya como si estuviera explorándola. Como si estuviera... ansioso. Ávido por conseguir lo que ella ofrecía. Una de sus manos se enredó entre su pelo. Montana sintió el calor de sus dedos en el cuero cabelludo. La otra se movía arriba y abajo por su espalda, acariciándola como si fuera un gato.

Cuando se le pasó el susto, se dijo que debía apartarlo de un empujón. Que apenas lo conocía. Solo que no quería que se separaran. Un calor líquido iba extendiéndose dentro de ella, haciendo que se sintiera viva, sexy y femenina.

Apoyó ligeramente los dedos en sus anchos hombros y se dejó llevar por el beso. Él pareció sentir que se rendía, porque se pegó aún más a ella y lamió su labio inferior. Montana abrió la boca. Quería saber cómo besaba. Simon se lanzó de inmediato dentro de ella y comenzó a saborearla. Ella sintió que un estremecimiento le corría por la espalda, detrás de la caricia de sus dedos. Empezaron a dolerle los pechos y sintió cierta presión entre las piernas.

Besó a Simon y le gustó cómo respondía: se tensó y la estrechó entre sus brazos. Comenzó a besarla con más ansia, con más ardor. Su pasión alimentaba la de ella. El ímpetu de ambos se intensificó y Montana se preguntó si era posible que se perdieran hasta tal punto en aquel instante que no pudieran encontrar el camino de vuelta. Ella nunca se había acostado con un desconocido, pero por primera vez en su vida pensó que tal vez no fuera tan mala idea.

Pero antes de que pudiera decidir si quería proponérselo, Simon retrocedió bruscamente. Dieron un par de pasos, apartándose el uno del otro. Los dos tenían la respiración agitada. Montana tuvo la sensación de que sus ojos brillaban tanto como los de él. Notaba los labios ligeramente hinchados. Se tocó la piel rozada con la yema de los dedos.

La expresión de Simon se endureció.

–¿Te he hecho daño? –preguntó.

–¿Qué? No.

Él se volvió a medias. Luego la miró de nuevo. No parecía contento.

–Lo siento –dijo con brusquedad–. No debería haberlo hecho.

Montana pensó en preguntarle por qué no, pero prefirió no hacerlo.

–No suelo... –Simon carraspeó–. Suelo controlarme mejor. Te doy mi palabra.

–No te preocupes, te creo –Montana se alegró al comprobar que no le temblaba la voz.

–Hay algo en ti... Una atracción que no logro sacudirme de encima. Yo... –parecía frustrado y avergonzado–. Lo siento.

Convencida de que tenía que haber oído mal, preguntó:

–Aun a riesgo de hacerte reír a carcajadas, ¿estás diciendo que te ha cegado la pasión y que has tenido que besarme?

Se preparó para que se burlara de ella, pero Simon se limitó a asentir con un gesto.

–No puedo explicarlo –reconoció–. Es una de esas cosas químicas –desvió la mirada–. No suelo reaccionar así ante una mujer.

A Montana le dieron ganas de brincar de alegría. Nadie había reconocido nunca que sintiera una pasión incontrolable por ella.

–¿Por qué no? Por favor, dime que no eres gay.

Un músculo vibró en su mandíbula.

–No, no soy gay. Pero normalmente sé controlarme en lo que se refiere al sexo.

Hablaba con frialdad, pero aun así, Montana sintió que se derretía.

–¿Y conmigo no?

Simon suspiró.

–No.

Ella no supo qué decir. En parte quería invitarlo a su casa. Pero en parte se preguntaba también si aquello no sería simplemente un juego. Simon era muy orgulloso, sin embargo, y ella dudaba de que se arriesgara a sufrir una humillación solo por anotarse un tanto.

Él le quitó la decisión de las manos.

–Ya te he entretenido bastante –dijo–. Gracias por enseñarme el pueblo. En cuanto al beso, no volverá a ocurrir. Tienes mi palabra.

Luego dio media vuelta y se marchó.

Simon buscó refugio en su trabajo en el hospital. Como de costumbre, se mantuvo ocupado física y mentalmente tratando con sus pacientes, planificando operaciones y examinando quemaduras en proceso de cicatrización. Pero de vez en cuando, más a menudo de lo que le habría gustado, se acordaba de cómo había actuado con Montana.

Ahora, sentado en el pequeño despacho que le habían asignado para su estancia de tres meses, se sorprendió pensando en su olor y en su abrazo. Se distrajo recordando el tacto sedoso de su cabello, el sonido de su risa y su cara cuando sonreía. El deseo amenazaba con apoderarse de él.

«Maldita sea», pensó hoscamente. ¿Por qué ahora? ¿Por qué ella?

No había respuesta alguna. El destino era siempre misterioso. Sencillamente, tendría que aceptar que, cuando estuviera con Montana, iba a comportarse como un idiota. Si no tenía cuidado, se pasaría de la raya y, en vez de un idiota, se convertiría en algo peor.

Mientras miraba el cuadrante y, en lugar de verlo, veía la cara de Montana, comprendió que tenía que buscar una solución. Ser un idiota era ya bastante malo, pero mucho peor era convertirse en un ser patético. Había cometido el error de decirle por qué la había besado. Sin duda, ella sentía lástima por él y procuraría mantener las distancias.

Normalmente lo traía sin cuidado lo que la gente pensara de él, pero, por algún motivo, la opinión de Montana le importaba. Quería impresionarla. Y, entre su reacción cuando Fluffy había irrumpido en la unidad y el beso, no podía ir más desencaminado.

Sonó su móvil.

Miró la pantallita antes de responder, luego pulsó el botón.

—¿En qué lío te has metido ahora? –preguntó, sonriendo.

—El de siempre –contestó la persona que lo llamaba–. Alucina: tengo cobertura en Nepal.

—Estoy impresionado. ¿Qué tal te va, Alistair?

—Bien, ¿y a ti?

—Igual.

—¿Dónde estás? –preguntó Alistair–. ¿En Estados Unidos?

—En Fool's Gold –Simon le explicó dónde estaba el pueblo y le habló un poco de los casos que tenía.

—Parece que tienes tarea para rato –comentó su amigo–. Aquí, igual. Pero las condiciones son más rudimentarias en las zonas periféricas.

Simon conocía a Alistair desde el año que había pasado estudiando en Londres. Británico hasta la médula, Alistair había sido su compañero de habitación y le había enseñado buena parte de su país. Se habían hecho amigos y, dado que compartían especialidad, habían mantenido el contacto.

–Tú siempre tan liado –comentó Simon.

–Sí –hubo un silencio y se oyeron voces de fondo–. Lo siento, Simon. He llamado para charlar un rato contigo, pero acaban de llamarme a quirófano para una urgencia. Hablaremos pronto.

Colgó. Simon suspiró y se guardó el teléfono en la bata. Sabía mejor que nadie lo difícil que era mantener el contacto con los amigos en aquella profesión.

–¿Doctor Bradley?

Levantó los ojos y vio a una de las enfermeras en la puerta. Era joven y alegre. Seguramente los pacientes lo agradecían, pero para él era un incordio. Miró la chapita con su nombre.

–¿Sí, Nora?

Ella sonrió.

–Kalinda está descansando. No para de hablar del caniche que vino a verla. ¡Qué idea tan estupenda, traer un perrito! Sobre todo, uno pequeño. Supongo que por eso es usted el experto.

–Es la primera vez que utilizo un perro de terapia. Fue un experimento. A veces tengo suerte.

Ella tenía el pelo rubio. Su boca se ensanchó ligeramente al oír su respuesta. Sus ojos azules brillaron, llenos de interés. Era guapa y atractiva.

–Y entonces la tenemos todos –le dijo–. ¿Qué le está pareciendo Fool's Gold?

–Parece un pueblo bastante agradable.

–Nos gusta pensar que somos bastante acogedores. ¿Puedo demostrárselo invitándolo a cenar? Seguro que está cansado de comer en restaurantes. Tengo la receta de mi abuela para hacer pollo frito, y hago una tarta de arándanos pasable.

Una relación de pareja duradera estaba descartada. No solo estaba siempre viajando, sino que no le veía sentido. No era hombre capaz de comprometerse a largo plazo. Aun así, cuando una mujer le daba a entender que estaba interesada, se daba por aludido.

Lo único que quería era compañía para cenar y alguien en su cama de vez en cuando. Era lo único que pedía. En otras circunstancias, habría aceptado la invitación de Nora. Pero no podía aceptarla. A pesar de su sonrisa espontánea e insinuante, no podía decirle que sí. Cuando la miraba, solo veía a una mujer que no era Montana. Cabello corto, en vez de largo. Ojos azules, en lugar de marrones. Hasta ese día, había considerado intercambiables a todas las mujeres. Unas podían gustarle más que otras, pero la diferencia carecía de importancia.

—Gracias —dijo—, pero no puedo aceptar.

Ella levantó las cejas.

—¿En serio? —vaciló un segundo—. ¿Está seguro?

Simon se levantó.

—Completamente.

Quizá debería haber dicho algo más. Haberle ofrecido alguna explicación. Pero ¿qué podía decir? ¿Que estaba obsesionado con otra? ¿Con una mujer a la que apenas conocía?

Salió al pasillo y sintió alivio al ver que la madre de Kalinda se acercaba a él.

—Está durmiendo —dijo Fay—. Parece que está más cómoda. Eso es bueno, ¿verdad?

—Se está recuperando —Simon confiaba en que Fay no advirtiera que no había respondido a su pregunta. En el estado en que se encontraba Kalinda, mantenerse con vida era un logro. Todo lo demás era cuestionable. Kalinda podía empeorar sin previo aviso. Eso era lo peor de su oficio: que nunca había certezas. Alistair decía siempre que ellos hacían todo lo que podían y que eso era suficiente. Pero Simon no estaba de acuerdo.

–La perrita ha ayudado –comentó Fay–. Sisi. Montana dijo que volvería a traerla cuando quisiéramos. ¿Le parece bien que la llame?

Simon rara vez tenía que elegir entre lo que deseaba y lo que necesitaba un paciente. De todos modos no había elección posible. Kalinda era lo primero.

–Claro que sí –dijo con una tranquilidad que no sentía–. Mientras su hija siga estable, el perro puede venir. Hay que hacer todo lo que se pueda por ayudarla.

Fay le apretó el brazo.

–Gracias –murmuró–. Voy a llamar a Montana ahora mismo.

Simon la vio alejarse a toda prisa, sacándose el teléfono móvil de los pantalones. Unos segundos después oiría la voz de Montana. Simon comprendió que estaba en apuros cuando sintió una punzada de celos.

Tenía que dominarse. Apenas conocía a Montana. Tal vez necesitara vitaminas.

Antes de que le diera tiempo a autodiagnosticarse, una enfermera se acercó corriendo.

–Acaban de avisarnos de un accidente –dijo con nerviosismo–. Un niño de doce años. Unos petardos. Es lo único que sé.

Simon corrió a las escaleras y empezó a bajar. La enfermera seguía hablando, pero él ya no la escuchaba y poco después dejó de oírla. Su mente se aclaró.

Había visto las lesiones que los petardos podían causar en el cuerpo humano. Volvió a sentir una rabia fría y familiar. Había gente a la que le encantaba la fiesta del Cuatro de Julio. Él, en cambio, la detestaba. A los padres que dejaban que sus hijos jugaran con petardos debían fusilarlos. O prenderles fuego.

Se dejó envolver por aquella rabia hasta que salió de la escalera y entró en la planta baja. Mientras corría hacia la sala de urgencias, se desprendió de todas sus emociones. Solo se permitió sentir preocupación y el ímpetu de hacer todo lo que estuviera en su poder por arreglar lo que se había roto.

–Sé que se supone que tenemos que comer fuera –dijo la madre de Montana–. Es la tradición y todo eso. Pero creo que ya he tenido suficiente. Cuando erais pequeñas siempre comíamos en el jardín. Acabé harta de bichos y hormigas. Además, ya somos todos mayorcitos.

Montana procuró que su madre no viera su sonrisa. Aquella escena se repetía cada verano. A Denise le encantaba cuidar el jardín, pero se resistía a comer fuera. Podían salir a merendar, pero por algún motivo la idea de comer en la hierba la sacaba de sus casillas.

–No todos –dijo solo por provocar a su madre–. Reese solo tiene diez años y Tyler acaba de cumplir once. Eso por no hablar de Melissa, Abby y Hannah.

Su madre suspiró.

–¿Insinúas que, si fuera una abuela como es debido, serviría la cena fuera?

Montana se rio; luego se acercó a ella y la abrazó.

–Eres una abuela estupenda. Da igual que comamos dentro o fuera. Luego saldremos al jardín.

–Si estás segura... –Denise sacudió la cabeza–. No sé por qué estoy tan nerviosa. Supongo que es porque va a venir casi todo el mundo y hacía mucho tiempo que eso no pasaba.

Era cierto, pensó Montana. Solo faltaría Ford. Su hermano pequeño estaba en un buque de la Armada, en el océano Índico. Kent, el mediano de los Hendrix, y su hijo Reese también irían a cenar. No habían podido ir en Navidad, y Denise no se lo había perdonado. Montana no conocía todos los detalles, pero Kent y su exmujer estaban ultimando su divorcio por esas fechas. A diferencia de la mayoría de las mujeres, la ex de Kent no quería la custodia de su hijo, aunque esperaba poder ver a Reese cuando le conviniera a ella. Montana no sabía mucho de Derecho, pero tenía entendido que el padre o la madre tenían que pagar una pensión alimenticia o hacerse cargo de la custodia para que la responsabilidad de los hijos no quedara reducida a una simple cuestión de conveniencia.

Lo cual no era problema suyo, se recordó mientras ponía la mesa. Sería estupendo ver a su hermano y a su sobrino. Con Reese siempre se lo pasaba bien, aunque siempre le ganara cuando jugaban a los videojuegos.

Acabó de sacar los vasos. La comida ya casi estaba preparada. Las costillas estaban listas para asar en la barbacoa. En el frigorífico había cuatro fuentes con ensaladas de distintas clases, y sobre el aparador descansaban unos bizcochos de aspecto delicioso.

—Tu hermana llegará enseguida —le dijo su madre, mirando el reloj de la pared.

Se refería a Nevada. Las hermanas solteras llegaban pronto para ayudar. Hasta hacía un par de meses, Dakota también iba de las primeras. Pero ahora tenía a Finn y a su hija, Hannah. Y estaba embarazada.

Montana se preguntó qué se sentía al saber que una tenía un bebé dentro. Que ella supiera, su hermana no había sentido moverse aún al bebé, aunque ya tenía tripa. Pero aun así, la certeza de que una llevaba una vida dentro debía de ser asombrosa.

De pronto sintió una oleada de anhelo que la sorprendió por su intensidad. Quería enamorarse, casarse y tener hijos. Nunca antes lo había deseado tanto, quizá por que no había descubierto aún a qué quería dedicarse. Pero ahora que se había asentado en su trabajo, estaba lista para dar el paso siguiente. Por desgracia, no había ningún candidato en el horizonte.

Se acordó sin querer del beso de Simon. Pero él había dejado claro que no pensaba volver a besarla. Y aunque técnicamente los besos no eran necesarios para quedarse embarazada, Montana tenía la sensación de que ayudaban.

Además, no quería solo un bebé. Quería un marido. Y Simon no le parecía de los que sentaban la cabeza.

–¿Estás bien? –preguntó su madre.

–Sí. Estaba pensando en el bebé de Dakota.

–A Hannah va a encantarle tener un hermanito o una hermanita.

Montana pensó en la hija adoptiva de su hermana. Solo hacía un par de meses que se había sumado a la familia, pero ya nadie se acordaba de cómo eran las cosas antes de que llegara. Había pasado los primeros meses de su vida en orfanatos de Kazajistán y sin embargo se había acostumbrado a la familia como si hubiera nacido en su seno.

–Puede que tenga gemelos –comentó Montana con una sonrisa.

–Que tu hermana no te oiga decir eso –le advirtió su madre.

Montana se rio.

–Más nietos para ti.

–No digo yo que no. Pero puede que a ella le apetezca ir más despacio. Entonces... ¿estás saliendo con alguien?

Denise hizo la pregunta como si tal cosa, pero Montana no se dejó engañar. Su madre quería detalles. Aunque no tenía ninguno que darle. Hacía meses que no salía con nadie. Y su paseo por el pueblo con Simon no contaba, aunque se hubieran besado.

–No, ¿tú sí?

Su madre se apoyó en una encimera y suspiró.

–He tenido un par de citas, pero nada del otro mundo –arrugó la nariz–. No lo entiendo. Me piden salir muchos hombres más jóvenes que yo. ¿Por qué? ¿Dónde están los hombres interesantes de cincuenta y tantos o sesenta años?

Montana miró a su madre. Denise seguía siendo tan guapa como veinte años antes. Y le cabía la misma ropa. Tenía el pelo rubio, corto y elegantemente cortado. Montana entendía muy bien por qué había tantos hombres más jóvenes que se interesaban por ella, aunque su madre no quisiera oír hablar del asunto.

Pensó un momento en mencionarle a Max. Su jefe tenía la edad adecuada y, desde que ella lo conocía, hacía ya un año, no había salido con nadie. Al menos que ella supiera. Claro que tampoco compartían confidencias. Así que Max era una posibilidad. Salvo por el detalle del tatuaje que su madre llevaba en la cadera. Fuera quien fuese ese Max, su relación había sido muy intensa. Tal vez su madre asociara aquel nombre a recuerdos poco agradables.

—Tu hermana me ha contado lo de tu conversación con Marsha —dijo Denise.

—No quiero hablar de eso —miró el reloj, deseando que apareciera alguien. Necesitaba una distracción.

—Es estupendo que ayudes al pueblo. ¿Cómo es él?

—Callado —«y besa de maravilla». Pero eso no iba a decírselo a su madre.

—¿Crees que volveréis a veros?

Antes de que le diera tiempo a contestar, sonó el teléfono. «Salvada por la campana», pensó divertida. Su madre fue a contestar.

—¿Diga?

Montana se giró hacia el frigorífico para sacar algo de beber. Un sexto sentido, sin embargo, la hizo volverse.

—¿Está seguro? —preguntó Denise, palideciendo—. Disculpe. Claro que está seguro. Sí. Enseguida vamos.

Colgó el teléfono y se llevó la mano al vientre. Sus ojos se llenaron de lágrimas. Montana se acercó a ella inmediatamente.

—¿Qué ocurre? ¿Qué ha pasado? —sintió temblar a su madre.

—Ha habido un accidente de tráfico. Kent y Reese... Los han llevado al hospital.

Montana ya estaba recogiendo su bolso.

—Vamos.

Capítulo 5

Montana se decía que debía mantener la atención fija en la carretera. Quería dejarse llevar por el pánico, pero tenía que mantenerse fuerte. Si alguien tenía derecho a perder los nervios era su madre.

–Ojalá nos hubieran dicho algo más –dijo Denise, retorciéndose las manos y tensándose en el asiento como si intentara que de ese modo el coche fuera más deprisa.

Montana resistió el impulso de acelerar. Estaban atravesando el centro del pueblo y había peatones por todas partes. No estaba dispuesta a atropellar a alguien solo por llegar al hospital unos segundos antes.

–Dos minutos más y estaremos–dijo al poner el intermitente para entrar en el aparcamiento del hospital–. Voy a parar delante de urgencias. Entra tú mientras yo aparco.

Denise asintió y se bajó del coche. Montana encontró un sitio, pero antes de salir del coche se detuvo un instante y pidió al cielo que a su hermano y a Reese no les hubiera pasado nada.

Cruzó corriendo el aparcamiento y las puertas automáticas. Sintió una oleada de alegría al ver a su hermano Kent abrazando a su madre. Estaba pálido y tembloroso y tenía un vendaje en la cabeza, pero por lo demás parecía encontrarse bien.

Kent levantó la mirada y la vio. Estiró un brazo y Montana corrió a abrazarlo.

–Estoy bien –dijo su hermano–. Pero a Reese van a tener que operarlo –se le quebró la voz–. Tenía muchos cortes. En la cara, sobre todo, pero también en el brazo. Me han dicho que su vida no corre peligro, pero he visto sus heridas y estoy muy asustado –tragó saliva.

Montana sintió que quería decir algo más, contarle cómo había sido todo. Pero se refrenaba por su madre. Sin duda le preocupaba que Denise se angustiara más aún si conocía los detalles. Montana comprendió que su hermano tenía razón. Podrían hablar más tarde.

Se apartó ligeramente y lo miró. Kent era alto y ancho de hombros, como todos sus hermanos, y tenía el cabello y los ojos oscuros. Se parecía mucho a su padre. Era guapo y poseía fortaleza interior.

–¿Dónde está Reese? –preguntó Denise.

–Lo están preparando para entrar en quirófano.

Antes de que pudiera añadir algo más, se acercó una médica. La chapa de su bata decía *doctora Lawrence*. Montana la había visto por el hospital y sabía que tenía buena reputación.

–Reese está bien –le dijo la doctora a Kent–. Está tranquilo. Le hemos dado algo para el dolor. Entrará en quirófano dentro de media hora aproximadamente –le dedicó una cálida sonrisa–. La mejor noticia que tengo que darle es que el cirujano que va a operar a su hijo es un fuera de serie. Yo diría incluso que tiene un don. Si yo tuviera que elegir un cirujano para que operara a mi hijo, elegiría al doctor Bradley.

Montana parpadeó.

–¿Va a operarlo Simon?

–¿Conoce al doctor Bradley? –preguntó la doctora Lawrence.

Montana sintió que todo el mundo la miraba.

–Sí. Llevo a uno de mis perros a ver a una de sus pacientes –se volvió hacia su madre y su hermano–. Simon, eh, el doctor Bradley es un reputado cirujano plástico. Trabaja casi siempre con quemados.

La doctora Lawrence asintió.

–Es cierto. Acaba de operar a un niño. En cuanto esté preparado le llevaremos a Reese. La operación no debería ser muy larga.

Les dio algunos detalles más y les dijo que esperaran. Cuando se marchó, Montana tomó a su madre del brazo y se apoyó contra su hermano.

–Todo va a salir bien –le dijo–. El doctor Bradley es el mejor.

–Me siento mucho más aliviado –reconoció Kent mientras se dirigían a la sala de espera.

Se sentaron muy juntos en los sillones sorprendentemente cómodos. Charlaron de cosas sin importancia. De cualquier cosa, con tal de pasar el rato mientras les reconcomía la angustia.

Llegó Nevada. Dakota apareció unos minutos después, con la pequeña Hannah en brazos. Se abrazaron mientras les ponían al corriente de lo sucedido. Luego llegaron Ethan y Liz y repitieron el mismo proceso.

Mientras todos hablaban, Montana se dio cuenta de que eso hacían las familias: se reconfortaban los unos a los otros, esperaban en los hospitales, rezaban. Pasara lo que pasase, siempre tendría aquello. Gente que la quería y que se preocuparía, que esperaría. Eran seis hermanos y no conocían otro modo de vivir.

De pronto, como salida de la nada, se le ocurrió una idea. ¿Y Simon? ¿Quién le esperaba, quién se preocupaba por él?

Simon dio el último punto, recto y minúsculo. La operación había sido sencilla. Los cortes eran menos graves de lo que parecían. Ni demasiado profundos, ni demasiado anchos. Quizá quedaran algunas cicatrices de poca importancia, aunque lo dudaba.

Se quedó en el quirófano mientras el niño era trasladado a reanimación. La mayoría de los cirujanos se habrían marchado ya. No se quedó por preocupación. Esperó porque sabía lo que iba a suceder. Le diría a la familia que todo había salido bien. Que al niño le quedaría, como mucho, una cicatriz leve. Nada de temer. Apenas visible.

Estarían agradecidos. Las familias siempre lo estaban. Lo rodearían y le darían las gracias y querrían ofrecerle algo. Las mujeres tratarían de abrazarlo y los hombres le estrecharían la mano. Había pasado por aquello cientos de veces y nunca le resultaba fácil. No quería su agradecimiento. Lo único que quería era escabullirse. Atender el siguiente caso, sumirse en su trabajo.

Esta vez sería especialmente violento. Según la enfermera, el paciente era sobrino de Montana.

Se vería obligado a verla otra vez, a mirar sus ojos oscuros sabiendo que no podía tener lo que más ansiaba. Y lo que era peor aún: tendría que hacerlo delante de su familia.

Dudaba de que ella dijera nada. Era demasiado amable para eso. Pero estaría pensándolo. Recordaría que la había besado, que prácticamente la había forzado. Había sido tan impropio de él...

Consciente de que estaba posponiendo lo inevitable, se dirigió a la sala de espera. Los vio enseguida, la gran familia reunida, hablando, consolándose los unos a los otros. Le habían dicho que esperar era lo peor y lo creía. Él, al menos, siempre estaba ocupado haciendo algo.

Un instante antes de que lo vieran, Simon vio que Montana tenía hermanas. Y no solo eso. Vio que su estructura facial era idéntica, que sus ojos tenían la misma forma. Solo había entre ellas pequeñas diferencias causadas por el tiempo más que por el ADN.

Trillizas. Montana no se lo había mencionado. Y también tenía varios hermanos. Procedía de una familia numerosa, algo con lo que él no podía identificarse. ¿Cómo encontraba tranquilidad la gente, rodeada de tanta familia?

Montana levantó la mirada y lo vio.

–Doctor Bradley.

Todos se apartaron para que uno de los hermanos y una mujer menuda y guapa, de cincuenta y tantos años, se acercaran a él. Simon comprendió que era la madre de Montana.

El hermano, un hombre alto, le tendió la mano.

–Kent Hendrix –dijo–. Montana nos ha dicho que es usted el mejor. ¿Cómo está? ¿Cómo está Reese?

Todos lo miraban, confiando en que les dijera que el pequeño estaba bien. Simon nunca sabía qué decir, ni siquiera cuando llevaba buenas noticias, así que lo hizo lo mejor que pudo. El niño estaba bien y las cicatrices serían mínimas. La operación había transcurrido sin tropiezos.

Montana se acercó a él y sonrió.

–Me alegré muchísimo cuando me enteré de que eras tú –miró a su hermano–. He visto su trabajo. Es impresionante.

Lo primero que pensó Simon fue que no estaba enfadada. Sin saber por qué, sintió que le quitaban un peso de encima. Lo segundo fue que el único paciente suyo que había visto era Kalinda. Y ningún lego podía ver más allá de los vendajes y la piel en carne viva para ver la labor que había hecho.

Pero de eso se preocuparía más tarde, pensó.

Kent Hendrix seguía estrechándole la mano.

–No sé cómo darle las gracias. Cuando lo vi allí tendido, y toda esa sangre... –se detuvo y miró a su madre–. No sabía qué pensar.

–Es difícil cuando el herido es un familiar –dijo Simon, envarado.

Logró desasir la mano, y entonces lo abrazó Denise. La madre de Montana se enderezó y lo miró a los ojos.

–Por favor, dígame que va a ponerse bien. Sé que ya lo ha dicho, pero necesito oírselo decir otra vez.

Sus ojos brillaban, llenos de cariño. De cariño, de angustia y de preocupación. Aquella mujer era cuanto debía ser una madre y abuela. Simon lo había visto una y otra vez a lo largo de su carrera. Las madres que no querían a sus hijos, las madres que les hacían daño premeditadamente, eran raras. Siempre lo había sabido, pero aún lo sorprendía que hubiera tantos buenos padres.

–Va a ponerse bien.

–Unas pocas cicatrices –comentó Montana, tocándole el brazo a su madre–. Va a ser como un imán para las chicas.

Denise logró soltar una risa estrangulada.

–Justo lo que quiere oír una abuela –exhaló lentamente–. Doctor Bradley, hoy se suponía que íbamos a cenar en familia. Sospecho que habrá que posponer la cena hasta mañana. Por favor, únase a nosotros.

Cualquier cosa menos eso, pensó amargamente. No quería cenar con ellos. No quería relacionarse con ellos, pasar tiempo con ellos. Nunca sabía cómo comportarse, cómo actuar en compañía de extraños. Era consciente de que la invitación obedecía a su deseo de darle las gracias más que a otra cosa.

Por eso siempre se negaba. Prefería no mezclar las cosas. No era de esos médicos que trababan amistad con sus pacientes.

El resto de la familia secundó la invitación. A Simon no le costó hacer oídos sordos. Hasta que Montana se volvió hacia él.

–Por favor, di que nos acompañarás –dijo ella, mirándolo fijamente.

A pesar de su reticencia, se descubrió asintiendo. No podía resistirse a la tentación de pasar un rato en compañía de Montana. Denise dijo algo sobre la hora y le dio apresuradamente una dirección. Simon no la escuchaba.

Estaba mirando a las dos hermanas de Montana. Si era solo química, si no se trataba más que de un impulso biológico, ¿no debía sentirse igualmente atraído por ellas?

Las observó, intentando imaginarse hablando con ellas, tocándolas, besándolas. Pero en lugar de interesarse por ellas, se sintió incómodo y un poco idiota. No, era solo Montana.

—Será mejor que no le hagamos ir solo —dijo ella sin dejar de mirarlo—. Simon, te recogeré en tu hotel a eso de las cuatro. ¿Te parece bien?

No, no le parecía bien. No podía pasar tiempo con ella delante de otras personas. ¿Y si volvía a ponerse en ridículo? ¿Y si la besaba?

Se recordó que siempre había sido capaz de obligar a su cuerpo a hacer más de lo que los demás esperaban de él. Se había curado más deprisa, había conseguido mayor movilidad y hasta había seguido sacando buenas notas en la escuela. Él decidía su destino, sin salirse de las normas. Naturalmente, podía cenar con Montana y con su familia sin ponerse en ridículo.

—Es martes —añadió ella.

Él se permitió una sonrisa.

—Procuro mantenerme al corriente de los días de la semana.

—Con lo ocupado que estás, creía que podías despistarte —sus ojos brillaron, llenos de humor—. Tengo entendido que a los genios les cuesta ocuparse de los detalles cotidianos.

—Yo me las apaño, aunque me cuesta. Mañana a las cuatro. Te estaré esperando.

—Me apetece muchísimo —reconoció ella.

Por un segundo fue como si el resto del mundo desapareciera. Solo existían ellos dos. Luego una de las hermanas se rio y Simon volvió a la realidad. Después de que le dieran de nuevo las gracias, se excusó. Todavía tenía pacientes a los que ver y trabajo que hacer. Pero al entrar en el ascensor pensaba solo en Montana y en que estar con ella hacía que todo le pareciera mejor. Y al diablo la realidad.

Montana estaba en el aparcamiento del hospital reservado a los médicos. No le había costado mucho encontrar el coche de Simon. Era elegante y caro, un Mercedes convertible. Seguramente sus hermanos habrían sabido el modelo y se habrían quedado impresionados. Ella solo sabía que no estaba muy cómoda apoyada en él. No quería arriesgarse a rayarlo.

La bolsa que llevaba en la mano pesaba más por momentos. Pero lo que más le preocupaba era lo tonta que iba a sentirse si tenía que esperar mucho más con la bolsa de comida para llevar en la mano.

Le habían dicho que Simon salía cerca de las ocho. Le había comprado la cena y se había ido a esperarlo. Eran ya las ocho y cuarto, el sol se había puesto y ella empezaba a preguntarse si no estaría haciendo el ridículo. Comprarle la cena le había parecido lo menos que podía hacer. A fin de cuentas, había salvado a su sobrino. Para él no era seguramente más que rutina. Pero para su familia y ella, había sido un milagro. Quería darle las gracias, e invitarlo a cenar le parecía un buen comienzo.

Quizá también tenía curiosidad. Quizás incluso la intrigaba la posibilidad de ver a Simon otra vez en privado. Aquel hombre tenía algo, igual que lo tenían sus besos. La había mirado con una expresión extraña en la sala de espera del hospital. Montana no podía definirla, pero le gustaba.

Consultó de nuevo su reloj. Esperaría hasta las ocho y veinte y luego se marcharía. De pronto vio a Simon caminando hacia su coche. Al verla, se detuvo.

Montana intentó interpretar su expresión, pero no pudo. Ignoraba qué estaba pensando, y empezó a cuestionarse y a cuestionar su decisión. Tal vez llevarle la cena hubiera sido una mala idea.

Simon echó a andar otra vez y se detuvo cuando estuvo a unos pasos de ella.

–¿Qué haces aquí? –preguntó.

Su tono era neutro. Sus ojos no reflejaban ninguna emoción. Montana sacudió la cabeza. No, no era cierto. En sus ojos había un torbellino de emociones, solo que ella no alcanzaba a interpretarlas.

–Tengo entendido que has pasado casi todo el día en quirófano. Que no has tenido casi descanso, ni tiempo para comer –levantó la bolsa–. Debes de estar agotado. Te he traído la cena. Es de El zorro y el sabueso, un restaurante de aquí cerca. Hacen un estofado estupendo. También te he traído pan y ensalada.

–¿La invitación a cenar no era para mañana?

–Eso es cosa de mi madre. Y esto, mía.

De acuerdo, no había sido una idea muy brillante. El pobre hombre seguramente creía que lo estaba acosando. Pensó que ojalá se le ocurriera algo ingenioso que decir. Algo inteligente y divertido. Cualquier cosa que impidiera que Simon siguiera mirándola así.

–No sabía que tenías dos hermanas gemelas –dijo.

–Sí, las tengo desde siempre –ella sonrió–. Y también tengo tres hermanos, así que somos seis. Por increíble que parezca, mi madre no se volvió loca a pesar del caos.

–Debía de ser imposible distinguiros cuando erais pequeñas.

–Sí. Era muy divertido. Ahora intentamos ser distintas.

–¿Habéis superado el impulso de engañar a todo el mundo?

Montana sintió que su tensión se disipaba. Bueno, no del todo, en realidad. La tensión nerviosa había desaparecido, pero otra había ocupado su lugar.

Era consciente de que Simon estaba muy cerca. De las arrugas de cansancio que rodeaban su boca y sus ojos.

Pero, a pesar del agotamiento, poseía una energía que la atraía. Quería que la abrazara, apretarse contra él. Quería que sus bocas se tocaran, que se apoderara de ella como había hecho la víspera, como si no pudiera refrenarse. Nadie la había deseado así. Y sentirse deseada era mucho más seductor de lo que había imaginado.

—Cuando llegamos a la adolescencia sentimos la necesidad de ser distintas —ladeó la cabeza—. ¿Y tú? ¿Tienes hermanos o hermanas?

—No —contestó él tajantemente. Como si quisiera zanjar el tema de su familia.

Mientras Montana intentaba decidir qué podía decir a continuación, él abrió la puerta del coche y agarró la bolsa de la comida. Tras colocarla en el asiento del copiloto, se incorporó y la miró.

—No creo que ir a cenar mañana sea buena idea —afirmó—. No me gustan mucho las reuniones familiares.

Montana no lo conocía demasiado. Pero a veces era muy intuitiva con la gente. Y su intuición le decía que Simon pasaba gran parte de su vida solo incluso cuando estaba rodeado de gente.

—No hacen examen de ingreso. Es una cena. Has cenado otras veces.

Una comisura de su boca se tensó ligeramente, como si fuera a sonreír. Montana sintió un cosquilleo de emoción.

—Además —añadió—, necesitas una cena en familia. Te sentará bien. Así estarás menos... rígido.

—¿Así me ves?

—A veces sí. Pero no lo digo en el mal sentido.

Él levantó las cejas.

—¿Hay un sentido bueno?

—Quizá sí. Pero no hay problema, si eres inglés.

Simon sonrió. Toda su cara cambió. De pronto pasó de guapo a absolutamente irresistible. Montana suponía que a algunas mujeres les desagradarían sus cicatrices, pero ella apenas las notaba.

–No me sale muy bien el acento –reconoció él–. Aunque tengo un amigo que es inglés.

–Deberías practicar el acento. A las mujeres les encanta. Aunque a ti te va bastante bien con lo de ser médico.

–¿Lo de ser médico?

–No finjas que no sabes de qué estoy hablando. Eres un médico muy guapo. Mejor aún: eres cirujano. O sea, un bombón.

La sonrisa de Simon se desvaneció. Se quedó mirándola con tanta intensidad que Montana sintió el impulso de dar un paso atrás. Sabía que había metido la pata, aunque no sabía cómo. No creía que estuviera enfadado, exactamente. Pero estaba...

Alargó los brazos hacia ella. Tomó su cara con las manos grandes y fuertes y acarició ligeramente sus pómulos con los pulgares. Luego comenzó a besarla en la boca con la misma pasión que ella recordaba del día anterior.

Esta vez se sobresaltó menos, estaba más lista para acercarse y dejarse llevar por el placer que producía sentir sus labios pegados a los suyos. Conocía ya aquel ardor, y el deseo que fluía entre los dos. Se rindió más rápidamente, apoyando las manos sobre sus hombros. Luego ladeó la cabeza para que siguiera besándola. Aspiró el olor de su piel y el suave aroma de la cena que le había llevado. Sabía a café y a menta. Su barba le arañaba ligeramente la piel. Notaba la suave lana de su chaqueta de traje, la anchura de sus hombros, la tensión de sus músculos.

Luego, él entreabrió los labios y deslizó la lengua dentro de la boca de Montana.

Era exactamente como recordaba, pensó ella alegremente mientras el deseo la embargaba. Aquella danza erótica, su modo de besarla, desesperado y ansioso.

Ella respondió caricia por caricia, se dejó llevar por sus besos porque dejarse llevar nunca le había parecido más delicioso.

Simon bajó las manos a su cintura y la apretó contra sí.

Montana sintió la fortaleza de su cuerpo y tuvo una visión de sus cuerpos desnudos. Piel con piel. Se estremeció y sus pechos se erizaron, sus pezones se pusieron tensos. Sintió aposentarse el ardor en su vientre antes de que se deslizara más abajo.

Él bajó las manos a sus caderas. Con la yema de los dedos rozó la curva de su trasero. El vientre de Montana entró en contacto con su entrepierna y ella notó su erección.

Deseó tocarlo de inmediato. No, no era ella. Quería estar tumbada de espaldas, desnuda y preparada. Quería que la besara por todas partes.

Las imágenes eran tan reales que por un segundo pensó que le había suplicado que la tomara allí, de pie, en el aparcamiento. Pero en lugar de avergonzarse, deseó agarrar sus manos y colocarlas sobre sus pechos o entre sus piernas.

La habían besado otras veces, había hecho el amor, pero nunca había sentido aquella ansia.

Simon retrocedió sin previo aviso. Respiraba agitadamente y su rostro estaba crispado por la pasión. Si le pedía que lo acompañara a su hotel, Montana no estaba segura de poder decir no. Acostarse con un hombre al que apenas conocía no parecía muy prudente, por delicioso que fuera.

Pero él no se lo pidió. Se disculpó.

—Lo siento —dijo a regañadientes. Luego se apartó de ella y subió a su coche. Mientras Montana lo miraba, encendió el motor y se alejó.

—Vaya, es de los que te besan y se dan a la fuga —susurró ella cuando se quedó sola.

Un hombre peligroso. Tendría que tener más cuidado en lo tocante a Simon Bradley. Era de los que podían romperle el corazón con toda facilidad.

Capítulo 6

El martes por la tarde, Simon esperaba en el centro de su habitación de hotel sin saber qué hacer. Normalmente no se permitía tanta indecisión. En su profesión, había que tomar decisiones rápidamente. Había aprendido a confiar en su instinto, a convencerse de que su formación y sus capacidades le servían de guía. Pero aquello no era una operación quirúrgica. Era la vida normal y en ese terreno nunca le había ido muy bien.

Confiaba en que Montana le hubiera dado a su madre alguna excusa para que no se presentara en la cena. Después de lo sucedido la noche anterior, era imposible que estuviera esperándolo en el vestíbulo del hotel. No solo la había besado: se había apoderado de ella. De nuevo había sido incapaz de resistirse, y esta vez ella se había dado cuenta del efecto que surtía sobre él. Su incapacidad para refrenarse le parecía humillante, y sin embargo sabía que, si tenía oportunidad, volvería a hacer lo mismo.

Miró su reloj. Eran casi las cuatro. Había hecho todos los preparativos necesarios para salir del hospital temprano. O iba a la dichosa cena, o volvía al trabajo. Impelido por una fuerza que no acertaba a explicar, bajó al vestíbulo. Aunque Montana no apareciera, debía al menos esperarla. Sería su penitencia.

Pero cuando entró en el vestíbulo, la vio enseguida. Vio

su cabello largo y rubio cayéndole sobre los hombros. Vio el vestido de verano azul que dejaba desnudos sus brazos y piernas. Era preciosa y sexy, y Simon la deseaba con un ansia que lo dejaba sin habla.

Vio que otros hombres también la miraban y deseó interponerse entre ellos y Montana. Deseó anunciar a los cuatro vientos que era suya y de nadie más.

Aquel impulso primitivo lo sorprendió. Él no era así. Siempre era dueño de sí mismo. Salvo con ella.

Montana sonrió al verlo y se acercó a él. El contoneo de sus caderas lo excitó. Todos sus movimientos estaban cargados de sensualidad, eran un canto de sirena al placer.

—Vaya, pero si te has puesto vaqueros otra vez. Lo haces para despistarme, ¿verdad? Los dos sabemos que a ti te va mucho más el traje.

Así era como lo veía ella. ¿Qué era lo que había dicho? ¿Que tenía un palo metido en el trasero?

—Sobre lo de ayer... —comenzó a decir él.

Montana sacudió la cabeza.

—Ni se te ocurra disculparte. No puedes besarme así y luego decir que lo lamentas. Porque si de verdad lo lamentas, tendré que darte un puñetazo en el estómago. He asumido que eres de los que te besan y se dan a la fuga. Pero por suerte para ti eres el mejor que hay por estos contornos.

—¿Es que hay otros?

Ella se echó a reír.

—No. Solo tú.

Simon vio que no estaba enfadada. En todo caso, intentaba provocarlo. Había confiado en que le hubiera gustado que la besara. Ella había correspondido a su beso, él había sentido su reacción.

Pero no sabía si se había pasado de la raya. Aunque eso no excusaba su comportamiento, el hecho de que ella lo aceptara hizo que se sintiera un poco mejor.

Montana puso una mano sobre su pecho. Simon dedujo

que era un gesto despreocupado, o que al menos pretendía serlo. Pero sintió que el calor de su contacto lo quemaba hasta el fondo del alma.

—Deberías hacerlo más a menudo —dijo ella mirándolo fijamente.

—¿Besarte?

Ella se rio.

—No me refería a eso, pero quizá también. Me refería a sonreír. No sonríes mucho. Supongo que será porque eres un hombre muy serio.

A su modo de ver, ¿ser serio era bueno o malo?

Simon tenía la sensación de que era más bien malo y quiso decirle que podía ser tan divertido como el que más. Pero sabía que no era cierto. Hacía mucho tiempo que había perdido el buen humor.

Ella dejó caer la mano. Por un instante, él deseó protestar, decirle que necesitaba que hubiera contacto físico entre ellos. Pero no dijo nada.

—Vamos —dijo Montana—. Mi familia entera está esperando para tratarte como el héroe que eres.

—No soy un héroe —repuso Simon mientras la seguía a la calle—. Nada de eso.

A veces, no muy a menudo, pero sí a veces, deseaba que las cosas fueran distintas. Miraba a su alrededor y deseaba lo que tenían los demás. Contacto, relaciones. Pero, como solía decirse, no tenía sentido pedir la luna.

—Para nosotros sí lo eres —contestó ella.

Salieron a la cálida tarde. La acera estaba sorprendentemente llena de familias y parejas que charlaban mientras paseaban. Por lo poco que había visto del pueblo, Fool's Gold era un lugar abierto y acogedor. Como salido de una película o una serie de televisión.

Aunque sobre él no ejercía ninguna atracción, claro. Cuando acabara allí, se marcharía a otro lado.

Montana se acercó a un destartalado Subaru ranchera. La pintura no estaba muy lustrosa y tenía un par de raspones en las puertas, pero lo que llamó la atención de Simon fue el perrazo que había en la parte trasera. Reconoció sus ojos grandes, su sonrisa bobalicona y la cola que, al menearse, parecía poseer el poder mágico de sembrar el caos.

Se detuvo junto al coche.

—Es ese perro.

—No hace falta que lo digas como si tuviera una enfermedad. Sí, es Fluffy. Seguramente la recuerdas del pequeño incidente en el hospital.

Simon levantó las cejas.

—¿Pequeño incidente?

—¿Cómo lo llamarías tú?

—Más vale que no lo sepas.

Montana suspiró.

—Ya he reconocido que sobrestimé la capacidad de Fluffy para cambiar. Es una perra feliz y entusiasta y eso es casi siempre bueno. Pero no para un perro adiestrado en terapia. La llevo con nosotros porque quiero que conozca a Kent y a Reese. Kent está pensando en tener perro. Y Fluffy sería una mascota genial —entornó los ojos—. No te atrevas a decir nada.

—Estoy seguro de que Fluffy sería una mascota genial —siempre y cuando no volviera a colarse en su unidad, no tenía nada contra el animal.

—Ah, bueno —Montana abrió el coche.

Simon se sentó en el asiento del copiloto. Fluffy se abalanzó hacia él, pero Montana le dijo que se quedara detrás.

—Kent y Reese están pasando un mal momento. La madre de Reese se fue hace un año, más o menos —encendió el motor y miró a Simon—. Se marchó así, sin más. ¿Qué clase de madre es esa? Apenas ve a Reese. Kent dice que no llama casi nunca, pero que cuando de repente le apetece jugar a ser mamá, espera que Kent lo deje todo y le lleve a su hijo. No creo que Fluffy pueda ocupar el lugar de su madre, pero a veces el amor incondicional es de gran ayuda.

Simon pensó en su propia madre. Comparado con lo que había hecho, abandonarlo casi habría parecido un acto de bondad. Pero Montana no sabía nada de los monstruos que poblaban la existencia. Se había ahorrado esas vivencias, y a él le agradaba que así fuera. No quería que ella supiera cómo podía ser la vida a veces.

—No le he dicho a Sisi que iba a venir Fluffy —dijo ella con una sonrisa—. No quería que se pelearan —lo miró por el rabillo del ojo—. Sisi está loca por ti, en serio. Es tan mona...

Simon pensó en la pequeña caniche. No era mal perro y parecía sentarle bien a Kalinda, lo cual él agradecía enormemente.

—Creo que le das demasiada importancia a esa perra.

—Eso lo dices porque no la conoces. Espera y verás. Seguro que acabará por conquistarte.

Antes de que pudiera responder, Montana comenzó a indicarle diversos rincones de Fool's Gold. Pasaron junto al parque y atravesaron el pequeño centro del pueblo antes de entrar en un barrio residencial.

Simon vio que, aunque antiguas, las casas estaban bien cuidadas. Los grandes árboles y las verdes praderas de césped daban al barrio un aire idílico. En los porches había apoyadas bicicletas. Simon suponía que aquello era normal para mucha gente. Que muchos niños crecían en lugares como aquel, al menos en teoría. Él nunca había experimentado nada parecido. Los años que había vivido con su madre habían transcurrido en pequeños apartamentos de barrios tétricos y sombríos. Sus años de adolescencia los había pasado en hospitales. Pero, sin duda, muchos de sus pacientes vivían en casas como aquellas, aunque él nunca los visitara allí. Procuraba mantener bien delimitado su trabajo. No quería conocer a sus pacientes más de lo necesario. De hecho, nunca había aceptado una invitación para ir a casa de un paciente. Aquella era la primera vez. Y no era porque quisiera conocer a la familia Hendrix. Era solo por Montana.

Ella aparcó delante de una casa. Parecía recién pintada y el tejado era nuevo. El jardín estaba bien cuidado. Había varios coches en el camino de entrada. Al salir, Simon se preparó de nuevo para tratar con personas a las que no conocía. No era su fuerte, pensó con amargura.

Montana dejó salir a Fluffy del coche y le puso rápidamente la correa. Aun así, la perra casi la arrastró hasta el porche. Antes de que llegaran, se abrió la puerta y empezó a salir gente.

—Bienvenidos —dijo Denise, apresurándose hacia ellos con los brazos abiertos.

Simon sintió el impulso de dar un paso atrás, de volverse y marcharse con cualquier excusa. Pero todo sucedió muy deprisa. Denise lo abrazó, apretándolo como si no quisiera soltarlo.

—Ha llegado esta mañana —le dijo mientras lo estrechaba entre sus brazos—. Como usted dijo. Va a ponerse bien y es gracias a usted —agarrando sus antebrazos, retrocedió y lo miró—. Me gustaría pasar las próximas horas dándole las gracias, pero sé que se sentiría incómodo. Así que voy a decirlo ahora y luego intentaré no hacerlo más. Gracias.

—De nada —contestó él, confiando en no parecer tan tenso como se sentía.

Denise le dio el brazo y lo condujo hacia el resto de su familia.

Simon se acordaba de Kent, del día anterior. Después de estrecharle la mano, le presentaron a Ethan, el mayor de los seis, y su mujer, Liz. Luego llegaron las trillizas, Dakota y Nevada.

Dakota sostenía a una niña pequeña. A su lado estaba Finn, su prometido.

—Los niños están atrás, en el jardín —le dijo Denise—. A Reese ya lo conoce, claro. Luego están los tres de Ethan y

Liz. Mi hijo pequeño, Ford, es militar y está en el extranjero.

Mientras hablaba, lo condujo a través de la casa. Las habitaciones eran grandes, luminosas y acogedoras, y los sofás parecían muy cómodos. Simon descubrió que empezaba a relajarse casi contra su voluntad.

Una vez fuera, se dirigieron todos a las mesas montadas a la sombra de los árboles. Oyó a las otras dos hermanas bromeando con Denise acerca de comer fuera. Montana se puso a su lado.

—¿Estás bien? —le preguntó.

Él la miró.

—Sí.

—Solo te lo pregunto porque sé que estas cosas no te van —sonrió—. Las familias. Los grupos de gente.

Simon se preguntó si tanto se le notaba.

—Agradezco la invitación —comenzó a decir.

Ella lo cortó con una risa, sacudiendo la cabeza.

—Por favor... Eso puedes decírselo a ellos, pero tú y yo sabemos la verdad. Preferirías que te hicieran una endodoncia a estar aquí. Así que te agradezco de veras que hayas accedido a venir.

Él nunca había creído que tuviera preferencias físicas en cuanto a mujeres. Sus relaciones habían sido siempre fugaces, cuestión de conveniencia. Ahora, en cambio, mientras miraba los ojos castaños de Montana, se preguntaba si alguna vez sería capaz de mirar a otra mujer sin pensar en ella.

Se sentaron juntos. Nevada se reunió con ellos, sentándose al otro lado de la mesa, y se inclinó hacia él.

—No soy muy dada a las efusiones —dijo—. Ya se encargará mi madre de darle las gracias por todos nosotros. Supongo que en algún momento se cansa uno de que se las den.

—Cansarse, no —puntualizó él—. Pero es verdad que a veces resulta incómodo.

Ella sonrió.

—¿Usted tampoco es muy dado a efusiones?

—No.

La curvatura de su boca, el destello de sus dientes, eran casi idénticos a los de Montana. Sin embargo, la reacción de Simon no podía ser más distinta. Nevada no le interesaba lo más mínimo. Era bastante amable y bastante guapa, pero no se parecía en nada a su hermana. Lo cual era curioso, teniendo en cuenta que eran trillizas idénticas.

—Montana me ha dicho que solo va a estar trabajando unos meses aquí. ¿Va de sitio en sitio, operando, y luego se marcha?

Simon asintió con la cabeza.

—No suelo ir a ciudades grandes, a menos que haya casos especiales. Cada par de años paso unos meses en otros países. En cuanto acabe aquí me marcho a Perú.

—¿Médicos sin Fronteras? —preguntó Montana.

—He trabajado con ellos y con otras organizaciones. En el Tercer Mundo hacen mucha falta cirujanos.

—Pero trabaja casi siempre con quemados, ¿no? —preguntó Nevada—. ¿No requieren atención a largo plazo?

—Sí. Yo me ocupo de las intervenciones preliminares y los médicos locales se encargan del seguimiento a largo plazo. A veces regreso un par de años después —si el caso era lo bastante difícil.

—¿No es un poco joven para dedicarse a eso? —preguntó Nevada—. ¿Cuántos años tiene? ¿Treinta y pocos?

—Empecé la universidad antes de lo normal y acabé pronto la carrera. Sabía lo que quería hacer y estaba motivado.

Montana disfrutaba escuchando la conversación. No sabía mucho sobre Simon y el hecho de que su hermana lo acribillara a preguntas quizá le hiciera más fácil cumplir el encargo de la alcaldesa. Aunque, por lo que sabía, lo único que hacía Simon era ir de acá para allá. Y aunque eso sonaba muy emocionante, ¿no necesitaba un hogar?

Mientras Nevada y él hablaban de los estudios de Simon, Montana observó su cara. No le sorprendió que la hubiera sentado en su lado «bueno». Pero cuando se volvía hacia su hermana, podría ver algunas de sus cicatrices. Eran gruesas y retorcidas y tiraban de su piel. Bajaban por un lado de su cuello. Montana no estaba segura de dónde terminaban. ¿En el hombro? ¿O bajaba por su espalda o su pecho?

¿Qué le había sucedido? ¿Cómo se había quemado y cómo se había recuperado?

«¿Quién era Simon Bradley?», se preguntó con cierto dramatismo.

Antes de que se le ocurriera un modo de preguntárselo, se acercaron Kent y Reese, con Fluffy dando brincos junto al niño. Su sobrino tenía un lado de la cara vendado y un par de hematomas. Seguía un poco aturdido por el accidente y la operación. Por insistencia de su abuela y su padre, estaba pasando la tarde en una tumbona mientras sus primos jugaban a su alrededor. Montana tenía la impresión de que al día siguiente estaría correteando por allí con los demás.

–¿Cómo te encuentras? –le preguntó Simon.

–Bien. Me duele un poco la cara. Y estoy un poco cansado. Mi padre dice que es usted el médico que me operó.

Simon asintió con un gesto.

–Fuiste el caso más fácil que tuve ayer.

Reese se apoyó contra la mesa. Tenía el mismo cabello oscuro que todos los varones de la familia, y Montana veía en él muchos rasgos de su hermano.

–¿No le molesta ver tanta sangre? –preguntó Reese.

–Estoy acostumbrado.

–Es genial cómo ayuda a la gente y todo eso. Pero a mí me preocupa ponerme a vomitar, por la sangre y tal.

Kent pareció sorprendido.

–¿Es que estás pensando en ser médico?

Reese sonrió.

–Tengo diez años, papá. Quiero ser un montón de cosas. Pero creo que lo que hace el doctor Bradley es especial. Ya sabes, curar a la gente.

Montana notó que su hermano se contenía. Lo conocía bien y sabía que sentía el impulso de decir que su profesión también era interesante, aunque no estaba segura de que hubiera muchos niños de diez años que soñaran con ser profesores de Matemáticas.

–Estaría bien que fueras médico –dijo Kent–. Pero para eso hay que estudiar mucho.

–Tiene tiempo de sobra para decidir –comentó Simon tranquilamente, y sonrió a Reese–. Mañana no estarás tan cansado. Y dejará de dolerte la cara.

–Qué bien.

Kent se excusó y ambos volvieron a entrar en la casa. Fluffy los siguió.

–Debería ir a ayudar a mamá –dijo Nevada, levantándose.

Montana hizo amago de ponerse en pie, pero su hermana le hizo señas de que se quedara sentada.

–Entretén a nuestro invitado –dijo con una sonrisa sagaz–. Yo sacaré la comida.

Montana suspiró; luego miró a Simon para ver si había notado la poco sutil insinuación de su hermana. Por suerte, parecía estar absorto observando a Fluffy.

A través de la puerta corredera, que estaba abierta, vieron que Reese se había tumbado en un sofá. En lugar de quedarse fuera, con los otros niños, Fluffy se acomodó a sus pies.

–Lo está protegiendo –comentó Montana–. No tiene carácter para ser perro de terapia, pero sí tiene corazón.

–¿Te decepciona que no haya bastado con eso?

Ella observó a su sobrino.

–Creo que le vendrá bien un perro, así que no. Aun así, habría sido estupendo que Fluffy se sumara al equipo. Los perros grandes funcionan bien en un montón de situaciones.

–¿Como cuáles?

–Como cuando vamos a atender a un grupo grande de personas, en una residencia de ancianos, por ejemplo. Los perros más grandes pueden circular de un lado a otro fácilmente y a las personas mayores les cuesta menos acariciarlos. También son mejores para pacientes en silla de ruedas o que usan andador. No se meten en medio. Y también parecen preferibles para el taller de lectura. Cualquiera pensaría que a los niños les da miedo un perro grande, pero no es así. Además, pueden apoyarse en ellos o abrazarlos, y eso alivia en parte el estrés. No es que minusvalore la labor de los perros pequeños. Ya viste cómo acogía Kalinda a Sisi. Y es muy difícil tumbar a un labrador de cuarenta kilos en una cama con un niño enfermo –sacudió la cabeza–. Perdona. Te estoy aburriendo.

–No, me gusta oírte hablar de tu trabajo.

–No es nada comparado con lo que haces tú.

Simon no desvió de ella su mirada gris verdosa.

–No estoy de acuerdo. Para un niño, la capacidad de leer es tan importante como encajar en las normas sociales en términos de apariencia física.

Tenía razón, pero aun así...

–Tú salvas vidas.

–Cuando llevas a un perro a visitar a una persona que está sola, ¿no estás tú también salvando la vida de esa persona?

–Momentáneamente, sí.

–¿Y la vida no se compone de momentos?

Aquella era una faceta de Simon que Montana no esperaba ver.

–Pensaba que todos los cirujanos tienen un ego enorme.

–Yo también tengo mis momentos –esbozó una sonrisa–. Además, ese palo que llevo en el trasero ocupa mucho espacio.

Ella hizo una mueca.

–No debería haberte dicho eso. Lo siento.

–No te disculpes. Tiendo a concentrarme demasiado en mi trabajo. Lo necesito para cumplir con mi labor, pero pasado un tiempo olvido que tengo que desconectar.

Le dedicó una sonrisa y ella notó que se le encogía el estómago. «Este hombre tiene algo», pensó. Quería preguntar por sus cicatrices, por cómo se las había hecho y por qué no se las había quitado del todo. Tal vez fuera imposible hacerlas desaparecer. ¿Y qué había de su vida privada? Por lo que había dicho, iba de sitio en sitio, sin verdaderas raíces. ¿No se sentía solo?

Normalmente no le costaba conversar, pero con Simon tenía la sensación de que debía andarse con pies de plomo. Cosa rara, teniendo en cuenta que él le había metido la lengua en la boca. Pero no se trataba de que la pusiera nerviosa, sino más bien de que no quería ahuyentarlo.

–Supongo que eso significa que no tuviste perro de pequeño –comentó, preguntándose si podría hacerle hablar de su pasado.

–No –contestó él, tensando la boca al tiempo que el brillo de humor de sus ojos desaparecía–. Nada de perros. Vivía solo con mi madre. Hasta que ingresé en el hospital.

Por las quemaduras, pensó Montana, ansiosa por averiguar qué había pasado. Pero antes de que se le ocurriera un modo de preguntárselo, Simon añadió:

–¿Tus hermanas y tú sois las pequeñas?

–Sí. Mi madre quería una niña y tuvo tres. Tuvo que ser difícil. Lo del parto múltiple, quiero decir. Mi amiga Pia está embarazada de gemelos. Puede dar a luz en cualquier momento. No me imagino lo que es. Sobre todo, porque no son suyos. Biológicamente, quiero decir.

–¿Alguien donó los óvulos?

–Crystal, una amiga común, tenía embriones congelados. Crystal murió y se los dejó a Pia, que se asustó muchísimo –Montana sonrió al recordarlo–. No estaba muy preparada para ser madre, que digamos. Pero no podía negarse y luego conoció a Raúl y ahora son una familia –suspiró–. Es maravilloso. ¿No te encantan los finales felices?

–¿Crees en ellos?

–Claro que sí. Fool's Gold es el País de los Finales Felices. ¿Tú no?

–A veces.

El aire cálido arrastraba el olor de las flores de su madre. Montana oía a los niños jugando, hablando y riendo dentro de la casa. Pero todo aquello se desvaneció, hasta que solo quedó Simon.

–¿Solo a veces? Porque otras no puede haberlos –susurró, comprendiendo que para él no salvar a un paciente, aunque supiera que era imposible, tenía que ser terrible.

–Ya lo he asumido.

–No es verdad.

Simon se quedó mirándola.

–No, no es verdad –reconoció–. Se supone que tengo que ser capaz de salvarlos a todos –puso las manos sobre la mesa–. Está aquí. En estas manos, y en mi cabeza. Se me da bien lo que hago. Soy uno de los mejores. Siempre he sabido que tenía un talento especial, y que si ponía todo mi empeño en ser el mejor, podía salvar vidas.

No era soberbia, pensó Montana, aunque no estaba segura de cómo lo sabía. Era otra cosa. Algo más profundo e intrínseco a él.

–Eres muy complicado –le dijo ella.

–No, soy bastante simple. La complicada eres tú.

Montana se rio.

–No creo. Mi vida es muy normal. Aburrida, incluso.

–Aburrida, no.

«Ojalá fuera cierto», pensó ella.

–Siempre he querido tener una vida exótica. Distinta. Pero tengo cinco hermanos y mis padres se querían mucho. Supongo que ser trilliza es bastante raro, pero en cierto modo solo empeoraba esa sensación de que no había nada de particular en mí. Es difícil individualizarse cuando se tienen dos hermanas gemelas –sacudió la cabeza–. No me estoy explicando, ¿verdad? El caso es que quiero muchísimo a mi familia y a mis hermanas. Pero ellas siempre han sabido lo que querían. Yo, en cambio, no lo he sabido hasta hace muy poco.

–¿De ahí tu preocupación por el destino de Fluffy?

Montana se echó a reír.

–«De ahí», como tú dices, mi preocupación por el destino de Fluffy. ¡Ah, tú y tu refinada educación!

–Ese soy yo. Un tipo refinado.

–Me alegro de que hayas venido –dijo ella impulsivamente, tocando su mano.

Su piel cálida la hizo recordar sus abrazos.

Simon la observaba con intensidad.

–Yo también. No paso mucho tiempo en familia.

Por elección, pensó ella de pronto, pensando en sus viajes. Podría haber elegido instalarse en un lugar, hacer dinero y esperar a que los pacientes acudieran a él. Pero no lo había hecho. Había dispuesto su vida así premeditadamente, y Montana se preguntaba por qué.

Ethan se acercó a ellos.

–Bueno, Simon, he venido a darte un respiro. Kent y yo vamos a tomar una cerveza y a ver el partido. ¿Te apetece acompañarnos?

Montana habría preferido que se quedara con ella, pero no estaba segura de que él quisiera.

–Adelante –le dijo–. Yo voy a ayudar a mi madre en la cocina.

Entraron en la casa. Ethan fue a buscar sendas cervezas y los tres hombres se acomodaron delante del gran televisor del cuarto de estar. Era una habitación amplia, con sofás confortables. Aunque daba a la cocina, los chicos estaban tan lejos que el sonido del televisor apenas se oía en la cocina. Los niños estaban jugando en el jardín de atrás.

Nevada y Dakota estaban con Denise, acabando de preparar la cena. La pequeña Hannah estaba sentada en su parque, hurgando alegremente en una bolsa bordada llena de animales de trapo.

—Déjame adivinar —dijo su madre cuando entró Montana—. Van a ver el partido.

—Claro.

—Los hombres y los deportes. Nunca lo entenderé —Denise se apoyó en la encimera—. ¡Cómo le gustaba a vuestro padre el béisbol!

—Y el fútbol americano —añadió Nevada—. ¿Os acordáis de esa cena de Acción de Gracias, cuando hubo prórroga en un partido y el pavo ya estaba listo?

Su padre estaba ansioso por ver el final del partido, pero tras echar una ojeada a la cara de su mujer, había apagado el televisor. Denise se había quedado tan impresionada que les había pedido a Ethan y a Ford que llevaran al televisor al comedor mientras Ralph trinchaba el pavo en la cocina.

—Te quería tanto que se habría perdido el final de ese partido por ti —le recordó Montana.

—Sí. Era un buen hombre —Denise la miró a ella y luego a Nevada—. Quiero que vosotras dos encontréis uno que se parezca a él.

—Yo no me opongo —respondió Montana, y procuró no mirar hacia el cuarto de estar, ni pensar siquiera en Simon. Primero, apenas lo conocía. Y, segundo, no era de los que se quedaban, ni ella era de las que se marchaban.

—No estoy segura de que lo que teníais papá y tú exista todavía —refunfuñó Nevada—. Los hombres como él ya no abundan.

—Claro que sí —le dijo Dakota.

—Gracias. Restriéganos que tú has encontrado al último.

—Puede que no —comentó Denise mirando a Simon—. ¿Alguna chispa?

–¡Mamá! –Montana agitó las manos–. ¡Shh! ¿Y si te oye?

–Están al otro lado de la habitación con la tele puesta. No puede oírme –aun así bajó la voz–. Os he visto hablando fuera. ¿Hay algo?

Montana no supo qué contestar. Simon era inteligente y guapo y sus besos la dejaban sin respiración, pero...

–No lo sé –reconoció–. No tenemos mucho en común.

–¿Cuánto necesitáis tener en común? –preguntó Nevada.

–No estoy segura. Él es muy solitario. No sé si por las circunstancias o por decisión propia.

–¿Te refieres a que no sabes si es misterioso o si le pasa algo raro? –preguntó Dakota.

Montana sonrió.

–Exacto.

–Tú podrías averiguarlo –le recordó su madre.

–Sí, podría.

Capítulo 7

Denise se ciñó el cinturón de la bata de algodón mientras esperaba a que se hiciera el café. Aunque se había acostumbrado a estar sola, le gustaba tener de nuevo a parte de la familia con ella en casa, aunque fuese solo unos días. Era viuda desde hacía más de diez años: hacía mucho tiempo que se había acostumbrado al silencio. Pero prefería que hubiera gente en casa. Sobre todo, si eran sus nietos.

Kent entró en la cocina. Ya se había duchado y afeitado. Denise observó sus pantalones oscuros, su camisa azul clara y su corbata estampada.

—¿Nervioso? —le preguntó mientras servía dos tazas de café.

—Un poco. Me apetece muchísimo conseguir ese trabajo.

Kent había vuelto a Fool's Gold para hacer una última entrevista en el instituto del pueblo. Si conseguía el empleo, cabía la posibilidad de que lo nombraran jefe de departamento cuando la persona que ocupaba ese puesto se jubilara un par de años después.

—Me encantaría que volvieras al pueblo —comenzó a decir Denise mirando a su hijo—, pero quiero que estés seguro.

Kent le dedicó una sonrisa que se parecía tanto a la de su padre que a ella se le encogió el corazón.

–Mamá, ya hemos hablado de esto.

–¿Qué importa? Quiero que avances, no que huyas de algo.

Él levantó una mano.

–No te cortes, mamá. Dime lo que piensas de verdad.

–Ya sabes lo que quiero decir. Reese y tú habéis pasado por muchas cosas estos últimos años. Quiero que estés seguro.

–Lo estoy –dejó su taza de café y se apoyó en la encimera–. Lorraine no va a volver. Lo sé. Quedarnos en esa casa es muy duro tanto para Reese como para mí. Hay demasiados fantasmas. Quiero empezar de nuevo. Nos vendrá bien a los dos. ¿Y dónde mejor que aquí? Este pueblo es fantástico. Hemos venido tantas veces que Reese ya tiene amigos aquí. Y además está la familia. Quiero estar aquí, mamá.

–De acuerdo. Si estás seguro...

–Lo estoy.

Ella bebió otro sorbo de café.

–Siento mucho lo de Lorraine.

–No, no lo sientes.

Denise suspiró.

–Siento que lo hayas pasado tan mal.

–Eso sí me lo creo.

Denise odiaba ser una de esas suegras que nunca veían con buenos ojos a la mujer con la que se casaba su hijo, pero no había podido evitar sentir desagrado por Lorraine desde el instante mismo en que la había conocido. Aunque sonara a estereotipo, aquella mujer no era lo bastante buena para su hijo. Era preciosa, pero fría. Denise recordaba haberse preguntado por qué una mujer tan ambiciosa y decidida se había casado con un chico que aspiraba a ser profesor de Matemáticas.

Su matrimonio había sido tumultuoso desde el principio, y Lorraine se había marchado varias veces. Hacía un año y medio había anunciado que quería el divorcio.

Se había marchado de nuevo, pero esta vez no había vuelto.

Y aunque Denise sufría por Kent, quien más le preocupaba era Reese. Lorraine rara vez veía a su hijo. Ni siquiera había ido a su último cumpleaños. Eso sí que era egoísmo...

Kent interrumpió sus cavilaciones:

–¿Seguro que no te importa que nos quedemos aquí?

–La casa es grande. Me gustará tener compañía. Me preocupas más tú.

Él sonrió.

–¿Un tipo de treinta y tantos años que vive con su madre? Voy a llevarme a las chicas de calle.

–Yo creo que sí. Cuando estés listo.

La sonrisa de su hijo se borró.

–No lo estoy. Creía que había encontrado lo que teníais papá y tú. Creía que ella sería el amor de mi vida. Y quizá lo ha sido, pero eso ya no importa, en realidad. Se ha ido.

Denise quiso decirle que no se rindiera. Que era muy joven y que tenía mucha vida por delante. Pero había aprendido hacía mucho tiempo que era mejor insinuar las cosas sutilmente que intentar dirigir sin rodeos la vida de sus hijos.

–Todo eso puede esperar –dijo mientras pensaba que, una vez estuviera allí instalado, encontraría el modo de presentarle a unas cuantas mujeres de su edad. Había muchas en el pueblo–. Primero tienes la entrevista final.

–Por cierto, será mejor que me vaya –cruzó la cocina y la besó en la mejilla–. Gracias, mamá. Eres la mejor.

–Eso lo creeré cuando me pongas una placa.

Kent se marchó. Denise se acercó a la ventana y miró su jardín pensando en lo distinta que había sido su vida cuando vivía Ralph. Distinta y mejor. Antes de Ralph había estado Max, a quien también había querido mucho. Había sido muy afortunada, se dijo. Y a pesar de que tenía sus secretos, no podía pedir mucho más de lo que había recibido.

Media hora después, Reese entró en la cocina, soñoliento. Llevaba una camiseta, unos pantalones de pijama holgados y el pelo revuelto.

—Hola —dijo Denise cariñosamente, y se acercó a abrazarlo—. ¿Qué tal estás?

—Mejor. Ya no me duele nada la cara, como dijo el doctor Bradley.

—Eso es bueno.

Su nieto la abrazó y se dejó caer en una silla. Denise se acercó a la nevera y sacó una jarra de zumo de naranja.

—Puedo hacer gofres para desayunar —le dijo mientras le servía un vaso—. ¿Qué te parece?

Reese sonrió.

—Sería estupendo —tomó el vaso y le dio las gracias—. Abuela, ¿sabías que hay montones de niños en el hospital?

—Sí —Denise comenzó a reunir los ingredientes—. Hay toda una planta para niños. Se llama «pediatría».

—Supongo que ya lo sabía —arrugó el ceño—. Los niños también se ponen enfermos, pero fue muy raro verlos allí. Algunos están muy enfermos y tienen que quedarse mucho tiempo. Si tienen cáncer o algo así —agarró de nuevo su vaso—. Me lo dijo una enfermera.

Denise sintió la necesidad instintiva de protegerlo de las cosas desagradables de la vida, pero se recordó que conocer las desgracias ajenas a menudo ayudaba a desarrollar la compasión en los niños.

—Debe de ser muy duro para ellos y para sus familias —dijo.

Reese asintió.

—Además es verano y no pueden estar fuera, jugando —dejó el vaso sobre la mesa—. ¿Crees que podría ir a ver a algunos? ¿A los que no tengan amigos aquí cerca? Podríamos jugar con la consola o algo así.

Denise se llenó de orgullo. No solo por Reese, sino también por Kent, por haberlo hecho tan bien con su hijo.

–Hablaré con tu tía Montana. Ella lleva perros de terapia al hospital con mucha frecuencia. Sabrá a quién hay que preguntar.

–Qué bien.

La sonrisa de Reese le recordó a Denise a sus hijos cuando tenían la edad del chico. Kent podía tener un gusto pésimo con las mujeres, pero era un padre maravilloso. Al menos, eso su exmujer no había conseguido quitárselo.

La biblioteca de Fool's Gold había sido construida en torno a 1940. Era un proyecto de los años treinta con columnas labradas y murales de más de cinco metros de alto. A Montana le encantaba. Le encantaban la amplia escalinata que llevaba a unas enormes puertas de madera labrada, las ventanas de cristal emplomado y el sempiterno olor a libros viejos y polvorientos.

Había trabajado allí antes de empezar con Max. Había disfrutado mucho de su trabajo y le habían ofrecido un puesto a jornada completa. Y aunque pensaba que seguramente debería haber aceptado, una vocecilla interna le había dicho que su verdadera pasión estaba en otra parte. Por suerte la señora Elder, la bibliotecaria jefe, no le guardaba rencor por ello. Cuando Montana le había propuesto un taller de lectura para el verano utilizando perros de terapia, la señora Elder se había mostrado entusiasmada.

Habían empezado con un grupo pequeño, con un solo perro y tres alumnos. La premisa era muy sencilla: los niños que tenían problemas de lectura trabajaban con un tutor media hora; el tutor repasaba la lista de vocabulario y se aseguraba de que los niños entendían lo que significaban las palabras. Luego, los alumnos le leían un libro en voz alta al perro.

Montana había elegido a Buddy, no solo porque era un perro amable y atento, sino porque tendía a preocuparse. Había notado que los niños reaccionaban a la preocupación de los perros intentando tranquilizarlos. Pero ello exigía un poco de confianza en uno mismo, y los alumnos con dificultades para leer no solían tener mucha.

La señora Elder le presentó a un niño delgaducho de la edad aproximada de Reese.

–Este es Daniel –la bibliotecaria sonrió al chico–. Daniel, te presento a Montana y a su perro, Buddy.

El niño la miró. Apenas se le veían los ojos detrás del largo flequillo.

–Hola –dijo casi con un suspiro, y Montana dedujo que no le apetecía pasar una cálida tarde de verano metido en la biblioteca.

La señora Elder se despidió con una inclinación de cabeza y se marchó.

Estaban trabajando en uno de los cuartos que había junto a la sala principal de la biblioteca. Tal y como había pedido Montana, había varios pufes y grandes cojines sobre el suelo enmoquetado. Cuando un niño le leía a un perro, era de ayuda que todos estuvieran al nivel de los ojos.

Montana se sentó en un puf y dio unas palmaditas en el que había al lado para que Daniel se sentara.

–Buddy está deseando oír el cuento. Se lo he explicado antes y está impaciente por oírlo.

Daniel se dejó caer en el suelo y puso cara de fastidio.

–A los perros no les gustan los libros.

–¿Cómo lo sabes? –preguntó Montana–. Buddy no está teniendo un día muy bueno y los cuentos hacen que se sienta mejor.

–No esperarás que me crea eso.

–Claro que sí. Míralo. ¿Parece un perro feliz?

Daniel se volvió obedientemente hacia Buddy. El perro, como siempre, tenía cara de estar preocupado, como si llevara el peso del mundo sobre los hombros.

–Parece un poco triste –reconoció Daniel–. Pero leer no va a servirle de nada. A los perros no les importan esas cosas.

–¿En serio? –Montana tomó los dos libros que había llevado Daniel. Se los acercó a Buddy–. ¿Cuál?

El perro levantó la pata izquierda y tocó el libro de ese lado.

Montana se lo pasó a Daniel.

–¿Ves?, Buddy tiene opinión.

Los ojos del niño se agrandaron.

–¡Vaya! No había visto nunca nada parecido –se volvió hacia el perro–. Buddy, ¿de verdad quieres que te lea el cuento?

Tal vez fueran imaginaciones suyas, pero a Montana le pareció que el perro asentía.

–Está bien –Daniel la miró–. Tú no vas a quedarte, ¿verdad?

Montana se puso de pie.

–No. Os dejo solos.

Salió de la sala, pero se quedó cerca de la puerta abierta. Daniel empezó a leer muy despacio. Pronunciaba trabajosamente cada palabra, trastabillándose de vez en cuando, pero seguía adelante.

La idea de que fuera el perro quien escogía el libro se le había ocurrido hacía un par de semanas. Enseñarles el truco había sido fácil, y si ayudaba a los niños a creérselo, podía considerarlo tiempo bien empleado.

Miró su reloj y salió. Diez minutos después iría a ver qué tal le iba a Daniel.

Acababa de sentarse a la sombra de un gran roble cuando el teléfono móvil vibró dentro de su bolsillo. Lo sacó.

–¿Sí?

–¿Montana? Soy Fay Riley, la madre de Kalinda. ¿Te pillo en mal momento? –parecía agotada, como si hiciera días que no dormía.

Y probablemente así era, pensó Montana recordando lo pequeña que parecía Kalinda en su cama del hospital.

–No, nada de eso. ¿En qué puedo ayudarte?

Fay suspiró.

–Kalinda está teniendo un mal día. El dolor es horrible y no puede dormir. ¿Sería mucha molestia que trajeras a Sisi? Creo que le vendría muy bien. No intento que te sientas culpable –añadió apresuradamente–. Ay, Dios. Puede que sí. Estoy desesperada.

Montana notó la tensión de su voz, junto con las lágrimas.

–Claro que puedo llevarla. Pero estoy en la biblioteca y no salgo hasta dentro de una hora. Luego iré a buscar a Sisi. Así que, ¿sobre las tres y media?

–Estupendo –Fay sofocó un sollozo.

–No pasa nada –dijo Montana con calma–. Me alegro de poder ayudar, aunque sea un poco.

–Te lo agradezco. Perdona que esté tan sensible. Es por las quemaduras. Son tan horribles... Y no sé qué hacer.

–Estás con ella y la quieres.

–Ojalá eso fuera suficiente –se aclaró la garganta–. Lo siento. Te estás portando maravillosamente y yo...

–Lo entiendo. Al menos, en la medida de lo posible.

–Gracias, Montana. Esto significa mucho para nosotras.

Cuando colgaron, volvió a guardarse el teléfono en el bolsillo. Era imposible que entendiera por lo que estaba pasando aquella familia. Era imposible que lo entendiera nadie, a menos que hubiera pasado por algo parecido. Lo único que podía ofrecerles era la compañía de una caniche. De momento tendría que conformarse con eso.

Subió en el ascensor del hospital con Sisi en brazos. La caniche, limpia y contenta, parecía reconocer el lugar. Montana se preguntaba si temblaba de emoción por ver a Kalinda, o por ver a Simon. Ambos le habían gustado, aunque Simon era, con mucho, su preferido.

Si era del todo sincera consigo misma, a ella tampoco

le importaría pasar un rato con Simon. No solo para besarse, aunque eso fuera fabuloso, sino también para hablar con él. Quería saber más acerca de su vida. Quería averiguar cómo se había hecho aquellas cicatrices, cómo se había quemado y por qué no se había operado para eliminarlas.

Al llegar a la planta, se dirigió a la unidad de quemados. Tras pasarse un momento por la sala de enfermeras, se dirigió a la habitación de Kalinda. Fay salió al pasillo y la vio.

Aunque solo hacía un par de días que Montana había llevado a Sisi, Fay parecía más cansada y más frágil que antes. Las ojeras parecían haberse grabado indeleblemente en su piel y su boca temblaba con una emoción imposible de retener.

—Gracias por venir —dijo en voz baja—. Kalinda tiene muchos dolores. Las enfermeras no paran de decirme que hacen lo que pueden, pero cuando me grita que la ayude y no puedo hacer nada... —tragó saliva—. Lo siento.

Montana se sentía impotente.

—No te disculpes, por favor. Esto es durísimo para ti y para tu familia. Necesitas desahogarte, así que no te preocupes: conmigo puedes hacerlo cuando quieras.

—Eres muy amable.

Montana estaba dispuesta a hacer todo lo que pudiera.

—No le he dicho que iba a venir la perrita —dijo Fay—. Va a ponerse muy contenta.

—Sisi también está muy emocionada.

Entraron en la habitación. A ojos de Montana, las quemaduras de la niña tenían peor aspecto que antes. La piel en carne viva parecía más enconada y había empeorado el olor. Sisi se estremeció e intentó saltar de sus brazos como si recordara a Kalinda de su última visita. La niña abrió los ojos.

—Ah, has traído a Sisi.

–He pesando que quizás así te sintieras mejor –dijo su madre.

Kalinda consiguió esbozar una sonrisa temblorosa.

–Sí. Gracias, mamá.

Montana puso a Sisi sobre la cama. La caniche avanzó con cuidado sobre las mantas, hasta el costado de Kalinda. Se quedó mirándola unos segundos; luego le lamió los dedos. Kalinda se rio débilmente.

–Le gusto.

–Claro que le gustas –le dijo Montana, un poco emocionada.

Sisi se acurrucó al lado de la niña. Kalinda comenzó a acariciarla suavemente mientras sus ojos se cerraban.

–Qué bien –susurró.

Fay hizo señas a Montana de que la siguiera al pasillo.

–¿Puedes quedarte un rato? He pensado que quizá se relajara lo suficiente para dormirse.

–Claro que sí. Me quedaré sentada a su lado –Montana la miró–. ¿Por qué no te tomas un descanso? Ve a comer algo.

–No tengo hambre, pero me encantaría darme una ducha –miró hacia la habitación–. Odio alejarme de ella.

–Yo no voy a ir a ninguna parte –Montana sacó un libro de su bolso y lo levantó–. Te lo prometo.

–La enfermera tiene el número de mi móvil, por si pasa algo –Fay dudó todavía–. Ojalá hubiera sido yo y no ella. Todo esto es tan duro... El dolor, la cicatrización, las operaciones... Echa de menos a sus amigos, pero viven demasiado lejos para venir a visitarla. Además, no estoy seguro de que quieran verla mientras esté así.

Montana se acordó de que su madre le había dicho que Reese quería visitar a niños ingresados en el hospital.

–¿Crees que le gustaría tener una visita de su edad? –preguntó–. Mi sobrino tiene diez años. Podría traerlo unos minutos.

Fay pareció más preocupada que aliviada.

–¿Podrá soportarlo? No me gustaría que dijera nada que hiera los sentimientos de mi hija, ni que parezca impresionado.

–Hablaría con él primero. Podríamos conectarnos a Internet y leer un poco sobre el proceso que está pasando Kalinda, para que él esté sobre aviso. Reese es muy buen niño. Además, Kalinda no tiene las manos muy quemadas, así que quizá puedan echar una partida o algo así.

Parte de la preocupación se disolvió.

–Me gustaría que viera a otras personas, aparte de a mí y al personal del hospital –reconoció Fay–. Pero tendría que ser en un día bueno. Y de momento no ha tenido muchos.

–Piénsatelo –le dijo Montana–. Mientras tanto hablaré con Reese y con su padre. Si a Reese le apetece, empezaremos a informarnos para que esté preparado.

Fay asintió con un gesto. Tenía los ojos llenos de lágrimas.

–No somos de por aquí. Solo hemos venido a Fool's Gold porque el doctor Bradley está aquí. Es el mejor. Y en el pueblo todo el mundo nos ha acogido tan bien... No me lo esperaba.

Montana la abrazó impulsivamente. Fay la apretó durante unos segundos como si necesitara aquella muestra de apoyo.

–Si necesitas algo, avísame –le dijo Montana–. Sea lo que sea, seguramente se me ocurrirá algún modo de conseguirlo.

–De momento me basta con una ducha.

Sacó algunas prendas de la maletita que guardaba en la habitación de su hija y se alejó por el pasillo. Montana volvió a entrar en la habitación. La niña se había quedado dormida. La cabeza de Sisi descansaba sobre su palma.

–Muy bien hecho –le susurró Montana a la caniche.

Sisi meneó la cola, pero por lo demás no se movió. Montana se sentó en el sillón y abrió el libro, pero en lugar de leer se descubrió rezando por aquella niña que tanto sufría y por los demás niños que, en todo el mundo, atravesaban por su misma situación.

Montana se había sentado delante de su amiga. Más que embarazada, Pia parecía estar hinchada. Su cara, sus brazos y sus piernas seguían siendo del tamaño de siempre, pero su vientre se había expandido hasta unos límites increíbles y sus pobres tobillos eran como globos.

–¿De verdad estás bien? –preguntó Montana.

–Tengo mal aspecto, y me siento mucho peor –contestó Pia con un suspiro mientras se removía para ponerse cómoda en el sillón–. ¿Las elefantas no están preñadas un par de años? ¿Cómo lo consiguen sin volverse locas? Estoy deseando que nazcan los niños. Se supone que los gemelos suelen adelantarse, pero los míos... Los míos no, claro –apoyó la mano sobre su vientre–. Estoy hinchada, no paro de llorar y me siento fatal. Raúl va a dejarme.

Montana sonrió.

–Raúl te adora.

–Me adora a mí, no al monstruo en que me he convertido. Te juro que si tuviera formación médica, me sacaría los niños yo sola.

–Creo que no me gustaría verlo –reconoció Montana–. ¿Qué te dice tu ginecóloga?

–Que tenga paciencia. Que cada día que los gemelos sigan en la tripa, tanto mejor para ellos. Antes me gustaba la doctora Galloway, pero empiezo a creer que forma parte de una conspiración. Estos niños van a nacer con tamaño suficiente para ir a la universidad.

Montana no sabía si echarse a reír o compadecerse de su amiga.

–¿Puedo hacer algo por ti?

–Escucharme es suficiente. Así que gracias –se removió un poco en la silla y gruñó–. El caso es que no sé si las cosas van a mejorar mucho cuando dé a luz. ¿Y si me odian?

Pia llevaba un tiempo preocupada por eso, pensó Montana. Nunca se había considerado muy maternal. A pesar de ello, cuando su amiga Crystal le dejó al morir los embriones congelados, se había decidido a dar el extraordinario paso de hacérselos implantar.

—Tus bebés van a quererte mucho —afirmó Montana—. Y tú lo sabes.

—Porque no tendrán nada mejor. Voy a ser la única madre que tengan. ¿Qué remedio les queda? ¿Puedes traerme a un perro malo?

Montana frunció el ceño sin entender a qué venía aquello.

—No tenemos perros malos. Tienen que llevarse bien con todo el mundo, es lo propio de su trabajo.

Pia soltó un gemido.

—He pensado que, si podía conseguir que un perro difícil me quisiera, me sería más fácil con los niños.

Montana se levantó y se acercó a su amiga. Se inclinó para abrazarla.

—Te estás volviendo loca.

—Son las hormonas. Bueno, un poco también soy yo, pero la mayor parte no es culpa mía.

Montana se incorporó y regresó a su asiento.

—Intenta relajarte. Vas a ser una madre fantástica. Has aceptado tener los hijos de otra persona. Tienes mucho amor que dar.

Pia sollozó.

—Intentaré recordarlo —respiró hondo—. Vamos a hablar de otra cosa. ¿Qué tal va todo por ahí fuera? Hace un par de semanas que no salgo. O estoy aquí o estoy en el médico. ¿Sigue habiendo árboles y cielo?

Montana se rio.

—Sí. El planeta sigue girando alrededor del sol y van pasando los días.

–Es bueno saberlo. ¿Tú estás bien?

–Sí. He empezado el taller de lectura en la biblioteca. Voy con los perros a la residencia y a las casas asistidas... –titubeó, preguntándose si Pia podría echarle una mano–. Hay un médico nuevo en el pueblo. Simon Bradley. Es un cirujano plástico con mucho talento que trabaja casi siempre con niños. Su especialidad son los quemados. Pasa dos o tres meses en un hospital para echar una mano y luego se va a otro sitio. La alcaldesa vino a verme y me pidió que lo convenciera de que se quede en Fool's Gold.

–Nuestra alcaldesa es un sol –Pia apoyó la cabeza contra el respaldo–. ¿Sabes si le gustan los deportes? ¿El béisbol, el golf, esas cosas?

–No, pero ¿los médicos no suelen ser aficionados al golf?

–Creo que sí. Deja que hable con Raúl. Quizá Simon pueda ir a jugar al golf con él, con Josh y con Ethan. Para trabar lazos viriles y esas cosas. ¿Qué le gusta hacer?

Montana se acordó de los apasionados besos de Simon, pero no creía que Pia se refiriera a eso.

–Prácticamente solo habla de su trabajo. Kent y Reese tuvieron un accidente de coche hace una semana y...

Pia estuvo a punto de levantarse de un salto del sillón, toda una hazaña considerando su estado.

–¿Qué? ¡No lo sabía! ¿Están bien? ¿Qué pasó?

Montana volvió a levantarse y corrió al lado de su amiga.

–Perdona, pensaba que lo sabías. Están los dos bien. Tienes que relajarte.

Raúl la mataría si Pia se ponía de parto por haberse alterado.

–Estoy bien. ¿Cuándo fue el accidente?

–Justo antes del Cuatro de Julio. Kent salió ileso, pero Reese se hizo unos cuantos cortes en la cara. Lo operó Simon, y no van a quedarle casi señales. Mi madre invitó a Simon a cenar para celebrar el Cuatro de Julio, aunque fuera un poco tarde. Y ni siquiera ella logró sacarle gran cosa.

—¿Qué opinas de él?

Montana se quedó pensando.

—Es muy solitario. Apasionado en todo lo relativo a su trabajo y sus pacientes, pero por lo demás muy callado. No habla de sí mismo. Si no lo consiguió mi madre, ni un agente de la CIA podría hacerle hablar.

Pia se echó a reír.

—Eso es verdad. Denise es muy discreta, pero casi siempre acaba enterándose de lo que quiere saber.

—No es el típico solitario —añadió Montana—. Me refiero a esas personas que eligen estar siempre solas. Que prefieren su propia compañía. En el caso de Simon, no sé si es algo que le viene impuesto de fuera. Sé que no tiene mucho sentido, pero es como si fuera algo obligado —hizo una pausa—. Tiene cicatrices en la cara y el cuello. Quemaduras. Por un lado es guapísimo, pero por el otro...

—¿Es un monstruo?

Montana esbozó una sonrisa.

—No, no es para tanto, pero tengo la impresión de que podría haber hecho algo para eliminar las cicatrices. Me pregunto si las tiene aún como una especie de prueba física para que sus pacientes comprendan que sabe por lo que están pasando. Puede que sea una ingenuidad por mi parte pensar eso. Pero en cualquier caso, ¿qué le pasó? Nunca me lo ha dicho y no sé cómo preguntárselo —se quedó callada.

Pia la miraba fijamente.

—¿Qué?

—Caramba —su amiga sonrió—. Te has enamorado de él.

Montana se puso colorada y agachó la cabeza.

—No digas eso. Me parece interesante, es solo eso.

—Es mucho más que eso.

Era por los besos, pensó Montana. ¿Cómo iba a ignorar eso?

–Aunque fuera mi tipo, está claro que yo no soy el suyo –de momento se las había ingeniado para no ser el tipo de nadie.

–¿Por qué? Por lo que me has contado, quizá seas precisamente lo que necesita alguien como él. Pero no quiero que te sientas incómoda hablando más de este asunto. Deja que piense, quizá se me ocurra algún modo de convencer al buen doctor de que se quede en el pueblo. ¿Tiene familia?

Montana la miró desconcertada.

–¿Familia?

–Ya sabes, hijos. Imagino que no está casado.

–No, que yo sepa –contestó Montana mientras la pregunta rebotaba dentro de su cabeza.

¿Casado? Simon nunca había dicho nada al respecto y a ella no se le había ocurrido preguntárselo.

–Nunca me ha dicho nada.

Su actitud daba a entender claramente que estaba solo. Pero aun así...

¿Casado?

Tenía que salir de dudas inmediatamente.

Capítulo 8

Simon estaba en su despacho cuando oyó el busca. Llamó a la sala de enfermeras.

—Montana Hendrix quiere verlo si tiene un segundo.

Sintió una emoción instantánea. Una tensión en el cuerpo, una efusión de calor. Se aclaró suavemente la garganta antes de responder:

—Dígale que venga a mi despacho, por favor —colgó y se levantó.

Su despacho era más bien pequeño, con una mesa, un par de sillas y una librería casi vacía. No pertenecía a la plantilla del hospital, de modo que apenas tenía que ocuparse de papeleo, más allá de las historias de sus pacientes. El hospital le había proporcionado un ordenador y una impresora. No necesitaba mucho más.

Ahora, mientras recorría el despacho con la mirada, lamentó que no hubiera un poco de color en él, ni un cuadro en las paredes, ni una planta en el rincón. Algo que lo hiciera menos formal. Se dijo que se estaba comportando como un tonto. Montana no había ido allí para hablar de su despacho. Sin duda querría llevar un pony al hospital, o quizás unos monos malabaristas. Fuera lo que fuese de lo que quería hablarle, él la escucharía. Hasta oírle hablar de una auditoría fiscal resultaría atractivo. Le gustaba el sonido de su voz, el modo en que movía las manos cuando hablaba. Le gustaban los destellos de emoción de sus ojos castaños y que siempre pareciera estar a punto de sonreír.

Estaba viva en todos los sentidos. Viva y llena de energía, y veía el mundo lleno de posibilidades. Nadie le había hecho daño, nadie la había herido en lo más profundo. Simon se descubrió deseando interponerse entre ella y la realidad para asegurarse de que así seguía siendo.

Se acercó a la puerta y la mantuvo abierta. Unos segundos después, Montana dobló la esquina. Había cambiado los vestidos de verano que solía llevar por unos vaqueros y una camisa de manga corta. Ambas prendas se ceñían a su cuerpo resaltando sus curvas. Simon comprendió que dominarse iba a costarle aún más que de costumbre.

Deseó meter los dedos entre la larga y sedosa melena rubia que le caía por la espalda en una cascada de ondas. Su sonrisa lo llenaba de placer y al mismo tiempo parecía retarlo. Ansiaba tocar cada palmo de su cuerpo. Ansiaba conocerla porque creía que de ese modo encontraría la paz que necesitaba.

–Hola –dijo ella al acercarse–. Espero no interrumpir.

–Si así fuera, no le habría dicho a la enfermera que te mandara a mi despacho –le indicó que entrara y la siguió. Tuvo cuidado de dejar la puerta entornada. Quizá saber que podía verlo alguien lo ayudaría a refrenarse.

Montana se detuvo en medio de la habitación y se volvió para mirarlo. Sus ojos castaños se movían de acá para allá, divertidos.

–No eres muy partidario de cortesías innecesarias, ¿verdad?

–¿A qué te refieres?

–Sé que si estuvieras ocupado, te habrías negado a verme. No hace falta que lo digas.

–¿Qué tiene de malo decirlo? Es la verdad.

Montana se rio.

–Lo sé, pero cuando he dicho que esperaba no interrumpir solo estaba...

Simon esperó pacientemente.

–Se supone que no tenías que contestar eso –concluyó ella.

–¿Por qué no?

–Porque no.

–No parece una regla muy clara.

Ella se rio otra vez y Simon se descubrió sonriendo aunque no sabía por qué.

–Tengo entendido que viniste a ver a Kalinda el otro día –dijo–. Te agradezco que le dediques tiempo.

El brillo de humor desapareció de los ojos de Montana.

–Me llamó Fay. Parecía muy angustiada. Supongo que está siendo durísimo. Me alegro de que Sisi y yo podamos echar una mano. Bueno, sobre todo Sisi.

–Estar con la perrita le sienta muy bien.

–Me alegro.

Sin saber cómo, se habían ido acercando. Simon dio premeditadamente un paso atrás. Quería que hubiera más espacio entre ellos. No, pensó. No quería, pero al parecer era necesario.

Se miraron. Él sintió un chisporroteo de tensión en el despacho. Miró su boca y el impulso de besarla casi pudo con él. Dio otro paso atrás.

–¿Por eso te has pasado por aquí? –preguntó con voz crispada.

Montana pestañeó.

–No. Estaba pensando en el pueblo. No has visto gran cosa. Dimos una vuelta muy corta y hay mucho más que ver. Solo vas a pasar aquí una temporada. Sería una pena que no vieras el verdadero Fool's Gold.

–Claro –contestó Simon–. Sin eso mi vida no estaría completa.

El humor volvió a los ojos de Montana.

–Búrlate todo lo que quieras, pero espera y verás. Fool's Gold es un sitio especial. Tenemos una historia muy variada que incluye piratas españoles y mayas. Mujeres mayas, en concreto.

—Me hablaste de ellas de pasada. Suena muy interesante.

—Quiero establecer una especie de plan para que veas todo lo posible. Así que quizá convenga que me hables de tus aficiones y de las cosas que te gustan y no te gustan.

Simon notó que no lo miraba. Parecía muy interesada en la parte de atrás de su pantalla de ordenador, retorcía los dedos y se movía continuamente. Casi como si estuviera nerviosa.

—No tengo muchas aficiones.

Ella carraspeó.

—Sí, bueno, quizá tú no las tengas pero otras personas sí.

—¿Qué otras personas?

—Tus otras personas.

Simon se había perdido.

—¿De qué estás hablando?

—De tu familia. De tus hijos —hizo una pausa—. De la señora Bradley —lo miró—. No me has dicho si estás casado.

De pronto todo cobró sentido. Estaba preocupada. Y aunque seguramente a él no debería haberle gustado aquello, le gustó. Le gustó que titubeara y que se pusiera colorada. Le gustó que le diera a entender que para ella era importante la respuesta a aquella pregunta.

—No lo estoy.

Los ojos de Montana se iluminaron.

—¿En serio?

—No creo que lo hubiera olvidado si lo estuviera.

—Te asombraría saber a cuantos hombres se les olvida.

—¿Hablas por experiencia personal?

—No. Ninguno de los hombres de mi vida estaba casado. Sencillamente, yo no les interesaba.

—Me cuesta creerlo.

—¿Sí?

Simon dio un paso hacia ella.

—Mucho.

—Gracias.

—No hay de qué –dio otro paso–. No te habría besado si estuviera casado.

—Eso pensaba, pero quería asegurarme.

—Muy sensato por tu parte.

—Es la primera vez que me llaman sensata –susurró ella, mirándolo a los ojos–. Nadie me ve así.

Simon quiso preguntarle cómo la veían los demás y cómo se veía ella. Quería saberlo todo sobre Montana, pero tendría que reservar sus preguntas para otro momento. Ahora lo importante era estar a su lado.

La enlazó con sus brazos. Ella se acercó con una avidez que excitó a Simon. Habían hecho aquello las veces suficientes como para que su contacto le resultara familiar. Pero en lugar de interesarle menos por ello, se descubrió deseando besarla una y otra vez.

Quería aspirar el olor de su cuerpo, sentir su boca suave. Deseaba conocer su sabor, sus curvas, ansiaba conocerla por entero.

Comenzaron a besarse lentamente, casi con indecisión, como si los dos quisieran tomarse su tiempo. El ardor que crearon sus labios unidos recorrió a Simon antes de aposentarse en su entrepierna.

Deslizó las manos arriba y abajo por la espalda de Montana. Luego las posó en su cintura. Ella ladeó la cabeza y abrió los labios. La invitación estaba clara y él entrelazó su lengua con la suya, dando así comienzo a la erótica danza del deseo.

Sabía dulce, como un helado o un caramelo. Sin pensarlo, Simon siguió besándola al tiempo que subía las manos. Apenas sin darse cuenta de lo que hacía, tocó sus pechos y sintió el peso de sus suaves curvas. Era vagamente consciente de que la puerta estaba entornada, de que podía verlos cualquiera, pero ahora que la había tocado íntimamente no podía refrenarse. Tenía que saber más. Tenía que saberlo todo.

Acarició sus curvas; luego rozó sus pezones con los pulgares. El alivio se mezcló con el deseo cuando descubrió que ya estaban duros, una prueba visible y palpable de cómo reaccionaba a sus caricias. Se demoró allí, frotándolos y masajeándolos y sintió el incómodo peso de su erección cuando ella dejó escapar un gemido suave.

Estiró el brazo y cerró la puerta. En cuanto oyó el chasquido de la cerradura, se apartó un poco de ella y le subió la camiseta. Desabrochó el sujetador hábilmente y también lo subió. Sus pechos eran perfectos. Grandes y blancos, con la areola rosa. Se inclinó, se metió el pezón izquierdo en la boca y comenzó a chuparlo.

Su sabor era exquisito. Movió la lengua por encima de él y a su alrededor, saboreándolo por entero. Con la mano acariciaba el otro pecho. Ella apoyó los dedos sobre sus hombros.

Simon notó que echaba la cabeza hacia atrás, que su respiración se agitaba. Pasó de nuevo la lengua por el pezón y ella gimió. Aquel sonido, el más erótico que había oído nunca, fue seguido por un estremecimiento que recorrió todo el cuerpo de Montana.

Pasó al otro pecho. Ella había comenzado a jadear y luchaba por acercarse más a él. Simon sabía que su sexo estaba hinchado y mojado, tan excitada como él. Solo tardaría un segundo en bajarle los pantalones y las bragas y hundirse dentro de ella. Pero aunque la idea de penetrarla lo volvía loco de deseo, quiso sentir con los dedos la humedad de su sexo. Deseaba explorar su vulva, encontrar su punto más sensible, frotarlo, circundarlo y excitarlo hasta que ella no tuviera más remedio que alcanzar el clímax. Deseaba besarla íntimamente, saborearla y hacer con la lengua lo que había hecho con los dedos. La quería temblando de cansancio, debilitada por el placer.

De pronto oyó murmullos y risas al otro lado de la puerta cerrada. Volvió a la realidad y aquellas imágenes se disiparon instantáneamente. Se incorporó de mala gana. Posando las dos manos en su cintura, la miró a los ojos. Ella tenía la mirada desenfocada, la cara enrojecida. Parecía que lo deseaba. Simon sonrió.

–Gracias –dijo en voz baja.

Montana parpadeó lentamente, como si se despertara.

–De... de nada. Cuando quieras. En serio.

Se oyeron más voces. Ella miró la puerta.

–Se me ha olvidado dónde estamos –reconoció.

–Ojalá pudiera olvidarlo yo.

Volvió a colocarle el sujetador. Tras hacer que se diera la vuelta, se lo abrochó. Ella se bajó la camiseta y lo miró. Con una expresión traviesa, puso la mano sobre su vientre y luego la bajó hasta tocar su miembro erecto. Simon advirtió su sorpresa.

–Caray –susurró ella.

–¿Lo dudabas?

–Quizá. Un poco. Eres tan... La verdad es que no soy tu tipo.

–¿Cómo es posible que no lo seas? –preguntó él, intentando aparentar indiferencia cuando ella apartó la mano–. Eres preciosa y divertida –sacudió la cabeza–. Tienes razón. No eres mi tipo.

Montana ladeó la cabeza y esbozó una sonrisa.

–¿Prefieres mujeres sin atractivo ni personalidad?

–Me gustaría contestar que no, pero mi pasado habla por sí solo –siempre había salido con mujeres con las que se sentía seguro. Con mujeres previsibles. Mujeres que entendían las normas. Montana no era así, pero pese a todo no parecía capaz de resistirse a ella.

–El mío también –murmuró Montana.

Simon le acarició la mejilla y comprendió que no podría descansar hasta que la poseyera.

–Te deseo. En mi cama. Desnuda. Por favor, di que sí.

Era la proposición más directa que Montana había oído nunca. Veía el deseo reflejado en el rostro de Simon, sentía la tensión de su cuerpo. Sentirse así de deseada la hacía desfallecer. Otras veces había tenido la sensación de que no daba la talla. Los hombres de los que se había enamorado, o la habían abandonado o habían intentado cambiarla hasta que se había visto obligada a escapar por miedo a convertirse en otra persona. Que Simon la deseara tal y como era la hacía prácticamente flotar de emoción.

Lo miró a los ojos.

—Sí. Pero no en tu cama, si no te importa. Estás en un hotel y todo el pueblo me conoce.

—En la tuya, entonces.

—En la mía.

Simon se inclinó para besarla otra vez. Fue un beso breve, pero ardiente y cargado de promesas.

—Esta noche —dijo cuando se incorporó.

Ella asintió con un gesto y le dio la dirección. Fijaron la hora. Cuando ella se volvió para marcharse, Simon le tocó el brazo. Montana miró hacia atrás.

—Ya sabes que no voy a quedarme mucho tiempo.

No se refería a esa noche, pensó ella con tristeza. Intentaba avisarle de que así era su vida. De que no quería o no podía establecerse en un sitio. De que iba a marcharse.

—Sí, lo sé.

—Me marcho a Perú en cuanto acabe aquí. Eso no va a cambiar.

Ella asintió con un gesto. Tuvo la sensación de que esperaba que reaccionara de otro modo. Que quería que le dijera que era una mujer de mundo y que aquellas cosas le pasaban constantemente. Que no le importaría que se marchara cuando acabara su aventura.

Pero nada de eso era cierto, así que Montana se limitó a abrir la puerta y salió al pasillo. Quizá no fuera tan mundana como él deseaba, pero tampoco iba a protegerse del desamor a costa de renunciar a estar en brazos de Simon. Presentía que la experiencia valía la pena.

Sus experiencias sexuales anteriores se habían limitado a dos de sus tres novios. Había entregado su virginidad a su novio de la universidad y su maltrecho corazón a un estudiante de medicina al que había conocido durante su breve estancia en Los Ángeles. Ninguno de los dos había sabido valorar el regalo.

Lo primero le había enseñado que el hecho de que un hombre dijera que la quería no significaba automáticamente que fuera a cumplir sus promesas. Y lo segundo la había convencido de que nunca estaría a la altura. Así pues, lo más lógico era que desconfiara de Simon. Y sin embargo no desconfiaba en absoluto de él.

De pie delante del espejo, mientras intentaba decidir qué ponerse para su cita, era consciente de que seguramente debía estar preocupada. Simon había viajado mucho, era un hombre sofisticado y emocionalmente distante. Una apuesta poco segura, como poco. Ignoraba qué buscaba él en una mujer, pero dudaba de que la mujer en cuestión fuera una adiestradora de perros de un pueblo de tres al cuarto.

Simon era también, sin embargo, muy amable, y cuando miraba sus ojos grises, Montana se descubría deseando dejarse llevar, perderse por completo en él. Ninguna otra cosa importaba. Le gustaba su sonrisa, su atención por el detalle, su forma de besar, cómo se había disculpado por su actitud del principio. Quería conocer su pasado, sus cicatrices, sus pesares.

Sabía que se estaba arriesgando: nunca había entregado su cuerpo a la ligera. ¿Qué le hacía pensar que podía entregarse a un hombre que había dejado claro que iba a marcharse? ¿No debía mostrarse más precavida? No sentía, sin embargo, ni el más mínimo instinto de conservación.

Si hubiera querido engañarse, se habría dicho que hacer el amor con él era un modo de conocerlo mejor. Y quizá fuera cierto, pero en realidad deseaba acostarse con Simon porque tenía la impresión de que la haría gozar como nunca antes había gozado. ¿Y acaso no se merecía un poco de placer?

Lo cual la devolvía al dilema que intentaba resolver en ese momento. «¿Qué me pongo?».

Aunque iban a acabar en la cama, seguramente muy deprisa, presentarse desnuda era demasiado agresivo para ella. La alternativa más obvia era la lencería de seda, pero no tenía en el armario nada que fuera ni siquiera remotamente sexy, o de seda. Su camisón más bonito era un regalo de Navidad de su madre, y no creía que a Simon lo volviera loco de deseo un camisón de algodón blanco con perritos de dibujos animados. Tenía, no obstante, un juego de sujetador y braguitas de encaje negro. Las braguitas eran en realidad un tanga, pero podía soportarlas un par de horas.

También estaría bien ponerse un vestido, pensó mientras contemplaba sus opciones. Tenía uno azul, muy sencillo, sin mangas y ligeramente entallado. La larga cremallera de la espalda facilitaría las cosas. Aunque teniendo en cuenta la facilidad con que Simon le había desabrochado el sujetador, seguramente no debía preocuparse por eso.

Sonrió al pensarlo y, sonriendo todavía, se vistió y revisó su maquillaje. Llevaba el suficiente para que sus ojos parecieran más grandes, pero no tanto como para que se le corriera y acabara embadurnando a Simon. Los zapatos no iban a ser problema. Estaría descalza.

Al echar un rápido vistazo al reloj constató que aún tenía que esperar una hora. Sentía un hormigueo de expectación en el estómago. Quizá pudiera llamar a Simon y sugerirle que adelantaran la hora de la cita. O podía...

Sonó su móvil. Al recogerlo vio el nombre de Simon en la pantallita.

–Estaba pensando en ti –dijo a modo de saludo.

–Montana, no puedo ir. Ha habido un accidente.

Ella se dejó caer en el sofá.

–Tuyo no.

–No. Un tipo en una moto. Va a entrar en quirófano. Tiene lesiones internas. Cuando acaben, tengo que reparar su cara –respiró hondo–. Lo siento.

–Yo también.

–No habría cancelado la cita si no fuera...

–No tienes que explicármelo, Simon. Es tu trabajo. Es lógico.

–No estás enfadada.

–No. Desilusionada, sí, mucho, pero no enfadada.

–Qué bien. No quería que pensaras que intentaba escaquearme para no pasar la noche contigo.

–Para no acostarte conmigo, querrás decir –bromeó ella.

–Sí, eso.

Montana pensó en cómo la había tocado.

–No me cabe duda de que te morías de ganas. No me importa esperar.

–Mientras no sea mucho tiempo...

–Cuanto antes, mejor –afirmó ella.

Hubo una pausa.

–Tengo que dejarte. Te llamaré en cuanto pueda.

–Espero que se ponga bien.

–Yo también.

Simon colgó. Montana se quedó allí unos segundos. Después se levantó. Parecía que aquella no iba a ser una noche de tanga, después de todo.

Entró en su dormitorio y se cambió de ropa. Acababa de ponerse unas sandalias cuando volvió a sonar el teléfono. Vio otro nombre en la pantalla.

–¿Ya? –preguntó, nerviosa.

–¡Sí! –gritó Raúl–. ¡Ya! ¡Está de parto! –tenía la voz ronca por el miedo–. ¡Y está tan campante! Nos vamos al hospital. Tienes la lista, ¿verdad? Hay una lista. ¿Sabes qué hacer?

—Respira —ordenó ella—. Todos sabemos qué hacer. Primero voy a llamar a mi madre. Estará allí en menos de diez minutos. Si no la encuentro, iré yo y me quedaré con Peter hasta que llegue ella.

Pia y Raúl no solo esperaban gemelos: también habían adoptado a un niño de diez años. Denise había prometido quedarse con él cuando Pia se pusiera de parto.

—Está bien. Bueno. Una vecina que se quedará con él hasta que lleguéis —Raúl soltó una maldición—. Tengo que irme. Pia está de parto.

Montana sonrió.

—Eso ya me ha quedado claro. Ve, vamos. Yo me encargo de llamar a todo el mundo. Nos vemos en el hospital. Ah, y dile que la quiero.

—Sí. Voy a colgar.

—Hazlo.

El teléfono emitió un chasquido.

Para haber capitaneado un equipo de fútbol americano de primera división, Raúl parecía muy nervioso. Montana supuso que un parto tenía esas cosas.

Llamó rápidamente a su madre. Denise respondió al primer pitido.

—¿Diga?

—Pia se ha puesto por fin de parto.

—Menos mal. Llevaba semanas desesperada. Lo tengo todo preparado. Me voy a su casa ahora mismo.

—Estupendo. Yo voy a hacer unas llamadas y luego me voy al hospital.

—Mantenme informada.

—Lo haré.

Denise se rio.

—Estoy deseando saber si son niños o niñas. Hoy va a ser un buen día.

—Sí, mamá. Te quiero.

—Yo también a ti, cariño.

Montana corrió al cuarto de estar. La lista de llamadas estaba en la mesa baja. Empezó a marcar.

—Si son gemelos, ¿el parto es el doble de largo? —preguntó Nevada.

Montana se rio.

—No lo sé, y tampoco sé si quiero saberlo. Los dolores serán los mismos, ¿no? Pero imagino que el parto será distinto.

Estaban sentadas en una sala de estar, en la planta de maternidad. Había otras familias allí reunidas, charlando y esperando su milagro particular, pero el grupo de Pia era el más numeroso. Marsha, la alcaldesa, ya estaba allí, igual que Charity y Josh Golden, con su bebé. Ethan, el hermano de Montana, había ido con su mujer, Liz. Las niñas y Tyler se habían quedado en casa. Las distintas mesas estaban recubiertas de comida y en el rincón había una nevera llena de botellas de agua y refrescos. Los demás ocupantes de la sala de espera habían sido invitados a comer y beber. Reinaba un ambiente de fiesta, más que de espera hospitalaria. A Pia le habría encantado.

—¿Te he dicho que ha llamado Dakota? —preguntó Montana.

Su hermana sacudió la cabeza.

—¿Va a venir?

—En cuanto consiga que se duerma Hannah. Finn va a quedarse con ella en casa.

Denise entró con un niño pelirrojo a su lado. Montana se levantó y se acercó a ellos.

—Peter —dijo, dándole un abrazo—. ¿Estás bien?

Parecía más curioso que preocupado, lo cual seguramente era bueno. Había sufrido mucho tras perder a sus padres biológicos en un horrible accidente de coche al que solo sobrevivió él. Tras vivir un par de años en un hogar de acogida, había encontrado una nueva familia con Pia y Raúl. Y ahora iba a tener un par de hermanitos o hermanitas. O quizás uno de cada.

Abrazó a Montana.

—Quería ver qué pasaba —le dijo, entre desafiante y avergonzado.

—Se ha asustado un poco al vernos a todos tan preocupados —dijo Denise, poniéndole una mano en el hombro—. Aunque intentábamos disimular.

—Quiero mucho a Pia —dijo él con sencillez—. No quiero que le pase nada.

—Eso nos pasa a todos —le dijo Montana y, tomándolo de la mano, lo condujo a la mesa.

Peter tomó una galleta de manteca de cacahuete y dio un mordisco.

—Entonces, ¿está bien?

—No hemos oído lo contrario.

No tenía sentido ponerse a hablar de las posibles complicaciones del parto. Estadísticamente, Pia no corría peligro. A Montana le parecía absurdo preocupar a un niño de diez años innecesariamente.

—¿Crees que Raúl estará asustado?

Montana se rio.

—Seguro que está aterrorizado. Tú tienes muy buen carácter, pero los recién nacidos son muy pequeños y están muy indefensos, y no pueden decirte lo que les pasa.

Peter asintió.

—Supongo que tendré que ayudar. Ya sabes, ser el hermano mayor.

Ella lo rodeó con un brazo.

—Mis padres agradecían mucho que mis hermanos mayores les ayudaran con mis hermanas y conmigo.

Dakota llegó unos minutos después. Marsha acaparó a Peter y se sentó con él. Denise compartía un sofá con sus hijas.

—La siguiente eres tú —dijo, sonriendo a Dakota.

Ella se tocó el vientre todavía plano.

–No salgo de cuentas hasta principios de marzo, mamá. Queda mucho tiempo.

–Aun así. Estoy muy emocionada.

Nevada suspiró.

–Estoy empezando a acusar la presión.

–Yo no he dicho nada –repuso Denise.

–No hacía falta.

Denise miró a Montana.

–¿Tú también te sientes presionada? No quiero que os sintáis así. Sería estupendo tener más nietos, pero no me importa que no los tengáis si no os apetece fundar una familia o seguir la tradición de los Hendrix –hizo una pausa y respiró hondo–. Se me partirá el corazón, pero, en fin, ya curará.

Montana miró a Nevada.

–¿Presión? No sé de qué presión me hablas.

Una doctora entró en la sala de espera. Todos se volvieron para mirarla, pero ella se acercó a otra familia. Dakota oyó que la alcaldesa le decía a Peter:

–Al final, Pia pensó en llevarse el gato.

El niño se rio.

–Menos mal que no lo hizo. Ahora tenemos un perro. Los perros son mejores que los gatos –miró a su alrededor e inclinó la cabeza–. Con un perro se puede jugar. Los gatos duermen un montón.

–Eso me han dicho –repuso Marsha.

Montana escuchó otras conversaciones. Momentos como aquel le recordaban por qué amaba tanto Fool's Gold. Aquello era mucho más que un pueblecito: era una verdadera comunidad. Las personas se preocupaban por los demás. Ella sabía que, cuando Pia volviera a casa, las mujeres le llevarían toda clase de guisos. Que no tendría que cocinar al menos en un mes. Sabía que las madres y las abuelas se pasarían cada cierto tiempo por allí para darle consejos y ofrecerse a cuidar de los niños para que ella pudiera dormir un rato o dar un paseo. Le gustaba formar parte de todo aquello. Tener un sitio en el que sentirse a gusto. Fool's Gold no era como otros lugares. Allí todo el mundo se sentía como en casa.

Raúl entró tambaleándose en la sala de espera. Todos dejaron de hablar y lo miraron.

El exjugador de fútbol, normalmente tan guapo, seguía llevando la ropa del quirófano. Tenía el pelo revuelto y la mirada desenfocada. Miró a su alrededor como si no supiera muy bien dónde estaba. Al ver a Peter le sonrió.

–¡Niñas! –dijo por fin–. ¡Tenemos dos niñas! Son preciosas. Perfectas. No sé cómo he podido tener tanta suerte. Primero tú y luego estas niñas... Adelina Crystal y Rosabel Dana, en honor de Keith y Crystal Danes. Nuestros amigos seguirán vivos en nuestras hijas.

Se levantaron todos a una y se acercaron a él apresuradamente. Hubo abrazos, vítores y felicitaciones. Montana se cercioró de que Peter estaba con su madre y luego se escabulló de la sala. Aún tardarían en ver a Pia y a los bebés. Y quería ver cómo estaba Simon.

Llegó a quirófanos y se detuvo en la sala de enfermeras. La señora que había en ella apartó la mirada de la pantalla de su ordenador.

–¿En qué puedo ayudarla? –preguntó amablemente.

–Pregunto por el doctor Bradley. Está en quirófano. ¿Sabe usted cuánto va a tardar?

La sonrisa de la enfermera se borró.

–Esta noche no está en quirófano. ¿Quiere que lo avise por el busca?

Montana abrió la boca y volvió a cerrarla. ¿No estaba en quirófano? Pero había dicho...

Tragó saliva.

–No, gracias.

Se volvió. Sentía una opresión en el pecho.

Simon le había mentido. No podía creerlo, pero no había otra explicación. Estaba claro que se había arrepentido. Había cambiado de idea y, en lugar de decírselo, se había inventado una excusa.

Le picaban los ojos, pero se negaba a llorar. Bastante tenía ya con haber estado dispuesta a entregarse a él sin la más remota posibilidad de que fueran pareja. No pensaba empeorar las cosas malgastando lágrimas por él.

Se volvió para marcharse, pero luego sacudió la cabeza. No. No podía marcharse sin más. Quizá Simon pensara que lo que había hecho no tenía nada de malo, pero ella iba a explicarle que estaba muy equivocado. Quizás no fuera sofisticada, ni elegante, ni todas esas cosas que él perseguía, pero no iba a permitir que la tratara así. Al menos no sin decirle lo que pensaba de él.

Capítulo 9

Encontró a Simon en la unidad de quemados. Estaba en la puerta de la habitación de Kalinda.

–Fay se ha ido a casa, a ducharse y a recoger un poco de ropa limpia –dijo con calma mientras observaba a la niña dormida–. Dentro de un par de días volveremos a operarla. Está cicatrizando bien.

Montana lo miró con fijeza.

–¿Eso es todo? –preguntó en voz baja para no despertar a la niña. Si no se ponía a gritar, era por Kalinda y por los demás pacientes.

Simon la miró con el ceño ligeramente fruncido.

–¿Qué más quieres que diga? –preguntó–. Está... –de pronto maldijo en voz baja–. Has venido a ver dónde estaba.

–No –contestó ella con firmeza–. He venido porque una amiga se ha puesto de parto. Después se me ha ocurrido venir a verte.

–No es lo que piensas. No cambié de idea. Había un paciente...

Montana puso los brazos en jarras y concentró toda la energía que pudo en su mirada. En un mundo perfecto, Simon se habría derretido allí mismo, sobre el suelo del hospital.

–No he entrado en quirófano porque no he tenido ocasión de operar. El paciente murió antes de que empezara.

Montana abrió la boca y volvió a cerrarla. Se quedó en blanco, lo cual era posiblemente mejor que la culpa que iba a empezar a sentir en cualquier momento. Simon la tomó de la mano y tiró de ella por el pasillo. La hizo entrar en una habitación vacía.

–Lo siento –dijo Montana–. No debería haber pensado lo peor.

–¿Por qué no? No me conoces lo suficiente para pensar otra cosa.

La habitación estaba a oscuras, la cama sin sábanas y la ventana abierta. Su comprensión desarmó a Montana. Pensaba que iba a enfadarse, en lugar de entenderlo.

–Lo siento –repitió–. Habrá sido duro perder al paciente.

Él se encogió de hombros.

–No he llegado a verlo. Murió antes de que empezara. A veces las cosas son así. Mi labor no consiste siempre en salvarlos de la muerte, sino en conseguir que tengan un aspecto lo más normal posible. Pero para eso también hay un límite; no siempre se encaja.

Aunque la estaba mirando, Montana tenía la sensación de que no la veía. Estaba mirando otra cosa. Mirando hacia su pasado.

¿Estaba hablando sobre sí mismo? Pese a todo, llevaba sus cicatrices como una especie de medalla de honor. ¿O eran más bien un recordatorio?

Levantó la mano y apoyó los dedos en su mejilla. Las marcas sobresalían, en espiral, y eran duras. Simon puso la mano sobre la suya como para sujetarla.

–No acaban aquí –dijo con una mirada más intensa–. Bajan por el cuello y cruzan el pecho. También tengo algunas en la espalda y el brazo.

Ella no sabía qué decir, qué necesitaba Simon de ella. Decirle que no le importaba no le parecía suficiente.

–No te preocupes –continuó él–. No las habrías visto. Si hubiéramos hecho el amor esta noche, me habría dejado puesta la camiseta. Así es más fácil.

–¿Más fácil para quién?

–Para los dos.

Montana no estaba segura de que quisiera que fuera fácil. Ver todo su cuerpo formaba parte de su intimidad. Quizá fuera eso lo que intentaba evitar él. Que lo vieran por completo.

Si así era, ¿quién le había hecho daño? ¿Quién le había enseñado que era preferible ocultar la verdad? ¿O acaso había llegado a esa conclusión por sí mismo?

Montana se descubrió deseando ver las cicatrices, tocarlas. Era ridículo, se dijo. A fin de cuentas, no podía curarlo.

Simon bajó la mano y ella hizo lo mismo. Seguía mirándolo a los ojos cuando dijo:

–Mi amiga Pia acaba de tener gemelas. Por eso estoy aquí. Cosas de pueblo. Hemos invadido la sala de espera de maternidad. Hay comida. ¿Tienes hambre? Mi madre también ha venido. Seguro que le gustaría saludarte.

–No me gustan mucho las fiestas.

–No es una fiesta, solo gente reunida. Un parto es un momento de celebración.

Simon se apartó de ella. Ella pensó por un momento que iba a marcharse, pero luego la miró otra vez.

–Así soy yo –dijo con aspereza.

–No te entiendo.

–Soy un cirujano brillante. Puedo hacer magia en un quirófano. Puedo hacer que alguien que se arrastra entre las sombras pase por una persona normal. ¿Sabes lo que significa eso para ellos? ¿Ser como los demás?

Ella sacudió la cabeza. No sabía qué quería Simon. Él tensó la boca.

–Puedes imaginártelo, pero nunca lo sabrás –tocó su cara–. Tienes el don de la belleza. ¿Sabes que entre lo que consideramos bello y lo que consideramos feo hay una diferencia de unos milímetros? Unos ojos demasiado pequeños, una boca desigual. Fracciones, ni siquiera centímetros enteros –trazó la forma de sus labios con el pulgar–. Tú eres físicamente perfecta.

–No lo soy.

–Casi, casi. Pero hay otros como yo, los monstruos. Yo los saco de las sombras –apartó sus manos de ella y las levantó–. Es como la magia. Práctica, esfuerzo y un don. Pero tiene un precio. Yo no pertenezco a ningún sitio, Montana. No tengo tu belleza, ni tu mundo. Hago mi trabajo y me mantengo al margen. Es mejor así.

–Eso son tonterías –respondió ella sin poder refrenarse–. No hay nada que diga que tienes que sacrificar tu vida para ser bueno en tu profesión. Sí, tienes mucho talento y has trabajado duro para sacarle partido. Has decidido ser el mejor y lo eres. Pero en el cielo no hay una especie de contable gigantesco, nadie que diga que, si tienes una vida, si echas raíces en algún sitio, tengas que perderlo todo.

–Tú eso no lo sabes. Yo sí.

¿Era ese el problema? ¿Era aquella la verdadera esencia de Simon? ¿Un hombre convencido de que, para salvar al mundo, tenía que sacrificar su vida? Ella era incapaz de concebir tal cosa, pero sabía que Simon no estaba mintiendo.

Costaba distinguir sus rasgos entre la penumbra de la habitación. Veía las cicatrices y sabía que el lado intacto de su cara ejemplificaba la belleza de la que él hablaba. La perfección. Cuando se miraba en el espejo, Simon veía las dos facetas de lo que hacía. Era el antes y el después. La criatura de las sombras y el hombre de luz.

Montana sentía bullir palabras dentro de sí, pero ninguna de ellas habría servido de nada. No entendía del todo el problema, ni estaba cualificada para solucionarlo. Solo sabía que Simon sufría y que ella quería hacer que se sintiera mejor.

–Ven conmigo –dijo, y lo tomó de la mano.

Esperaba que él protestara, pero Simon fue con ella.

Llegaron al ascensor y entraron. Ella pulsó el botón para bajar dos pisos.

La gente se agolpaba junto a los ventanales del nido, señalaba y saludaba con la mano. Denise se había marchado, seguramente para llevar a Peter a casa, y Dakota había vuelto con su familia. Pero Nevada seguía allí, junto con la alcaldesa y todos aquellos que se habían quedado a esperar a que nacieran las gemelas.

Marsha fue la primera en verlos.

—¡Montana, estás ahí! Ah, y has traído al doctor Bradley —se acercó a ellos—. Nos conocimos cuando llegó.

—Sí, lo recuerdo.

Simon le estrechó la mano.

—Estoy aquí para dar la bienvenida a nuestras nuevas vecinas —dijo Marsha con una sonrisa.

Montana no estaba tocando a Simon, pero aun así sentía la rigidez de su cuerpo. Aquello era precisamente lo que él había querido evitar. No había modo de decirle que no lo había llevado allí para que hablara con los demás. Solo quería que viera a los bebés.

Por fortuna la alcaldesa se excusó y la mayoría de las visitas se alejaron discretamente. Montana pudo acercarse al cristal y mirar a las dos recién nacidas, en cuyas cunas se leía su apellido, Moreno.

—Son los embriones que Crystal le dejó a Pia. Pia hizo que se los implantaran y ahora han nacido —lo miró—. Lo que tú haces no puede compararse con esto.

—Lo sé.

—¿Sí? Todos los días la gente obra milagros. Tiene hijos y nietos. Y no pagan un precio por eso. Los dioses no les exigen nada a cambio. ¿Por qué crees que lo que haces es tan especial que tienes que pagar por ello el resto de tu vida?

El rostro de Simon se volvió inexpresivo. Montana ignoraba qué estaba pensando, pero tenía la sensación de que no era nada bueno. Había confiado en convencerlo de que no tenía que sufrir por ser un cirujano brillante. Pero en lugar de decir que lo entendía, o de ponerse a discutir, Simon se limitó a dar un paso atrás.

—Discúlpame —dijo, y se marchó.

Ella se quedó sola junto al nido, consciente de que, en lugar de hacerle entender, lo había ofendido y había hecho que se sintiera aún más aislado. Había tenido una oportunidad y la había desperdiciado.

Denise se detuvo en la esquina y esperó a que el coche de su derecha dejara libre el cruce.

—Si alquilas algo, tendrás tiempo de averiguar si de verdad te gusta el barrio —dijo mientras aceleraba.

—Esto es Fool's Gold, mamá —le dijo Kent desde el asiento del copiloto—. Aquí no hay barrios malos.

—Tienes razón, pero conviene que vivas donde haya gente de tu edad y Reese pueda tener amigos. Tus hermanos y tú siempre estabais trayendo a casa a niños del barrio.

Su casa era el punto de encuentro de todo el mundo. Aunque tener a una docena de niños jugando en el jardín o viendo la tele le había dado un montón de trabajo, por no hablar de los gastos que suponía darles de comer a todos, a Denise siempre le había gustado tener a sus hijos en casa y conocer a todos sus amigos.

—¿Estás preocupada por mí? —preguntó él cuando se detuvieron delante de una casa de dos plantas.

—Sí, y no me digas que no debería hacerlo, porque soy tu madre. Son gajes del oficio —miró la casa—. Es bonita.

—Es de Josh —masculló Kent—. No estoy seguro de querer que sea mi casero.

Josh se había instalado en casa de los Hendrix cuando era como Reese. Su madre lo había abandonado, literalmente. El municipio no había querido dejarlo en manos de las autoridades estatales, y Ralph y Denise lo habían acogido en su casa. La casa ya estaba atestada de niños, y él era otro más, pero los Hendrix no habían querido darle la espalda.

—Por otro lado, puedes amenazarlo con contar historias de cuando era niño.

Su hijo sonrió.

—Tienes razón.

Salieron del coche y se acercaron a la casa. Josh había dicho que la dejaría abierta, así que Denise giró el pomo y entraron. El vestíbulo era pequeño y daba a un cuarto de estar de buen tamaño. Los suelos estaban recién pulidos y las paredes recién pintadas, pero los detalles más antiguos, los armarios empotrados y las vigas de encima de las puertas, se habían dejado intactos.

—Es preciosa —dijo Denise mientras se dirigía al comedor.

—A Lorraine le habría encantado —murmuró Kent—. Siempre ha tenido debilidad por este tipo de casas.

Denise se paró y tuvo que hacer un esfuerzo para no rechinar los dientes.

Hacía más de un año que Lorraine se había marchado. Al igual que la madre de Josh, había abandonado a su marido y su hijo. Abandonar a un marido era razonable, pero ¿qué clase de mujer abandonaba a su hijo? Lorraine apenas veía a Reese, casi nunca lo llamaba ni le enviaba mensajes. Y no estaba muerta. Al parecer, Kent se había cerciorado de ello. Por lo que le había contado a Denise, su exmujer llevaba ahora un estilo de vida distinto y no quería seguir casada, ni ocuparse de su hijo. Pero tampoco estaba dispuesta a contribuir a la manutención del niño. Denise le había suplicado a su hijo que la denunciara, pero él se negaba.

Kent entró en la cocina.

—Está bien. A Lorraine le gustaba que hubiera una ventana grande sobre el fregadero.

Al entrar en la cocina, Denise se dijo que no debía interferir. Se paró en el centro de la habitación, notó que la encimera de granito azul iba muy bien con los armarios y el suelo blancos, puso los brazos en jarras y miró a su hijo.

—Ha pasado más de un año —dijo, confiando en parecer más calmada y razonable de lo que se sentía—. Un año. Lorraine no está de vacaciones. Os dejó a Reese y a ti. Abandonó a su hijo, Kent. Sin una palabra, sin una nota. Nada. Esa mujer no tiene sentimientos. No es una buena persona y no va a volver.

Su hijo le daba la espalda. Denise notó su tensión en su espalda y en la inclinación de sus hombros, y se sintió fatal.

—Lo siento —se apresuró a decir—. No debería decir nada. Pero es que odio verte así.

Él la miró con expresión abatida.

—No puedo evitar quererla, mamá.

—¿Has intentado olvidarla? ¿Estás haciendo algo para intentar superarlo?

—¿Has olvidado tú a papá?

Ralph había muerto hacía tanto tiempo que Denise podía escuchar aquella pregunta sin sentir una punzada de dolor.

—Todavía lo echo de menos, si es eso lo que estás preguntando, pero sí, he pasado página. Tengo una vida.

—Me alegro por ti, pero tú y yo somos distintos. Y Lorraine era el amor de mi vida.

No, Lorraine era una bruja, pensó Denise, bajando las manos.

—Puede haber más de un gran amor. Quizá te ayude empezar a salir por aquí y conocer a otras mujeres.

—No quiero.

—Entonces ¿vas a pasarte el resto de tu vida sufriendo por una mujer a la que no le importas?

Kent dio un respingo y apartó la mirada.

—Tú no estabas allí, mamá. No sabes cómo era Lorraine. Tenemos un pasado.

No muy bueno, pensó ella, intentando conservar la paciencia. En cuanto a saber cómo era Lorraine... Eso lo sabía todo el mundo desde hacía años, excepto Kent.

—Te quiero y detesto verte así. Quiero que consideres al menos la posibilidad de dejar atrás tu matrimonio. Si no lo haces por ti, hazlo por Reese. ¿Crees que no sabe lo mal que lo estás pasando?

—No hablo de ello.

—Es un chico muy listo, y se da cuenta. Le duele verte sufrir. No te molestes en decirme que me equivoco. Me acuerdo perfectamente de cómo reaccionabais vosotros cada vez que me veíais llorar.

Kent se acercó a la ventana y miró fuera.

—Puede ser —se volvió hacia ella—. Pero ¿y tú? ¿De veras has pasado página?

—He salido con algunos hombres —dijo ella—. De momento sin mucho éxito, ni mucho entusiasmo, pero lo estoy intentando. Tú tienes que hacer lo mismo.

—¿Me dejarás tranquilo si te digo que me lo pensaré?

Denise sonrió.

—Claro.

Lo cual no era del todo cierto. En realidad quería decir «por ahora». Pero eso Kent no tenía por qué saberlo. Al menos aún.

Sisi soltó la pelotita que tenía en la boca y miró a Kalinda, expectante. La niña se rio, recogió la pelota y la arrojó hacia los pies de la cama. Sisi corrió a por ella, la recogió y volvió junto a Kalinda.

Llevaban así casi diez minutos. Cuando Montana notó que Kalinda empezaba a cansarse, Sisi soltó la pelota y fue a acurrucarse a su lado. La niña le acarició el lomo. Sisi se dio la vuelta para que también le acariciara la tripa.

—Confía en ti —le dijo Montana—. Sisi no deja que casi nadie le acaricie la tripa.

Kalinda sonrió.

–Me gusta un montón.

–Le está sentando muy bien –comentó Fay desde el otro lado de la cama, adonde había acercado su silla.

–¿Mañana puede quedarse más tiempo? –preguntó Kalinda con una expresión suplicante en sus ojos azules–. El doctor Simon ha dicho que podía.

Fay torció el gesto.

–Deberíamos haberlo consultado primero contigo. Perdona. Estábamos hablando de lo bien que le sienta a Kalinda estar con Sisi, y el doctor Bradley dijo que podíamos utilizar su despacho como una especie de casita para ella. Casi no lo usa y dice que no sería ninguna molestia.

Montana supuso que debía alegrarse de que Simon estuviera tan dispuesto a aceptar la presencia de la perra. Los animales habían dejado de ser solo una fuente de gérmenes para él y se habían convertido en herramientas que podía utilizar para curar a sus pacientes. El plan, sin embargo, no le hacía mucha gracia, sobre todo porque Simon no se había molestado en hablarlo con ella. Lo cual no era de extrañar, teniendo en cuenta que hacía casi una semana que no se veían. Decir que la estaba evitando era solo afirmar lo obvio.

Era culpa suya, pensó con tristeza. Primero había pensado mal de él y luego se había pasado de la raya. ¿Por qué se le había ocurrido pensar que podía ayudarlo, hacerlo cambiar de actitud? ¿Por qué lo había presionado? Si Simon tenía algunas ideas extrañas que lo ayudaban a sobrevivir, ¿quién era ella para decirle que estaba equivocado?

¿Se había parado a pensarlo, acaso? Claro que no. Se había lanzado de cabeza, se había metido donde no la llamaban, y ahora él la esquivaba y ella lo echaba muchísimo de menos.

Consciente de que Fay esperaba una respuesta, compuso una sonrisa.

–Me parece una idea genial que Sisi pase el día con vosotras. Puedo traerla por la mañana y llevármela por la noche. Está acostumbrada a estar en su trasportín–se volvió hacia Kalinda–. Es su casa. Cuando está en su caseta, duerme en él. Hace que se sienta segura.

Kalinda sonrió.

–Es como si pudiera llevar siempre con ella su habitación.

–Exacto –dijo Montana–. Traeré el trasportín, además de comida y un par de comederos. Estará perfectamente, siempre y cuando pueda salir a dar un paseo una o dos veces por la mañana y por la tarde.

–Gracias –susurró Fay–. Pero es mucho trabajo para ti. No tienes que traerla todos los días. Solo cuando te venga bien.

Montana notó que Kalinda no estaba de acuerdo con su madre. Sabía que estar con Sisi ayudaba mucho a la niña. Ese día tenía casi toda la cara vendada, y la piel expuesta estaba enrojecida e inflamada. Sabía que la vía que tenía conectada al brazo le administraba medicación para el dolor periódicamente. La niña estaba pasando por un auténtico calvario. Si estar con Sisi hacía que se sintiera mejor, Montana la llevaría todos los días.

–Ya me las arreglaré –dijo.

–Gracias –susurró Kalinda mientras se le cerraban los ojos. A su lado, Sisi se hizo un ovillo como si hubiera comprendido que era hora de descansar.

Fay y Montana se dirigieron a la puerta.

–¿Has podido hablar con ella de lo de mi sobrino? –preguntó Montana.

–No quiero ver a nadie –dijo Kalinda.

Montana se volvió hacia ella.

–¿Seguro? Reese tiene tu edad. He pensado que podíais jugar a algo.

–¡No! No quiero ver a nadie.

Mientras se preguntaba cuándo iba a aprender a no meterse en la vida de los demás, Montana se sorprendió preguntando:

–¿No te sientes sola?

Los ojos de Kalinda se llenaron de lágrimas.

–No puedo –musitó–. No quiero que me vean así.

Fay se acercó a su hija y tomó su mano ilesa.

–¡Ay, cariño! No puedes esconderte para siempre.

–¿Por qué no? Soy un monstruo. Soy fea.

Montana sintió una oleada de dolor y compasión, y recordó lo que le había dicho Simon. ¿Volvería a ser normal Kalinda alguna vez?

–Está deseando conocerte –dijo Montana–. Si te soy sincera, tampoco es que sea muy guapo. No creo que tengas que preocuparte.

Kalinda se quedó mirándola un momento.

–¿Me prometes que no dirá nada?

Ella asintió, confiando en estar haciendo lo correcto.

–Solo diez minutos. Si no te apetece estar con él, me lo llevaré y no volverás a verlo. ¿Te parece bien?

–Vale.

–No te preocupes. Te avisaré con tiempo –miró a Fay–. ¿Tú estás de acuerdo?

–Las dos tenemos que volver al mundo real –le dijo Fay.

Que Reese se pasara por allí no era exactamente como volver al mundo real, pero era un comienzo. Ahora, lo único que tenía que hacer era asegurarse de que todo fuera sobre ruedas.

Simon estaba sentado a su mesa, actualizando historias en el ordenador. A pesar de su capacidad de concentración, era consciente de que había un pequeño trasportín en el rincón, junto con dos comederos, uno lleno de agua y el otro de pienso.

Había accedido a tener a Sisi en su despacho temporalmente. Tenerla a su lado estaba ayudando a Kalinda a recuperarse, y esa era su prioridad. Pero el trasportín lo distraía. Era absurdo, pero cierto.

Y lo que era aún peor: estaba deseando ver a la perrita. Sisi era tan pequeña que no molestaba, y era muy simpática. Él nunca había querido tener mascota, pero Sisi no estaba mal.

Acabó con una historia y se recostó en la silla. ¿A quién intentaba engañar? A quien de verdad quería ver era a Montana.

Habían pasado ocho días desde aquella noche. Ocho días desde que le había dicho la verdad sobre sí mismo y ella le había explicado por qué se equivocaba.

Siempre había sabido que nadie lo entendería. Aun así, había confiado en que ella lo comprendiera, en que viera por lo que había pasado. Pero no había sido así.

Imaginaba que la culpa no era de Montana. A fin de cuentas, su experiencia vital no la había preparado para alguien como él. Su mundo era seguro y amable. A ella no le había dado la espalda la persona más importante de su vida.

No sentía rencor al pensarlo. Saber que Montana creía en la bondad y la generosidad de los desconocidos lo ayudaba a dormir por las noches. La echaba de menos. Esa era la incómoda verdad. Echaba de menos verla y hablar con ella. Quería que le hablara de su vida y quería hacerle el amor. Lentamente la primera vez, saboreándola cuanto pudiera, y luego brusca y apasionadamente, ambos sin aliento.

Cerró las historias y se levantó. Pero antes de que pudiera salir del despacho alguien llamó a la puerta entornada.

—Adelante —dijo.

Entraron dos hombres. Eran más o menos de su estatura y edad. Uno era rubio. Simon reconoció al otro. Era Ethan Hendrix. Se habían conocido en el picnic familiar, después del accidente de coche.

—¿Interrumpimos? —preguntó Ethan.

–Acabo de terminar el papeleo. Me alegra volver a verte –se estrecharon las manos.

Ethan le presentó a su amigo.

–Este es Josh Golden, el segundo deportista más famoso de Fool's Gold.

Josh sonrió.

–¡Venga ya! ¿De verdad piensas que Raúl podría correr ciento ochenta y tantos kilómetros en una etapa de montaña del Tour de Francia?

–Claro.

Josh se rio.

–Sí, ya –se volvió hacia Simon–. Reconócelo: has oído hablar de mí.

Ethan soltó una carcajada.

–Tú no necesitas levantar pesas, ¿verdad? Te basta con acarrear tu ego.

Josh se rio.

–Estás celoso porque las mujeres me adoran.

–A mí solo me interesa que me adore una. Puedes quedarte con las demás.

Josh pareció desinflarse.

–En eso tienes razón. Lo mismo digo: yo también quiero solo a Charity. Pero en fin... ¿Qué voy a hacer con las demás? ¿A ti te interesan, Simon?

Él se descubrió reconociendo que últimamente solo le interesaba una en concreto.

–No, creo que no estarían a su altura.

Siguieron charlando animadamente. Simon disfrutaba de la conversación, aunque no dijera gran cosa. Saltaba a la vista que Ethan y Josh eran amigos desde hacía mucho tiempo, y eso era algo que echaba de menos. Pero su estilo de vida no le permitía estar en un sitio el tiempo suficiente para hacer amistades duraderas.

Sin querer se acordó de cuando tenía once años. Estaba en la pequeña cocina de su madre. Le escocían las orejas por las dos bofetadas que acababa de recibir.

–Es un chalado –se había quejado el novio de su madre, echando el brazo hacia atrás para volver a golpearlo–. Dile que deje de mirarme.

En lugar de defenderlo, su madre le había gritado que saliera de la habitación. Al correr a su cuarto, había oído decir a aquel hombre que daba miedo. Que había algo raro en él.

No era la primera vez que Simon oía decir aquello. No sabía cómo encajar. Era más listo que los demás niños. Iba dos cursos por delante de los niños de su edad. Se le daban bien los estudios. Recordaba haberse preguntado cómo sería ser normal.

Nunca lo sabría, pensó al volver al presente.

–¿Juegas al golf? –preguntó Josh.

–Eso no hace falta preguntarlo –repuso Ethan–. Aprenden golf en la facultad de medicina.

Simon se rio.

–Yo me perdí esa asignatura, pero juego de vez en cuando.

–Nos hemos enterado de que tienes la tarde libre. Pia tiene la casa llena de mujeres y ha puesto a Raúl de patitas en la calle toda la tarde. Ven con nosotros. Será divertido.

Aunque Simon apenas los conocía, le apetecía acompañarlos. Pasar la tarde lejos del hospital lo ayudaría a despejarse.

–Voy a avisar de que me marcho –dijo levantando el teléfono. Luego se quedó callado y los miró–. Vamos a apostar dinero, ¿verdad?

Se echaron los dos a reír.

–Bienvenido al equipo –le dijo Josh.

Capítulo 10

Steve era un hombre atractivo. Bronceado, atlético, razonablemente inteligente. Tenía los ojos azules, y a Denise le gustaban los ojos azules. De momento habían hablado de su trabajo como director comarcal de una distribuidora de repuestos informáticos, de la feria de arte que iba a celebrarse próximamente en el pueblo y del tiempo.

Denise miró disimuladamente su reloj, confiando en que él no lo notara. Sofocó un gruñido. ¿De verdad solo habían pasado veinte minutos? Menos mal que solo habían quedado para tomar una copa.

—¿Vienes por aquí a menudo? —preguntó Steve.

—¿A la bodega? No, no mucho —recorrió el patio con la mirada.

Habían sacado sillas y mesas. La noche de verano era calurosa, pero una ligera brisa hacía soportable la temperatura. Las montañas quedaban al este, los viñedos al oeste. Era un escenario perfectamente romántico. Así que, ¿por qué le daban ganas de darse cabezazos contra la mesa?

—He leído en el periódico que este va a ser un buen verano para las uvas —comentó—. Si el tiempo sigue así, será un año excelente para los vinos californianos —sofocó otro gruñido.

Aquella conversación no tenía ningún interés. Quizá fuera por el escenario. Demasiado forzado. Pero lo cierto era que por allí no había muchos sitios idóneos para una primera cita. Vivía en Fool's Gold: conocía a todo el mundo y todo el mundo la conocía a ella.

—¿Vas a Fool's Gold con frecuencia? —preguntó.

Steve sonrió.

—No, pero eso puede cambiar.

Uf. Esa no la había visto venir.

—Entonces, ¿te van bien los negocios?

Steve se inclinó hacia ella.

—Cada vez mejor. La tecnología cambia constantemente y la gente quiere mantenerse al día. En muchos sectores industriales, hay que esperar hasta que se rompen los equipos. Piénsalo. ¿Cambiarías tu lavadora solo porque hay un modelo nuevo más bonito?

—Claro que no.

—Claro. Nadie lo haría. En cambio a la gente no le importa comprarse un teléfono nuevo solo porque es nuevo. Es una especie de obsolescencia intrínseca.

—Da la impresión de que te gusta mucho tu trabajo.

—Así es. Me gustan mucho las ventas y me encanta tener acceso a los juguetes más novedosos —extrajo de su bolsillo un teléfono extrafino, tocó su superficie oscura y le mostró la pantalla. Mostraba un laberinto de cajitas. Aplicaciones. ¿Se decía así?

—Es absurdo intentar impresionarme con esas cosas —reconoció ella—. Hace dos años que tengo el mismo teléfono. Me aterra que deje de funcionar y tener que aprender a usar uno nuevo.

—Yo podría ayudarte —dijo él, mirándola a los ojos.

Saltaba a la vista que estaba interesado, pensó ella con un suspiro. Suponía que debía sentirse halagada y así era. Un poco. Pero aunque Steve tenía buena presencia y parecía bastante simpático, no había... chispa.

Él estaba sonriendo. Denise arrugó el ceño al darse

cuenta de que no tenía muchas arrugas alrededor de los ojos, ni canas en el pelo rubio oscuro.

Se habían conocido el mes anterior, cuando Steve había visitado el pueblo para asistir a una especie de simposio. Denise había tropezado con él en Starbucks. A pesar del café derramado, él se había mostrado simpático y divertido y, cuando le había pedido su número de teléfono, ella se lo había dado impulsivamente, dando por sentado que tenía más o menos su edad.

–¿Cuántos años tienes? –preguntó.

–Cuarenta y dos.

De haber estado bebiendo vino en ese momento, Denise se habría atragantado.

–Te llevo más de diez años –se preparó para verlo salir pitando.

Pero él se encogió de hombros.

–La edad es solo un número.

–No es eso lo que me dice el espejo cada mañana.

Steve se inclinó de nuevo hacia ella.

–No te preocupes por eso. A mí no me preocupa. Eres una mujer atractiva y llena de energía. Sexualmente estás en tu plenitud.

Otra oportunidad para atragantarse, pensó ella. No sabía si soltar una risa histérica o llamar a uno de sus hijos para que fuera a rescatarla. ¿Sexualmente en su plenitud? Llevaba saliendo con hombres algún tiempo y apenas era capaz de besarlos. Ni siquiera se imaginaba acostándose con uno.

Respiró hondo.

–Steve, esto ha sido estupendo...

–Lo ha sido. Quiero volver a verte.

–¿Por qué?

Él sonrió.

–Me gustas, Denise.

–Tú también eres muy simpático –murmuró ella–, pero seamos realistas. ¿Has estado casado?

–Estoy divorciado.

–¿Tienes hijos?

–No.

–¿Quieres tenerlos?

–Claro.

–Exacto. No quiero ser demasiado explícita, pero yo ya no estoy en edad. Tengo seis hijos, el mayor de los cuales tiene... –tragó saliva con esfuerzos–. Unos ocho años menos que tú.

–Así que te casaste muy joven. No importa.

–Sí que importa. Tengo nietos. No quiero empezar de nuevo con nadie. Quiero...

Apretó los labios al darse cuenta de que no sabía lo que quería. Lo imposible, suponía. Un hombre que hiciera latir más deprisa su corazón, que la entendiera a ella y a su mundo y para el que eso fuera bastante. Un hombre al que se imaginaba con toda claridad y al que sin embargo procuraba por todos los medios no ver.

–Ha sido estupendo –repitió al levantarse–. Gracias por la copa.

Él también se levantó.

–¿Te vas?

–Me estoy despidiendo.

Sin más, cruzó la sala de catas y regresó a su coche. Pero al llegar, no montó en él. Solo había bebido cinco sorbos de vino, de modo que no le preocupaba conducir. Aun así, se quedó allí, al sol del atardecer, y procuró contener las lágrimas.

Había veces en que echaba tanto de menos a su marido que sentía que se desgarraba por dentro; veces en que le resultaba imposible seguir adelante. Pero ese día no era uno de ellos, porque al mirar las montañas, no pensaba en su difunto marido.

No era Ralph quien la había llevado allí. Había sido Max. Max, siempre tan peligroso, tan excitante. Max, que conducía una motocicleta y la había besado apasionadamente. Max, que le había mostrado lo que era dejarse arrastrar por la pasión y el amor.

Se había marchado porque era lo que hacían los hombres como él. Pero para entonces, ella ya conocía a Ralph y había llegado a la conclusión de que era un hombre que podía amarla toda la vida. Estar con él era muy distinto a estar con Max. No había ningún peligro. Donde Max se contenía, Ralph lo daba todo.

Le había dado seis preciosos hijos y los mejores años de su vida. Había sido su media naranja. Se habían querido lealmente.

Denise subió al coche y encendió el motor. Aunque no creía que hubiera un solo gran amor en la vida de cada persona, creía en cambio que era improbable que volviera a conocer a un hombre como Ralph. Así pues, le quedaba la alternativa de conformarse con algo menos, o sencillamente de darse por vencida y olvidarse de los hombres.

Salió del aparcamiento y se dirigió a casa. Si se daba prisa, llegaría a tiempo de cenar con Kent y Reese, de sacar a Fluffy a dar un paseo y de refugiarse en su rutina. ¿Y acaso no era eso mucho mejor que cualquier cosa que pudiera ofrecerle un hombre?

—Sabes lo que tienes que hacer, ¿no? —preguntó Montana—. ¿Tienes claras las normas?

Reese la miró con una mezcla de lástima y paciencia.

—Las hemos repasado tres veces.

Buena respuesta, seguramente, pensó ella.

—Estoy nerviosa.

Estaban en el ascensor del hospital, subiendo para ver a Kalinda. Montana había dejado a Sisi en casa de Max. Pensaba que de momento sería más sencillo que Kalinda estuviera solo con Reese.

Cuando salieron del ascensor, su sobrino se detuvo y la miró.

–No voy a decir nada malo, te lo prometo. Sé que tiene un aspecto extraño y que quizá me asuste un poco al verla. Pero lo superaré. No sé cómo se siente, pero no soy un niño pequeño. Sé que lo está pasando mal.

–Vaya –dijo Montana, impresionada, y lo abrazó–. Estás creciendo.

–Me quedan seis años para tener el carné de conducir –sonrió–. Cuento los días.

Ella hizo una mueca.

–Más vale que no se lo digas a tu padre. Creo que le daría un infarto.

Reese se rio.

Se dirigieron a la unidad de quemados. Una vez dentro, lo llevó a la habitación de Kalinda. Fay salió a recibirlos a la puerta.

–Está un poco cansada –dijo.

Parecía más cautelosa que emocionada, y Montana sospechó que tenía dudas.

–¿Estás segura de esto? –preguntó Fay.

Montana miró a Reese, que asintió con un gesto.

–De acuerdo, entonces.

Él respiró hondo y entró en la habitación. Se acercó a la cama sin vacilar y sonrió.

–Hola, soy Reese. Tú eres Kalinda, ¿verdad?

La niña estaba medio sentada en la cama. Unos mechones rubios asomaban por entre el vendaje blanco. Tenía la cara y los brazos vendados. Las partes de su cuello y sus mejillas que se veían estaban en carne viva. El olor a medicina y enfermedad parecía suspendido en el aire, en lucha con el olor a desinfectante.

Al ver que ella no respondía, Reese añadió:

–Montana me ha dicho que no puedes levantarte, ni moverte mucho. Imagino que por eso quieres que venga a verte Sisi. Mi padre y yo tenemos perro desde hace un par de semanas. Pero Fluffy armaría un estropicio aquí –sonrió otra vez–. Es muy simpática, pero no se da cuenta de que es muy grande. Prácticamente me tira al suelo cuando menea la cola, y deberías ver lo que hizo con los platos de cristal que mi abuela tenía encima de la mesa baja –arrugó el ceño–. Montana, ¿no vino Fluffy al hospital?

Ella se sintió incómoda.

–Solo una vez. Y por accidente.

Kalinda se echó a reír, sorprendiéndola.

–Me acuerdo. La vi. El doctor Bradley se puso hecho una furia.

–Ni que lo digas –no le gustaba pensar en su primer encuentro.

–¿Te cae bien el doctor Bradley? –preguntó Reese–. Tuve un accidente de coche y él me dio los puntos –señaló el pequeño vendaje que tenía en la mejilla–. Dice que no me va a quedar cicatriz, y eso está bien, supongo. Aunque a mí no me importaría. Las cicatrices me parecen interesantes.

Kalinda se apartó un poco y luego volvió a mirarlo.

–Yo tengo cicatrices. Y voy a seguir teniéndolas.

La expresión de Reese se volvió compasiva.

–¿Te duele mucho?

La niña asintió con la cabeza.

–Me dan cosas para el dolor. Por eso siempre tengo mucho sueño. Explotó una barbacoa. Me quemé.

Reese acercó una silla y se sentó.

–¿Como en la tele?

–Igual.

Montana salió de espaldas de la habitación. Fay se quedó con ella en el pasillo.

–Está hablando con él –susurró–. Creía que no iba a decirle nada. Que iba a decirle que se marchara. Eso es bueno, ¿verdad?

–Creo que sí. Es casi normal.

Allí estaba otra vez esa palabra, la que siempre le hacía pensar en Simon. Aunque para eso no necesitaba mucha ayuda. Lo tenía siempre en mente.

–Gracias por sugerirlo –le dijo Fay–. Me estoy volviendo loca aquí, viéndola sufrir y sabiendo que no puedo hacer nada para ayudarla.

–Estás con ella. Eso es lo más importante.

–Ojalá tengas razón.

Reese se acercó a la puerta.

–¿Tenéis algún juego al que podamos jugar? Kalinda no tiene las manos muy quemadas, así que puede usar un mando.

–O podríais jugar a un juego de mesa –sugirió Montana.

Él exhaló un fuerte suspiro.

–Sí, eso sería genial.

Fay se rio.

–Eres igual que mi hija. He traído su Playstation 2. ¿Te apetece más que un juego de mesa?

–Mucho más –sonrió–. Sé conectarla a la tele y todo.

Fay se disculpó. Montana se quedó sola en el pasillo y decidió ir a leer un rato a la sala de espera que había allí cerca. En una hora, los chicos tendrían tiempo de jugar sin que Kalinda se fatigara demasiado.

Echó a andar hacia la sala de enfermeras, pero al doblar la esquina estuvo a punto de tropezar con Simon. Se pararon los dos.

Era tan alto como recordaba, y el lado derecho de su cara seguía siendo igual de perfecto. Apenas se fijó en las cicatrices, aunque sabía lo importantes que eran para él.

–Montana...

–Hola. He traído a mi sobrino a ver a Kalinda. De momento, va bien. Están jugando con la consola.

Él levantó una ceja.

–Seguro que Kalinda se lo va a pasar bien. Estupendo. No conviene que se deprima. Dificulta su recuperación –carraspeó–. Me alegro de haberme encontrado contigo. Quería hablarte de una cosa. Mañana van a venir varios niños a quitarse los puntos. Si el primero empieza a llorar, los demás se alteran y la mañana se tuerce. Me estaba preguntando si podías traer un perro para distraerlos.

Ella asintió mientras pensaba en su horario.

–Claro. ¿A qué hora?

–A las nueve y media. Serán unas dos horas.

–No tengo ningún compromiso con los perros hasta por la tarde. Traeré uno de los grandes. Se lo pasarán mejor.

–Muy bien.

Parecía tan serio... Distante, incluso. Era culpa suya. Era ella quien se había pasado de la raya. Alargó la mano y tocó su brazo. Notó la suavidad de su bata blanca.

–Lo siento –dijo atropelladamente–. Lo que te dije el otro día. No me corresponde a mí decirte en qué tienes que creer, ni cómo tienes que vivir. Apenas te conozco. Intentaba mostrarte algo y metí la pata. Te pido disculpas por haberte lastimado u ofendido, o lo que sea que hice.

El semblante de Simon no dejaba traslucir nada.

–¿Y si te digo que no fue nada?

–No te creeré, pero tampoco voy a discutírtelo.

–A ti te gusta discutir.

–No, no me gusta –suspiró–. No me gusta que me guste.

–Eso lo cambia todo.

Ella lo observó, intentando descubrir qué estaba pensando.

–¿Estás enfadado?

–No.

–¿Me odias?

–No.

«¿Todavía me deseas?». No lo dijo. No tenía tanto valor.

–¿Me perdonas? –preguntó.

–Sí.

Ella sonrió.

–Gracias por decir eso, en lugar de decirme que no hay nada que perdonar. De verdad lo siento mucho.

Él levantó la mano como si fuera a tocar su cara, pero luego la dejó caer. Montana sintió una oleada de desilusión. No sabía qué decir, pero le aterrorizaba haber estropeado las cosas. ¿Cómo iba a pedirle a un hombre que la deseara otra vez?

Alterada por su encuentro con Simon, decidió que lo que necesitaba era distraerse con un buen libro.

Pasar la tarde acurrucada en el sofá, leyendo, la haría sentirse mejor. Cuando salió de trabajar, se pasó por la librería de Morgan.

La tienda estaba llena de gente, como de costumbre. El aire estaba impregnado de olor a café recién hecho y a bizcochos. Amber, la hija de Morgan, tenía una pastelería y debía de haberse pasado por allí con una tanda recién salida del horno.

Montana saludó a la gente que conocía y se dirigió a la sección de novela romántica. Su vida amorosa era un desastre, pero no había razón para no vivir el amor a través de otros, se dijo. Estuvo mirando las estanterías en busca de un libro que encajara con su estado de ánimo, y se detuvo delante de uno rojo con una ilustración de una mujer en la portada.

—*Mágicas ilusiones* —murmuró, observando la llama que la mujer llevaba tatuada en la espalda.

Nunca había leído a Regan Hastings, pero tenía curiosidad. Fue a sacar el libro, pero sus manos tropezaron con las de otra persona.

—Perdón —dijo, volviéndose.

—Ah, hola.

Montana reconoció a aquella mujer rubia y exuberante. Era nueva en el pueblo.

—Heidi, ¿no?

La mujer, más o menos de su edad, pero mucho más guapa, sonrió.

–Sí. Y tú eres una de las trillizas. Lo siento, no os distingo.

–Montana.

–Eso –ladeó la cabeza como si intentara encontrar alguna diferencia con sus hermanas.

Montana sonrió.

–Por si te sirve de algo, Dakota está embarazada, así que en los próximos meses será fácil reconocerla.

–Estupendo. Gracias por la ayuda.

Heidi tenía el cabello rubio dorado, peinado en dos trenzas, y grandes ojos verdes. Sus ojos le recordaron a los de Simon, a pesar de que no quería pensar en él.

–Tu abuelo y tú habéis comprado el rancho Castle, a las afueras del pueblo, ¿no?

–Sí.

–¿Qué tal os estáis adaptando?

–Vamos tirando. Pero la casa necesita una reforma completa. Creo que hace mucho tiempo que no estaba habitada.

Montana intentó recordar quién era la última persona que había vivido allí.

–El viejo Castle murió hace siglos. Puede que veinte años, más o menos. No me acuerdo. Pero había una familia viviendo allí. La madre se encargaba de la casa y sus tres hijos se ocupaban del rancho. No era gran cosa ni siquiera en aquella época. No sé qué pasó después. Cuando Castle murió, la familia se marchó. Corrió el rumor de que el rancho lo había heredado alguien del Este, pero no se presentó nadie.

–Se nota –Heidi arrugó la nariz–. Intento recordar que he vivido en sitios peores. Por lo menos las cañerías y la electricidad funcionan y el tejado aguantará un par de años más, pero, en serio, ¿cuándo ha sido la última vez que has visto un fogón verde aguacate?

Montana se rio.

–Vi uno una vez. En el cine.

–Pues si quieres ver uno auténtico, avísame. Tengo uno.

Montana no sabía mucho de Heidi y de su abuelo.

–¿Vais a tener ganado en el rancho?

Heidi sacudió la cabeza.

–No. No me gustan mucho las vacas. Hay unas cuantas vagando por allí. Son salvajes, o cimarronas, o como se llamen las vacas cuando no hay nadie y se cuidan solas –hizo una pausa–. Tengo unas cuantas cabras que ordeño y utilizo la leche para hacer queso.

¿Cabras?

–¿Te llamas Heidi, vives con tu abuelo y tienes cabras?

Heidi se rio.

–Tiene gracia, lo sé. La diferencia es que mi abuelo Glen es muy simpático, así que no tengo que hacer de mediadora entre él y los aldeanos –miró a su alrededor–. Apuesto a que Morgan tiene un ejemplar por aquí. ¿Cuándo fue la última vez que leíste *Heidi*?

–Creo que mi madre nos lo leía cuando éramos muy pequeñas. ¿No había una niña en una silla de ruedas?

–Me parece que sí –su sonrisa de desdibujó–. A mí también me lo leía mi madre. Es un buen recuerdo.

El buen humor dio paso a la tristeza y Montana tuvo la sensación de que Heidi había perdido a su madre hacía mucho tiempo. Ella, que había perdido a su padre, sabía lo que era eso.

–¿Vienes mucho al pueblo? –preguntó–. Nosotras solemos quedar una noche cada dos semanas, más o menos. Si quieres darme tu número, te aviso la próxima vez que quedemos.

–Sí, claro.

Montana sacó su móvil y anotó el número de Heidi.

–¿Tu abuelo y tú estáis bien allí, solos?

El semblante de Heidi recuperó su buen humor.

–A pesar de que los electrodomésticos son odiosos, estamos muy a gusto. Este es el primer hogar de verdad que tenemos. Hemos viajado mucho. No te imaginas lo agradable que es tener por fin una casa. Tenemos un montón de planes para el rancho.

–Imagino que no incluyen vacas.

–Seguramente no. Pero quiero agrandar mi rebaño. Pienso crear un emporio quesero –se rio–. Además, a los dos nos encanta Fool's Gold. Todo el mundo es tan amable, tan acogedor... Y para sorpresa mía, mi abuelo está teniendo muchísimo éxito con las señoras de cierta edad.

A Montana no le sorprendió. La escasez de hombres se había mitigado un poco con la apertura de nuevos negocios y el traslado de muchos hombres al pueblo, pero entre ellos había muy pocos que superaran la mediana edad.

–Así se mantendrá joven –le dijo Montana.

–A mí me da igual, mientras no me lo encuentre propasándose con una de ellas.

Montana sacó de la estantería dos ejemplares del libro de Regan Hastings.

–Deja que te lo compre. Como regalo de bienvenida al pueblo.

–¡Caray! Por eso me encanta esto. Permíteme anunciar a los cuatro vientos que no pienso marcharme nunca, aunque haya viento, nieve o plagas de langosta.

–Eso está muy bien. ¿Sabías que Fool's Gold lo fundaron un grupo de mujeres mayas? Máa–zib, se hacían llamar. Significa algo así como «pocos hombres». Tengo entendido que utilizaban a los hombres como esclavos sexuales.

Heidi sonrió.

–¿No añoras los viejos tiempos?

–Constantemente.

Montana se dijo que no debía echar las campanas al vuelo. A aquellos niños iban a quitarles los puntos: eso no era razón para ponerse a cantar de alegría. Lo cierto era que estaba mucho más emocionada por volver a verlo que por los niños, lo cual seguramente la convertía en una mala persona.

—Otra cosa que tengo que solucionar —le dijo a Buddy al abrir la puerta de atrás de su coche y apartarse para que saliera el perro.

Buddy la miró un poco preocupado, con el ceño arrugado. Montana había estado pensando qué perro era el más adecuado y se había decidido por él. Los niños sentían que estaba siempre preocupado y procuraban consolarlo y animarlo. Seguramente sería bueno que se concentraran en otra cosa. Además, Buddy era lo bastante grande como para que se apoyaran en él, y le encantaba que lo abrazaran.

Mientras iban hacia el hospital, se recordó que estaba allí a título profesional. Debía alegrarse de que Simon confiara en ella y en los perros para que lo ayudaran.

—No técnicamente, claro —le dijo a Buddy cuando entraron—. No te ofendas, pero creo que no se te daría muy bien quitar puntos.

Buddy la miró como diciendo que no se lo tomaba a mal. Avanzaron por el hospital, camino de la sala de curas. Buddy llevaba su chaleco de perro de terapia, y pasaron por los distintos servicios sin que apenas se fijaran en ellos. Cuando se acercaban a la sala de enfermeras, una enfermera de cuarenta y tantos años y aspecto eficiente salió a su encuentro.

—El doctor Bradley nos avisó de que vendría —sonrió alegremente—. Me ha contado las maravillas que hacen sus perros. Estoy deseando ver a este en acción.

Acarició a Buddy, que respondió meneando la cola tranquilamente. Pero arrugó más aún el ceño, como si le preocupara tener más presión.

A Montana le sorprendió que Simon hubiera hablado bien de ella. Evidentemente se había convencido de que los perros podían ayudar. Si no, ¿por qué iba a molestarse en invitarla? Pero le extrañaba que hubiera comentado con otras personas su trabajo.

La enfermera les condujo a una pequeña consulta. Sobre la encimera había una bandeja. Aunque estaba tapada, Montana imaginó toda clase de utensilios quirúrgicos afilados y relucientes y enseguida comprendió el nerviosismo de los niños que esperaban para entrar.

Miró a su alrededor y se fijó en la camilla acolchada en la que se sentarían los pacientes, en las sillas que había a un lado de la sala y en las fuertes luces del techo. No era precisamente un ambiente acogedor.

Se abrió la puerta y entró Simon. Montana sintió una oleada instantánea de emoción, esperanza y deseo.

–Buenos días –dijo él enérgicamente–. Gracias por venir.

Su tono impersonal y su modo de mirarla desanimaron a Montana.

–Estamos encantados de ayudar. Este es Buddy.

Se sorprendió al ver que Simon se agachaba hasta que sus ojos quedaron a la altura de los del perro.

–Encantado de conocerte, Buddy –le acarició las orejas, y Buddy pareció animarse.

–Es muy simpático –dijo ella cuando Simon se incorporó–. Pero siempre parece preocupado. Los niños reaccionan intentando tranquilizarlo. He pensado que eso podía distraerlos.

–Buena idea.

Parecía un miembro del personal, pensó ella con tristeza. Al parecer ya no ardía en deseos de estar con ella. Adiós a los besos apasionados.

La enfermera asomó la cabeza.

–Están listos, doctor.

–Espere un par de minutos y haga entrar al primero.

–Claro –la enfermera salió.

Simon se acercó al lavabo y se lavó las manos. Cuando acabó, se las secó y se puso unos guantes.

–No se tarda mucho en quitar los puntos. Si no hay complicaciones, dentro de una hora habremos acabado. ¿Te apetece que luego vayamos a tomar un café?

Montana estaba tan abatida que casi no se dio cuenta de que acababa de invitarla a salir.

–Tengo a Buddy –balbució.

–En Starbucks hay terraza.

–Sí. Eh, claro. Sería estupendo.

–Muy bien.

La primera paciente entró en la consulta. Se llamaba Mindy y tenía doce años. Simon explicó que había sufrido cortes cuando un chico de su barrio rompió una ventana de cristal reforzado con una pelota de béisbol. Tenía puntos a lo largo de la mandíbula y por un lado del cuello.

–Menudo susto –comentó Montana mientras Mindy abrazaba a Buddy.

–Sí. Había sangre por todas partes –parecía al mismo tiempo horrorizada y orgullosa.

–Todavía la estamos quitando de la alfombra –bromeó su madre.

Mindy se subió a la camilla. Simon acercó una silla y le hizo señas a Buddy de que se subiera a ella. Mindy lo rodeó con los brazos, ofreciendo a Simon la parte de la cara en la que tenía los puntos.

–¿Qué vas a hacer este fin de semana? –preguntó él mientras empezaba a quitar los puntos.

Montana nunca lo había visto trabajar, y le impresionó lo rápidamente que quitaba cada punto. Sus gestos rebosaban seguridad. Una confianza absoluta.

–Vamos a ir al Festival de Verano –contestó Mindy–. Vamos todos los años. Es uno de mis preferidos, aunque la feria de Navidad también me encanta.

–Nunca he estado en el Festival de Verano.

Ella lo miró con sorpresa.

–Pues tienes que ir. Es el mejor. Hay atracciones y puestos y tortas de anís.

–Nunca he probado una torta de anís.

Mindy puso unos ojos como platos.

–Están buenísimas, calentitas y cubiertas de azúcar.

–Se me van derechas a los muslos –murmuró su madre.

–Ay.

Simon seguía moviendo los dedos a toda velocidad.

–Casi hemos acabado.

Los ojos de Mindy se llenaron de lágrimas.

–¿Puedes parar ya?

Buddy gimió suavemente y apoyó la cabeza contra su pecho. La niña se centró en el perro.

–No pasa nada –le susurró–. Estoy bien.

–Ya está –le dijo Simon.

Mindy pareció sorprendida.

–¡Qué rápido! Y no me ha dolido tanto. ¿En serio ya hemos terminado?

Su madre se acercó y contempló su cara.

–Casi no se nota y todavía ni siquiera ha acabado de cicatrizar.

Simon asintió.

–No creo que vaya a quedarle cicatriz. ¿Sabe qué hacer en cuanto se le caiga la costra?

–Sí.

Mindy miró a su madre.

–Entonces, ¿seguiré siendo guapa?

Simon la ayudó a bajar de la camilla.

–Ya eras guapísima. No creo que yo pudiera ponerte más guapa. Tanto talento no tengo.

Mindy sonrió de oreja a oreja y lo abrazó.

–Gracias. Tenía miedo, pero no ha sido para tanto.

–Me alegro –contestó él con una sonrisa.

Qué distinto era con sus pacientes, pensó Montana. Más espontáneo, más abierto y generoso. Parecía que era el único momento en que se permitía relajarse. El resto del tiempo había un muro entre él y el mundo.

Mindy y su madre se marcharon. La enfermera hizo

entrar a un niño pequeño acompañado por una mujer a la que Montana creyó conocer de la oficina de servicios sociales. Tenía cortes por toda la cara y docenas de puntos. Simon se agachó enseguida y le puso la mano en el hombro.

—Hola, Freddie.

—Hola.

El niño tenía una voz suave y aguda. Debía de tener seis o siete años, era menudo y delgado.

—Me han dicho que tu tía va a venir a recogerte.

Freddie tensó la boca, pero no llegó a sonreír. Montana tardó un segundo en darse cuenta de que, con tantos cortes y puntos, no podía hacerlo.

—El juez dijo que podía venir. Va a llevarme con ella a Hawái —Freddie miró a la trabajadora social—. Mi primo Sean es mi mejor amigo, pero papá decía que no podía verlo más. Ahora sí puedo.

Simon le hizo una seña a Buddy para que se acercara.

—Mi amiga Montana ha traído a un perro muy especial. Se llama Buddy. Le asustaba un poco estar en el hospital, pero cuando le he hablado de ti, ha querido venir de todos modos.

Los ojos de Freddie brillaron.

—No se puede hablar con los perros.

—Yo soy médico, jovencito. Puedo hacer cualquier cosa —se volvió hacia el animal—. Buddy, ¿estás nervioso?

Buddy frunció el ceño aún más y soltó un gemido.

—¡Hala! —Freddie parecía impresionado—. Bueno, Buddy, gracias por venir a verme.

Buddy le ofreció la pata.

Simon ayudó al pequeño a sentarse en la camilla. El perro se subió de un salto a la silla sin que se lo pidieran. Freddie lo rodeó con el brazo y el perro se acercó a él.

Simon se puso manos a la obra. Freddie no lloró, ni le pidió que parara. Dio un respingo un par de veces, pero por lo demás permaneció absolutamente tranquilo. Montana comprendió que no era la primera vez que pasaba por aquello y se preguntó qué le había ocurrido. ¿Por qué lo habían operado? Aparte de los cortes, no parecía tener ningún defecto físico.

Después de Freddie entraron tres niños más. Después de atenderlos a todos, Simon acompañó a Montana y a Buddy fuera del hospital.

—Tengo una idea —dijo ella—. ¿Por qué no vas a por los cafés y nos vemos allí dentro de un momento?

Simon asintió.

—Claro.

Mientras él se dirigía al centro del pueblo, Buddy y ella se fueron a buscar su coche. Quince minutos después, con los cafés en los soportes del coche, pusieron rumbo a la montaña.

—No vamos muy lejos —dijo ella—. Conozco un prado precioso en el que podemos hablar y Buddy puede darse una vuelta.

Simon alargó el brazo para acariciar al perro.

—Te has ganado una buena carrera.

Montana se apartó de la carretera y entró en un aparcamiento de tierra. Dejó salir a Buddy, sacó una manta de la parte de atrás y condujo a Simon hasta una pradera. Brillaba el sol y la hierba estaba salpicada de pequeñas flores. El zumbido de los insectos se mezclaba con el canto de los pájaros y la suave brisa. Era una mañana perfecta en un lugar idílico. Montana extendió la manta e indicó a Simon que se sentara.

—Háblame de Freddie —le dijo cuando se acomodaron—. ¿Cómo se hizo esos cortes?

—Fue su padre. Fue él quien le cortó. No era la primera vez.

Montana se quedó mirándolo.

—No entiendo.

—No todos los padres son como los tuyos. Algunos tienen problemas mentales o emocionales. Algunos son simplemente crueles. El padre de Freddie lo ataba y le hacía cortes con un cuchillo de caza. En la espalda, en el pecho. Esta fue la primera vez que se atrevió con su cara.

Montana sintió una opresión en el pecho. Le costaba respirar. Le ardían los ojos. Miró más allá de Simon, hacia Buddy, que estaba persiguiendo a una mariposa.

—¿Por qué no le han quitado a Freddie antes?

Simon se encogió de hombros.

—El niño no quería contar cómo sucedía y al final el padre conseguía librarse.

—¿Qué clase de padre hace eso?

—Un mal padre. Ocurre más a menudo de lo que piensas.

Ella miró un momento sus cicatrices al tiempo que en su cabeza se formaba una idea descabellada. ¿Eran los padres de Simon los responsables de sus quemaduras?

—No puedo creer que algo así ocurra en Fool's Gold —musitó.

—Ocurre en todas partes, pero por si te sirve de algo, Freddie y su padre solo llevaban un par de meses en el pueblo. El personal de emergencias se dio cuenta enseguida de lo que ocurría y alertó a los servicios sociales. Freddie quedó bajo su custodia ese mismo día.

—Menos mal. Espero que al padre lo encierren una larga temporada.

—Yo también.

—Imagino que ves muchas cosas horribles.

—A veces es peor qué ha causado la herida que la herida misma.

—¿Y puedes olvidarlo? ¿No te obsesiona?

—Estoy acostumbrado.

Montana estaba segura de que alguien en su posición tenía que encontrar un modo de desconectar. De poner barreras. Aun así, cuando estaba solo, debía de asaltarlo el fantasma de lo que había visto.

—No debería contarte estas cosas —bebió un sorbo de

café con leche y la miró por encima de la tapa del vaso–. No necesitas saberlas.

Debería haber parecido fuera de lugar allí, con sus pantalones de traje, su camisa y su corbata. Pero parecía relajado.

–No soy tan inocente como crees –contestó.

Él sonrió.

–Claro que sí. Eres de esas chicas que quieren enamorarse.

–¿No quiere todo el mundo?

–No.

O sea, que él no quería.

–¿Nunca te has enamorado?

–Ni una sola vez.

–Qué lástima.

–¿Por qué? Yo estoy bien así.

–¿No quieres ser feliz?

–La felicidad es muy esquiva. Me basta con mi trabajo.

Montana sabía que se equivocaba, pero sabía que no tenía sentido decírselo.

–¿Por qué no te has casado? –preguntó él.

Ella tardó un momento en contestar.

–Nunca me lo han pedido. He tenido un par de novios formales, pero los dos se marcharon. No estaban enamorados de mí. Yo no... –se encogió de hombros–. No era suficiente para ellos. Uno me engañaba y otro me dejó sin más. El último decía que sería perfecta si cambiaba de forma de vestir, o mi peinado, o mi maquillaje. Al final, la lista de mis defectos era interminable –se esforzaba por hablar como si aquello no le doliera en realidad.

–Eran unos idiotas.

–Gracias.

–No lo digo por ser amable, Montana. Eres una de esas mujeres con las que sueñan los hombres.

Ella se quedó sin respiración.

–¿Incluso tú? –preguntó sin poder refrenarse.

–Sobre todo, yo –sus ojos se oscurecieron–. Si buscara algo duradero.

–Ya.

–Y tú buscas una relación para toda la vida.

Montana no quería darle la razón, pero no pudo evitar asentir.

–Me voy a Perú dentro de unas semanas. Y luego me iré a otra parte –miró su café y luego a ella–. Podría volver, de visita.

–Pero no para quedarte.

–No –contestó tajantemente–. No para quedarme.

Capítulo 11

Montana no solía asistir a las reuniones del Ayuntamiento. Nunca se había mezclado en política. Antes de trabajar para Max, había sido bibliotecaria. Pero la alcaldesa le había pedido que acudiera, y allí estaba.

El orden del día era el que esperaba. Información acerca de la construcción de carreteras, en este caso un proyecto financiado por la administración estatal; un par de asuntos relacionados con la concesión de permisos; y un repaso a los preparativos del Festival de Verano, para el que solo faltaban dos días.

Gladys, la tesorera municipal, se volvió hacia la alcaldesa.

—Imagino que Montana está aquí para hablar del asunto del doctor Bradley.

—Así es —Marsha sonrió a Montana—. ¿Qué tal va nuestro proyecto?

Montana comprendió que no debería haberle sorprendido el cambio de tema. Si lo hubiera pensado un segundo, se habría dado cuenta de por qué le había pedido Marsha que asistiera a la reunión. Por desgracia, se quedó completamente en blanco.

—Eh... No sé qué deciros.

—¿Le está gustando Fool's Gold? —preguntó Marsha.

—Sí. Todo el mundo ha sido muy amable con él y creo

que lo valora. Pero no es muy sociable. Aún no he descubierto cuáles son sus aficiones.

–Fue a jugar al golf con Ethan y Josh –comentó otro miembro del consistorio–. Raúl Moreno se reunió con ellos para jugar los últimos nueve hoyos.

–¿Crees que le impresionan los deportistas conocidos? –preguntó Marsha ansiosamente–. ¿Debería sugerirles a Josh y a Raúl que pasen más tiempo con él?

Montana sintió que todos la miraban. Intentó no encogerse.

–No, no creo. No es de esos. Es callado y reflexivo. Solo parece sentirse a gusto con sus pacientes.

–Imagino que no os habéis acostado aún, ¿verdad? –preguntó Gladys.

Montana se puso colorada.

–Eso no es asunto nuestro –afirmó Marsha–. Le pedí a Montana que se hiciera amiga suya, que le enseñara el pueblo y le convenciera de las ventajas de vivir aquí. No tiene que darlo, ejem, todo por el bien del pueblo.

–En mis tiempos sabíamos lo que era sacrificarse por el bien de todos –masculló Gladys.

Marsha no hizo caso.

–Montana, ¿crees que estás haciendo progresos?

–No lo sé. Nunca estoy segura de qué está pensando.

La alcaldesa asintió, y la reunión prosiguió en torno a otros asuntos. Cuando acabó, Marsha le pidió que se quedara un momento más.

–¿Sabes cómo se hizo esas quemaduras? –preguntó la alcaldesa cuando estuvieron solas.

Montana comprendió por su tono que conocía la respuesta. Se removió en su asiento.

–No me lo ha dicho.

–¿Quieres saberlo?

Marsha hablaba en tono suave. Su expresión era cariñosa. Si Montana no quería saberlo, no se lo diría.

Ella asintió con la cabeza.

Marsha se puso las gafas de leer y abrió la delgada carpeta que tenía delante.

–Por lo que he podido averiguar, su madre mostraba muy poco interés por él. De su padre no hay noticias. Por lo visto desapareció bastante pronto. Posiblemente cuando ella estaba embarazada. Según los atestados policiales, su novio la dejó porque Simon era... desconcertante –miró a Montana por encima de las gafas–. Era muy inteligente ya de pequeño. A los once años iba dos cursos por delante de los niños de su edad y se esperaba que se saltara alguno más.

Montana se agarró al borde de la gran mesa de reuniones. Tenía la impresión de que iba a necesitar un asidero.

–Cuando el novio se marchó, la madre lo culpó a él. Lo empujó a la chimenea –levantó la mirada otra vez y se quitó las gafas–. Obviamente, todos hemos visto sus cicatrices. Cuando intentó salir, ella volvió a empujarlo. Fue un milagro que no muriera.

«No vomites», se dijo Montana mientras su estómago daba vueltas y más vueltas. «No lo pienses. No vomites».

El horror se había apoderado de ella. Pensó en Freddie, cuyo padre lo había herido a propósito.

–Los vecinos llamaron a una ambulancia, que a su vez avisó a la policía. Cuando se llevaron a Simon, la madre lo confesó todo. No le importaba ir a prisión. No quería volver a ver a su hijo. A su modo de ver, Simon le había destrozado la vida –la alcaldesa se puso las gafas y siguió leyendo–. Simon pasó casi cuatro años en el hospital. Fue sometido a innumerables operaciones. Resulta sorprendente, pero consiguió seguir los estudios por su cuenta, con la única ayuda de un profesor voluntario. Sacó una nota altísima en bachillerato y en la prueba de acceso a la universidad y a los dieciséis años consiguió una beca para estudiar en Stanford. Desde allí pasó a la faculta de medicina de la Universidad de California en Los Ángeles.

Montana no podía seguir escuchando.

–Disculpa –dijo, apartando la silla de la mesa–. Tengo que irme.

Agarró su bolso y salió precipitadamente de la sala. La puerta del exterior parecía estar a kilómetros de distancia, pero por fin logró llegar a ella y pudo respirar otra vez. Aquello no estaba pasando, se dijo mientras se inclinaba ligeramente y procuraba controlar su respiración. No quería saberlo. Pero ya no podía olvidarlo. El pasado de Simon era espantoso. Ella había visto las quemaduras de Kalinda. Las de Simon tenían que haber sido igual de graves. Peores, incluso. Ella sabía que le bajaban por el cuello y por el pecho. Se lo había dicho el propio Simon.

Su madre no solo lo había empujado al fuego: había intentado que no saliera de él. Había querido castigarlo o incluso matarlo de una de las formas más terribles y dolorosas que podía haber. Y, entre tanto, Simon habría gritado, intentando escapar de las llamas. La persona que más debía quererlo había estado a punto de acabar con su vida.

Al incorporarse descubrió que estaba llorando. Las lágrimas desbordaban sus ojos y corrían por sus mejillas. Lloraba por el niño que había quedado brutalmente desfigurado y por el hombre que se empeñaba en vivir emocionalmente aislado de los demás.

Mientras se limpiaba la cara con los dedos, respiró hondo. La alcaldesa sabía ya todo aquello cuando le pidió que intentara convencer a Simon de que se quedara en Fool's Gold. Pero se había guardado la verdad hasta que ella estuviera lista para afrontarla.

Fueran cuales fuesen sus sentimientos por Simon, allí había en juego algo más que su frágil corazón. Simon necesitaba ver que había gente buena en el mundo, personas que se preocupaban por el prójimo. Ella tenía que conseguir que deseara quedarse en Fool's Gold. Costara lo que costase.

–Dime por qué te gusta tanto esto –dijo Nevada mientras arrancaba hierbajos de entre las rosas–. Hace mucho calor y estamos sudando. Hay que escarbar en la tierra y las rosas son plantas agresivas –se apoyó en los talones y observó el arañazo que acababa de hacerse en un brazo.

Denise se rio.

–Haces que suene muy desagradable. Pero a mí me encanta la jardinería.

–Eso ya lo sé. Lo que no entiendo es por qué.

–Me relaja. Y mi esfuerzo tiene resultados visibles. Puedo pararme a contemplar lo que he conseguido. Hacer la colada, por ejemplo, no es tan satisfactorio. Al día siguiente habrá más ropa sucia que lavar.

–También habrá más hierbajos.

–No estás poniendo el alma en lo que haces –respondió Denise en tono de reproche.

Le había sorprendido que Nevada se presentara en casa para pasar un rato con ella. Aunque estaba muy unida a todos sus hijos, rara vez se pasaban por allí solo para charlar con ella. Para eso solían invitarla a comer o a cenar fuera. Cuando uno de sus hijos iba a casa, solía significar que había algún problema.

Denise ignoraba de qué quería hablarle Nevada, pero sabía por experiencia que debía tener paciencia. Su hija se lo diría cuando estuviera lista. Resultó ser antes de lo que esperaba.

–He estado pensando en mi trabajo –comentó Nevada unos minutos después–. Ethan está ganando más con sus aerogeneradores, y cada vez se dedica menos a la construcción.

Ethan se había hecho cargo del negocio familiar tras la muerte de su padre. Aunque la empresa estaba dedicada a la construcción y reforma de viviendas, había montado un negocio de energía eólica y construía molinos de viento en una planta a las afueras del pueblo.

–¿Te interesa encargarte de la construcción? –preguntó Denise.

Nevada había estudiado ingeniería y al acabar la carrera había empezado a trabajar para su hermano.

—No exactamente —se sentó sobre la hierba—. Tengo que decirte una cosa, mamá, y no quiero que te disgustes.

Aquellas palabras no eran las más adecuadas para que se relajara, pensó Denise mientras se sentaba también sobre la hierba y se quitaba los guantes.

—No sé qué voy a sentir, pero prometo que haré lo posible por no ponerme a chillar, no vaya a ser que me oigan los vecinos.

Nevada sonrió.

—De acuerdo —respiró hondo—. Estoy pensando en cambiar de trabajo.

—¿Quieres dedicarte a otra cosa en la empresa?

Su hija se quedó mirando la hierba. Luego levantó de nuevo la mirada.

—No. Quiero trabajar en otro sitio.

—¿Por qué?

—Hay un montón de razones.

Denise no sabía qué pensar. Nevada llevaba seis años trabajando para su hermano. Que ella supiera, se entendían bien. Ethan siempre hablaba de lo bien que trabajaba Nevada. Pero en lugar de preguntar, Denise esperó de nuevo.

—No tuve que esforzarme por conseguir el empleo —le dijo su hija—. Se daba por sentado que entraría en la empresa cuando me licenciara, y así fue. No tuve que pensar qué quería hacer, ni dónde iba a trabajar. Mamá, excepto para trabajos de verano, nunca he hecho una entrevista. Quiero saber si de verdad soy buena en mi trabajo.

—Tu hermano piensa que eres fabulosa.

—¿Y qué remedio le queda? ¿Crees que podría despedirme?

—¿Quieres que te despida?

—No, pero quiero tener la oportunidad de ponerme a prueba.

Denise observó a su bella hija y pensó en lo distintas que eran sus vidas. Ella había conocido a Ralph a los diecinueve años. Y aunque asistía a clases en la escuela para adultos, nunca se había propuesto seriamente seguir estudiando. A los seis meses de conocerse, Ralph se le había declarado y ella había aceptado. Había tenido una serie de trabajos de media jornada que constituían su única experiencia laboral. Un par de meses después de casarse, se había quedado embarazada. Había tenido a los tres chicos en poco más de tres años, había esperado un par de años, y luego se había quedado embarazada de las trillizas. A la edad de Nevada tenía ya seis hijos. Nunca se había planteado trabajar fuera de casa.

El negocio familiar les había permitido vivir con relativa comodidad. Habían comprado aquella casa justo antes de que nacieran las trillizas y la habían pagado en quince años. Ahorrar para pagar los estudios de seis hijos había sido todo un reto, pero se las habían apañado.

Al morir Ralph, ella había descubierto que su marido le había dejado un generoso seguro de vida con el que podría vivir el resto de sus días. Ethan se había hecho cargo del negocio familiar y lo estaba haciendo prosperar. Los demás hermanos recibían un cheque trimestral por su parte en el negocio.

El principal problema de Denise era cómo llenar sus días. Después de pasarse la vida ocupándose de otros, la casa le parecía vacía y a veces su vida también. Tal vez fuera hora de buscar alternativas. Siempre podía volver a estudiar, aprender una profesión. Eligiera lo que eligiera, sería mucho menos fatigoso que ser madre y ama de casa.

—¿Has hablado con tu hermano? —preguntó.

—Todavía no. Primero quiero decidirme. No quiero dejarlo plantado.

—¿Tienes otro empleo en mente? —de pronto se le ocurrió una idea espantosa, aunque procuró disimular su preocupación–. ¿Crees que necesitas marcharte de Fool's Gold para ponerte a prueba?

–Lo pensé un tiempo, pero puede que no haga falta. Hay un proyecto muy importante que se ha puesto en marcha cerca de aquí. Seguramente lo habrás leído en el periódico. Construcciones Janack está construyendo un complejo hotelero y un casino al noreste de aquí. Se me ha ocurrido probar suerte allí.

–Janack. ¿De qué me suena ese nombre?

–Ethan fue amigo de Tucker Janack hace años. Fueron juntos de campamento.

–Ah, sí –se acordaba de aquel chico delgado y de pelo oscuro. Su familia era extremadamente rica. El padre de Tucker había ido a recoger a su hijo en avión privado.

–Hacen grandes obras en todo el mundo, ¿no?

Nevada asintió.

–Acaban de terminar un enorme parque temático en Río. Las tierras donde van a construir el casino estaban reservadas legalmente para descendientes de la tribu máazib. Y su madre tenía sangre máa-zib.

–Veo que has hecho los deberes –comentó Denise, comprendiendo que su hija no hablaba por hablar. Ya había tomado una decisión.

–Creo que es importante saber todo lo posible sobre la empresa. La construcción de ese complejo va a beneficiar mucho a Fool's Gold. Los planes de construcción incluyen, entre otras cosas, el ensanchamiento de la carretera que lleva al pueblo. Vendrán más turistas si el camino es más fácil. Y a pesar de estar en territorio máa-zib, el complejo tendrá que pagar impuestos municipales.

–La alcaldesa estará loca de contento.

Nevada se rio.

–Seguro que sí.

–Así que vas a trabajar para ellos, ¿no?

–Voy a solicitar un puesto. Si a ti te parece bien.

Denise tomó su mano y se la apretó.

–Lo único que quiero es que tú seas feliz. Lo sabes, ¿verdad?

–Sí, mamá.

–Entonces sé feliz. Tienes razón: Ethan no está ampliando la parte del negocio que se dedica a la construcción. Si te interesara hacerte cargo de ella, estoy segura de que te la cedería encantado. Sería una oportunidad de hacer las cosas a tu manera. Pero si no es eso lo que quieres hacer, es mejor que lo dejes cuanto antes. Que te pongas a prueba, como tú dices.

Nevada siempre podía volver, pensó Denise, aunque no pensaba sugerirlo. A nadie le hacía bien que le insinuaran que tal vez fracasara.

–Necesito saber qué soy capaz de hacer –repitió su hija.

–Entonces, averígualo.

Nevada soltó su mano y se inclinó para abrazarla.

–Eres la mejor.

Denise le devolvió el abrazo. Tenía unos hijos maravillosos.

–Lo sé. Habéis tenido mucha suerte los seis de que sea vuestra madre.

Nevada se rio.

–Tu modestia es lo que más admiramos.

–Es lógico.

–¡Ah, estáis ahí!

Se volvieron y vieron que Dakota doblaba la esquina de la casa con Hannah en brazos.

–He estado dando vueltas por la casa. He visto el coche de Nevada y no entendía por qué no estabais en ninguna parte. Hasta he pensado que os habían abducido los extraterrestres. Luego me he dado cuenta de que teníais que estar aquí detrás.

Denise se levantó y se acercó a ella.

–Nevada ha venido a ayudarme a quitar malas hierbas –miró a la bebé. Hannah le sonrió y agitó los brazos.

–Fíjate –dijo Denise, tomándola en brazos–. Tan guapa y tan feliz. ¿Qué tal está mi niña?

Su nieta se acurrucó contra su pecho, encantada con sus carantoñas.

Dakota la había adoptado cuando tenía seis meses, a principios de junio. Y aunque aún pasaría algún tiempo antes de que la adopción fuera definitiva, la familia entera se había encariñado ya con ella.

Dakota se dejó caer en la hierba, junto a su hermana.

–Esto de las abuelas es fantástico. Me dan consejos gratis y encima tengo una niñera incorporada.

–Parece que a mamá también le gusta.

–Sí –dijo Denise alegremente mientras seguía haciéndole carantoñas a Hannah–. Vamos dentro. Hace calor aquí fuera y no quiero que le dé mucho el sol.

–No, claro –bromeó Nevada–. Nosotras en cambio podemos caernos redondas de una insolación, que a ti te daría lo mismo.

–Bueno, lo mismo, no –repuso su madre–. Me preocuparía. Por lo menos os regaría con la manguera.

Entraron en la cocina. Nevada sacó vasos y platos. Dakota sacó la jarra de té con hielo y unas galletas del frasco que había sobre la encimera. En cuestión de un minuto se habían acomodado alrededor de la gran mesa.

–¿Qué tal con Kent y Reese en casa? –preguntó Nevada antes de morder una galleta casera de chocolate.

–De maravilla. La casa es demasiado grande para mí sola. Y me gusta tener a mi familia alrededor.

Dakota la miró.

–No estarás pensando en venderla, ¿no?

–Vivís todos en el pueblo, menos Ford. Y necesitamos sitio para las celebraciones –con un poco de suerte, su hijo pequeño también regresaría al pueblo cuando por fin dejara el ejército.

Hablaron de Ethan y Liz y del trabajo de profesor que le habían ofrecido a Kent en el instituto de Fool's Gold.

–¿Montana sigue viéndose con ese médico? –preguntó Nevada–. No me ha dicho nada y no quiero sacar el tema.

–Creo que sí –contestó Denise–, aunque no sé qué está pasando. Me dijo que iba a enseñarle a Simon el pueblo, que se lo había pedido Marsha. ¿Creéis que hay algo más?

Sus hijas cruzaron una mirada.

–Él es muy atractivo –comentó Nevada–. Guapo, y además con cicatrices. O sea, la bella y la bestia al mismo tiempo. Por lo visto, Montana pasa mucho tiempo con él.

–Imagino que lo mejor será preguntárselo a ella –murmuró Denise–. ¿Alguna voluntaria?

–Yo –dijo Dakota–. Finn está en Alaska ultimando la venta de su negocio, así que Hannah y yo estamos solas. Esta noche vamos al Festival de Verano. Seguro que Montana estará por allí. Podemos hablar entonces.

–Que quede claro que no estamos cotilleando. Solo estamos preocupadas.

Sus hijas se echaron a reír.

–La línea es muy delgada, mamá –le recordó Nevada.

–Pero importante.

A Montana le encantaban las peculiaridades de su pueblo. En la mayoría de los sitios, los festivales de verano se celebraban en un día. En Fool's Gold, no. Las festividades continuarían todo el fin de semana, pero empezaban el viernes por la noche con música en directo, docenas de puestos de comida y fuegos artificiales cuando oscurecía.

Montana se movía entre el gentío saludando a quienes conocía. Había montones de turistas que acudían cada año al festival y llenaban los hoteles y las pensiones del pueblo. Los restaurantes estarían abarrotados y el camino que rodeaba el lago lleno de bicicletas, pero a eso los vecinos del pueblo ya estaban acostumbrados. Como los diversos festivales atraían sobre todo a familias, casi nunca había problemas.

Montana compró un taco de carne en un puesto y se lo comió de pie. Después cató un par de variedades de vino en otro tenderete. Buscando un postre, se descubrió delante del puesto que vendía tortas de anís. Y aunque solía gustarle aquella golosina, esa noche le hizo pensar en Simon.

Qué tonta, se dijo. Simon era una complicación que no le hacía ninguna falta. Aunque decirse eso le servía de muy poco.

Mientras pedía una oreja de elefante se sorprendió mirando hacia el centro del pueblo. Sería fácil presentarse en su hotel con la excusa de invitarlo al festival.

No lo hizo por dos razones. Primero, porque no sabía si podía comportarse con normalidad delante de él. Conocer su pasado había exacerbado la curiosidad que sentía por él. Quería hablar de ello, oírle contar por lo que había pasado, descubrir cómo había aprendido a ser tan fuerte. La segunda razón era que no le interesaba mucho llevarlo al festival. Y nunca se había metido en la cama de un hombre sin que la invitaran.

Desear estar con él no era algo nuevo para ella, pero la sensación era aún más intensa que otras veces. Sabía que se debía a lo que había descubierto sobre su vida. Pero desde la perspectiva de Simon, nada había cambiado. Y eso la hacía vulnerable.

Tras acabar su torta de anís, dio una vuelta mirando los puestos. Los había de todo tipo, desde los que vendían joyas artesanas a los que vendían discos. Un tipo daba a probar la miel silvestre de los alrededores. Una mujer con turbante adivinaba el futuro. Una banda reemplazaba a otra y la música no cesaba.

A eso de las ocho se encontró con su hermana. Dakota llevaba a Hannah en el carrito. La niña sonreía y agitaba los brazos cada vez que veía a alguien.

–¿Os estáis divirtiendo? –preguntó Montana.

–Claro. Este es uno de mis festivales preferidos.

–¿Finn sigue en Alaska?

–Sí. Vuelve mañana. Estoy deseando verlo.

–Seguro que a él le pasa lo mismo.

Dakota sonrió.

–Eso dice. La verdad es que esa es una cualidad que me gusta mucho en un hombre.

–A mí también me gustaría.

Siguieron paseando juntas. Avanzaban despacio: la mayoría de los vecinos de Fool's Gold las conocían y se paraban para preguntar qué tal estaba la niña.

–¿Crees que a nosotras nos hacían tanto caso cuando teníamos su edad? –preguntó Montana cuando Eddie Carberry, el septuagenario ayudante de Josh Golden, se detuvo a hacerle carantoñas a Hannah.

–Nosotras éramos trillizas y vivíamos en un pueblecito –respondió Dakota, riendo–. Seguramente hacían cola para vernos.

–Ojalá me acordara.

–Podrías probar la terapia regresiva.

Montana sacudió la cabeza.

–No me interesa tanto, pero gracias.

–De nada. Bueno, ¿qué tal van las cosas?

Una de las ventajas de tener hermanas gemelas era que todas comprendían cómo funcionaba la mente de las otras. Para cualquier otra persona, aquella habría parecido una pregunta casual. Hecha casi al desgaire. Pero Montana sabía que no era sí.

–¿Qué pasa?

Dakota agrandó los ojos.

–Nada. ¿Por qué lo dices?

Montana la hizo desviarse del camino hacia la hierba, donde había menos gente.

–Quieres hablar de algo en concreto, lo noto. ¿De qué?

Dakota respiró hondo.

–Hay cierta preocupación respecto a qué está pasando con Simon.

Montana ni siquiera se sorprendió.

–¿Te ofreciste voluntaria tú o te tocó la china?

–Me ofrecí a hablar contigo.

Muy propio de su familia. El amor siempre iba de la mano de la preocupación, y del cotilleo.

–No hay mucho que contar. Estoy intentando convencerlo para que se quede porque me lo pidió Marsha.

–Eso ya lo sabemos. Pero ¿y el resto? –Dakota la observó–. Es un hombre interesante.

–Que Finn no te oiga decir eso.

–No soy yo quien está enamorada de Simon.

–Yo tampoco.

–¿Estás segura?

Montana se lo pensó. No tenía sentido mentir. Dakota lo notaría.

–Es un tipo estupendo y ha sufrido mucho, pero ha logrado salir adelante. Lo he visto con sus pacientes. Le importan mucho. Les da todo lo que puede, pero aun así logra reservarse emocionalmente. Es inalcanzable.

–Un desconocido guapo y con cicatrices que cura a niños y es imposible de alcanzar –dijo Dakota–. Menudo bombón.

–Nunca me han gustado mucho los bombones.

–Tú sabes lo que quiero decir.

–Estoy bien. No me he enamorado de él.

–Pero ¿podrías hacerlo?

Montana no quería pensar en eso.

–Simon me necesita.

–No parece necesitar a nadie. Tú no puedes salvarlo.

–Alguien tiene que hacerlo.

Dakota se puso seria.

–No, nada de eso. Montana, tú te entregas por completo cuando tienes una relación. Y ese no siempre es el mejor modo de evitar que te hagan daño.

–Está solo.

–Va a marcharse.

–Lo sé.

Simon había sido completamente sincero al respecto. Ella sabía que liarse con él era peligroso; que, dados sus antecedentes, enamorarse de un hombre como él podía ser un desastre.

–¿Sí?

–Claro. Me lo ha dejado muy claro. Se marcha a Perú cuando acabe aquí. No pasa nada. No tenéis que preocuparos por mí.

–Gajes del oficio –le recordó Dakota–. Queremos protegerte. Solo un poco.

Porque lo cierto era que Simon podía romperle el corazón.

–Quiero ayudarlo. Pero tienes razón: tengo que ser lista. Y lo soy. Sé cómo va a acabar esto.

Su hermana pareció querer decir algo más, pero se limitó a suspirar.

–Es lo único que te pedimos.

–¡Ahí está mi preciosa bebé! –Bella Gionni, una peluquera del pueblo, se acercó a ellas. Se agachó para sonreír a Hannah.

–Nos estás ignorando –dijo Montana.

–Luego sigo con vosotras –prometió Bella mientras hacía cucamonas a Hannah–. ¡Qué deprisa está creciendo! ¿Eso es un diente?

–Ya tiene dos –respondió Dakota–. Pero casi no se queja de los dientes.

–Voy a dar una vuelta –murmuró Montana.

–¿Estás bien?

Ella sonrió.

–Claro. Sé que me queréis. A veces es un fastidio, pero casi siempre está bien.

–Vaya, gracias.

Montana se alejó. Mientras se perdía entre el gentío,

pensó en Simon. Cada vez tenía más ganas de verlo. Pero ¿qué estaba dispuesta a hacer al respecto?

Simon no tenía previsto ir al Festival de Verano. Lo había visto camino del hotel, donde tenía pensado pedir la cena al servicio de habitaciones y luego ponerse a leer. Pero al final se había cambiado de ropa y había salido.

Esa noche hacía calor y el aire arrastraba el sonido de la música en directo. Las aceras estaban llenas de gente y algunas calles habían sido cortadas al tráfico para que los asistentes al festival pudieran pasear tranquilamente por la calzada.

Había vivido en ciudades en las que la gente iba a pie o usaba el transporte público, pero nunca había estado en un sitio como Fool's Gold. El ambiente de aquel pueblecito ejercía sobre él una atracción que jamás hubiera esperado.

A pesar de que llevaba poco tiempo allí, reconoció a varias personas. Cuando lo saludaron, respondió a su saludo. Era casi como si llevara allí toda la vida. Lo cual era un espejismo, claro, pero un espejismo agradable.

Comió costillas y una mazorca de maíz regados con una cerveza y luego dio otro paseo. Se dijo que solo estaba curioseando, pero sabía que no era cierto. Montana estaba allí y él quería verla.

—Hola, doctor Bradley.

Al volverse reconoció a una de las enfermeras del hospital. Iba con un hombre y dos niños pequeños. Su familia, le dijo al hacer las presentaciones.

—¿Le está gustando el festival? —preguntó ella.

—Mucho.

—A principios de otoño hay una feria de pintura. No sé quién viene este año, pero seguro que es interesante. Hace un par de años vino Wyland, ese que pinta grandes murales con paisajes submarinos. Son preciosos. Me encanta su trabajo.

–Parece impresionante –contestó Simon, aunque sabía que en otoño ya no estaría en el pueblo.

–Seguro que le encantará.

Charlaron unos minutos más y luego Simon se excusó y echó a andar con decisión, buscando el único rostro que deseaba ver.

Oyó risas junto al carrusel y se volvió. Distinguió un destello de cabello rubio, pero solo era una de sus hermanas. La del bebé.

Dio dos pasos más y se detuvo. Ella estaba cerca: podía sentirlo. Después la vio caminar hacia él. Sonrió al verlo.

Simon se quedó donde estaba y la dejó acercarse. Cuando estuvo delante de él, Montana tomó su mano como si hubieran quedado en eso.

–Vámonos a casa –dijo, y le mostró el camino.

Capítulo 12

Fueron a casa de Montana. Simon apenas reparó en el breve camino a pie por un barrio residencial. Vio que las casas eran pequeñas, pero bien cuidadas. La de Montana solo tenía una planta y estaba algo retirada de la acera. Subieron los dos peldaños del pequeño porche y ella usó su llave para abrir.

El cuarto de estar era la mitad de grande que su habitación de hotel. Ella había dejado una lámpara encendida para alumbrar la habitación, pero no se detuvo allí. Simon vio un comedor, una cocina y un corto pasillo. La puerta de la izquierda daba a un dormitorio convertido en despacho. La siguiente era un cuarto de baño. La del fondo del pasillo llevaba a su habitación.

No había luna y hacía rato que habían dejado atrás la luz del cuarto de estar. Al cruzar la puerta, Montana pulsó un interruptor. Las dos lámparas de las mesillas de noche se encendieron.

Simon miró a su alrededor, se fijó en dónde estaban la cómoda y la cama y apagó la luz. Sintió que Montana se volvía. El deseo se apoderó de él. Sentía que la sangre le atronaba los oídos, que su miembro se endurecía dolorosamente. La deseaba más de lo que había deseado a ninguna otra mujer, pero poseerla tendría un precio. Lo comprendió cuando ella volvió a encender la luz.

–Pensaba que a los hombres les gustaba mirar –dijo con calma, escudriñando sus ojos marrones.

–Es mejor a oscuras.

Ella posó las manos sobre su pecho.

–Yo no soy como ellas.

–¿Como quiénes?

–Como las mujeres que no querían ver tus cicatrices. A mí no me impresionan.

–Pues deberían hacerlo.

Comprendió que estaba decidida. Que creía que, si podía ver lo que le habían hecho, las cosas cambiarían. En eso tenía razón, pero se equivocaba en el resultado. Las cicatrices la horrorizarían. Quizás intentara sobreponerse a su repulsión, pero a costa de ponerse tensa. Simon lo sabía bien. La mayoría de las mujeres con las que había estado se habían mostrado de acuerdo en que era preferible que se dejara la camiseta puesta. Era más fácil para los dos. Pero Simon sabía ya que Montana no era como esas mujeres.

–Te deseo –dijo ella, muy seria–. Quiero estar contigo. Ahora. Aquí. Deseo todo tu cuerpo.

Por razones que no alcanzaba a explicarse, a Simon le costaba decirle que no. Era como si no quisiera arriesgarse a hacerle daño al negarle algo. Pero enseñarle sus cicatrices...

Ella llevaba un vestido de verano con flores. La parte de arriba realzaba sus curvas, mientras que la falda era ancha y caía hasta sus rodillas.

Mientras él la miraba, se desabrochó los botones de delante y se quitó el vestido. Debajo llevaba un sujetador de encaje y unas bragas de tipo bikini. Ambas cosas eran de un rosa suave.

Todo en ella era bello. Sus pechos grandes, la curva de sus caderas, la ligera redondez de su vientre. Su miembro palpitaba, erecto. El deseo amenazaba con ahogarlo. Pero antes de que pudiera tocarla, ella dio un paso atrás.

–Mi último novio formal también era médico. Yo estaba en Los Ángeles. Creía que necesitaba ver mundo, alejarme de Fool's Gold. Él no era cirujano plástico, pero le gustaba mucho la perfección. Una noche, después de hacer el amor, puso sus manos sobre mi cuerpo y me mostró que todo en él estaba mal –levantó la barbilla mientras lo miraba, y Simon sintió una nota de dolor en su voz–. Dijo que él podía arreglarme los pechos –prosiguió ella–. Que había tratamientos de láser para quitarme las pecas. Y que estaría realmente preciosa si perdía cinco o seis kilos. Pero lo mejor de todo es que parecía creer que me estaba ayudando de algún modo. Sé que no es lo mismo, pero no es raro que a uno lo juzguen por su apariencia.

Sus ojos brillaban como si estuviera conteniendo las lágrimas.

–Tu novio era un imbécil –masculló él, enfurecido. De pronto deseaba buscar a aquel hombre, descargar su ira contra él por haber humillado a Montana. Ella era cuanto un hombre podía desear. ¿Qué clase de canalla le hacía eso a otra persona, y más aún a una mujer como ella?–. En cierto modo tenías que intimidarlo –añadió–. Sentía que no estaba a tu altura y por eso tenía que rebajarte.

Ella sonrió, pero sus labios temblaron.

–No, no es eso, créeme. Él buscaba la perfección y yo no podía ser perfecta. Ni me interesaba serlo, lo cual era mucho peor. Lo perfecto es aburrido. Al menos eso era lo que yo me decía. Y casi siempre lo creía.

Simon se acercó a ella y tomó su cara entre las manos.

–Eres tan hermosa que a veces me duele mirarte. Tus ojos son de mil tonos de marrón y oro, con pinceladas de azul y verde –tocó sus pómulos con los pulgares–. Tus pecas son las de la vecinita soñada, hechas realidad. Tu boca es suave y sexy y cuando sonríes el mundo parece un lugar mejor. Júrame que nunca cambiarás nada. Júramelo.

Los ojos de Montana se llenaron de nuevo de lágrimas.

–Vaya, eso ha sido realmente precioso. Ojalá hubieras estado allí en ese momento. Se me partió el corazón. Pero ya estoy mejor. Llegué a la conclusión de que era un capullo y de que no estábamos hechos el uno para el otro y volví a casa. No puedo ni imaginar cómo fueron las cosas para ti –añadió–. Pero, por favor, Simon, quiero hacer el amor contigo. Con todo lo que eres. No solo con algunas partes.

El deseo de Simon desapareció como fuego sofocado por una nevada. Cediendo a lo inevitable, asintió con la cabeza y dio un paso atrás.

Se movió rápidamente, consciente de que no tenía sentido prolongar aquel momento. Se sacó la camisa de los vaqueros y se la desabrochó. Tras quitársela, la arrojó a la silla que había en un rincón de la habitación. Luego agarró el bajo de su camiseta blanca.

–Sea lo que sea lo que imaginas –dijo con firmeza–, es peor.

Ella hizo un gesto de asentimiento. No parecía haberse armado de valor, pero Simon sospechaba que lo había hecho. Que una vocecilla dentro de su cabeza le advertía que no mostrara ninguna emoción.

Se quitó la camiseta y se quedó allí, expuesto. Hizo una pelota con la camiseta y la apretó con fuerza. Se dijo que debía cerrar los ojos, que mirando solo podía empeorar las cosas. Pero le resultaba imposible apartar la mirada de la cara de Montana.

Pero ella no pareció cambiar en absoluto. Su boca se tensó levemente, aunque no con una expresión de repulsión. Parecía más bien pensativa, un poco triste. Luego se acercó y levantó las manos. Simon sabía lo que estaba viendo. Las quemaduras de su cara y su cuello no eran tan terribles, pero las de su torso eran feas, repulsivas. Quemaduras sobre quemaduras, pensó, recordando su intento frenético de escapar de las llamas y cómo su madre lo había empujado una segunda vez.

Montana vería los colores distintos de las cicatrices, los colores en que el rojo se desvanecía hasta convertirse en un gris extraño. Lo que no sabía y él no estaba dispuesto a decirle era que todavía, algunos días, le dolían. Que si se movía sin cuidado, sentía dolor y notaba mermada su capacidad de movimiento. Que sus manos se habían salvado, pero no su psique, y que las pesadillas volvían cuando menos lo esperaba.

Ella movió los dedos lentamente, con ligereza, palpando las cicatrices de su pecho. Cuando se inclinó hacia delante, Simon no supo qué iba a hacer y se sobresaltó al sentir que las besaba. Se puso tenso, inmovilizado por un solo roce de sus labios. Ella lo besó una y otra vez y se fue desplazando lentamente hacia su espalda, donde Simon sintió su suave contacto y la dulce caricia de su boca.

Nunca había imaginado aquella forma de aceptación. El deseo instintivo de curar. Era una tarea imposible, pero el impulso era tan puro, que sus reservas y sus miedos desaparecieron como humo disipado por el viento. En ese momento solo existían la noche y la mujer a la que deseaba con un frenesí que nunca antes había experimentado.

Siguió inmóvil, para acostumbrarse y para darle tiempo a que completara su viaje. Cuando ella volvió a mirarlo, había lágrimas en sus ojos.

—Las cicatrices forman parte de ti —dijo con sencillez y, rodeando su cuello con los brazos, se puso de puntillas y lo besó.

Simon, que no esperaba que estuviera dispuesta a aceptarlo tal y como era, la atrajo hacia sí y se aferró a ella. La deseaba, pero quizá también la necesitaba.

Montana sintió su sorpresa cuando la besó. Simon se cohibió un poco al principio, como si su reacción lo hubiera sorprendido.

Las cicatrices eran peores de lo que ella había imaginado, pero ella solo tenía que mirarlas. Simon tenía que vivir con ellas y con el recuerdo de lo que las había causado. Se echó hacia atrás y lo miró a los ojos.

—¿Estás pensando que soy una mala persona, porque tú me enseñas tus cicatrices y yo me distraigo mirando tu cuerpo? ¿Debería mostrarme más compasiva?

En lugar de enfadarse o decirle que era una idiota, él se echó a reír. Su risa sonó cargada de alivio y de otra cosa que casi parecía felicidad. Montana se descubrió sonriendo. Luego él la levantó en brazos. Montana chilló y se agarró a él.

—¿Qué haces? —preguntó.

—Voy a propasarme contigo.

La tumbó en la cama. Retrocedió y se quitó rápidamente la ropa que aún llevaba puesta. En ese instante, Montana pudo ver fugazmente el resto de su cuerpo. Largas piernas con músculos bien definidos. Vientre plano, caderas estrechas y una erección que la hizo derretirse por dentro. Después, Simon se tumbó a su lado, la atrajo hacia sí y comenzó a besarla.

Se apoderó de su boca apasionadamente. Su deseó alimentó el de Montana. Ella abrió la boca y Simon metió su lengua dentro.

Cambió de postura y deslizó la mano bajo ella para desabrochar su sujetador. Se lo quitó y lo arrojó al suelo. Un instante después, Montana sintió su boca cálida y húmeda sobre sus pechos desnudos.

Necesitaba encontrar una palabra más precisa que «exquisito». Un modo de describir las caricias de su lengua y sus labios, cómo la chupaban, cómo la provocaban. Un deseo líquido se extendía por todo su cuerpo. Su sexo ya estaba húmedo e hinchado. Cuando Simon comenzó a chupar su otro pecho, ella se retorció. Deseaba sentirlo dentro de sí.

Nunca le había dado mucha importancia al sexo. Estaba bien, claro, pero nunca había sentido el deseo arrollador de que un hombre la poseyera. Era sencillamente algo que se hacía.

Pero esta vez era distinto. Esta vez, quería a Simon dentro de ella, quería que la hiciera suya.

Eso era, se dijo. Quería que la poseyera. Que le dejara su impronta, si era posible. Quería llevar su marca eternamente.

Incapaz de soportarlo más, estiró el brazo y buscó a tientas el cajón de la mesilla. Cuando encontró el tirador, lo abrió. Había comprado preservativos unos días atrás. Apartó a Simon y se quitó las bragas. Luego tiró de él para que se colocara entre sus piernas y alargó la mano hacia su miembro.

Su verga llenó su mano, gruesa y dura. Intentó atraerlo hacia sí, pero él puso una mano sobre su pecho para sujetarla.

Levantó una ceja.

—¿Qué haces?

Montana estaba frenética. Desesperada.

—Te quiero dentro de mí.

—Todavía no.

Parecía más divertido que irritado.

—Ahora mando yo. Vale, puede que no se me dé muy bien, pero tendrás que aguantarte. Necesito practicar.

—Quiero que te corras primero.

—Eso pienso hacer —seguramente no sería así, pero él no tenía por qué saberlo—. Simon... —suplicó—, penétrame.

—Ese momento llegará, te lo prometo. Pero primero tengo que hacer realidad unas fantasías.

Ella bajó la mano.

—¿Sobre mí?

—Eres la única mujer con la que fantaseo. A veces, cuando entras en el hospital, me imagino haciéndote cosas.

Montana se sintió desfallecer.

—¿Qué clase de cosas?

—¿Quieres saber las legales o las ilegales?

Ella se quedó sin aliento.

–Las dos.

–Eso es demasiado, no puedo enseñártelo todo.

Se tumbó de lado. Apoyó la cabeza en una mano y comenzó a mover la otra entre sus muslos abiertos.

–A veces pienso en hacer esto –dijo mientras separaba los pliegues de su sexo y metía los dedos entre su carne hinchada y húmeda–. Me pregunto cómo será tocarte, cómo reaccionarás. Pienso en explorar tu cuerpo –mientras hablaba se movía lentamente, como si intentara descubrir cada centímetro de su sexo. Rozó su punto más sensible y los músculos de Montana se tensaron. Luego deslizó un dedo dentro de ella.

–Creía que sabía lo delicioso que sería, pero me equivocaba –murmuró sin dejar de mirarla–. Es mejor aún.

–Estupendo –logró decir ella, consciente de que no podría seguir hablando mucho más tiempo.

–He pensado en tocarte aquí –pasó los dedos por encima de su clítoris y a su alrededor–. ¿Cómo sería? ¿Cómo te gustaría? ¿Despacio? –redujo el ritmo de sus caricias hasta que su mano casi dejó de moverse–. ¿O deprisa? –aumentó la velocidad.

Ella contuvo el aliento.

–De las dos formas.

Movió la mano y comenzó a frotar su clítoris con el pulgar al tiempo que la penetraba con un dedo.

–Quería hacer esto.

La mezcla de sensaciones era deliciosa. La presión de su pulgar deslizándose una y otra vez alrededor de su clítoris la hizo levantar las rodillas y clavar los talones en el colchón. Comenzó a respirar agitadamente. Se miraron a los ojos. Ella se decía que debía cerrarlos, perderse en aquellas sensaciones, pero no podía. Necesitaba ver cómo la miraba Simon.

–Hay un sitio dentro –dijo él en voz baja, hundiendo más el dedo–. Más o menos por aquí.

Ella dejó escapar un gruñido. Era como si estuviera frotando su clítoris también desde dentro. No, no era eso. Era otra cosa igual de exquisita y maravillosa.

Se apretó contra él. Quería más. Necesitaba más.

–Sí –jadeó Simon–. Así –tragó saliva y soltó una maldición en voz baja–. Verte así me está matando.

Montana quería decir algo, pero no podía hablar. Su cuerpo ya no le pertenecía. Era incapaz de hacer nada excepto sentir oleada tras oleada de placer.

Era inevitable que alcanzara el clímax. Prácticamente lo veía de lejos. Pero no había prisa.

Simon comenzó a mover la mano un poco más deprisa, apretó un poco más fuerte. La respiración de Montana se agitó aún más y sus músculos empezaron a temblar. Comenzó a mover las caderas al ritmo de las caricias de Simon. Después, sin previo aviso, el orgasmo se apoderó de ella.

Su embate la pilló desprevenida. Estaba tensa, pidiendo más, y un instante después el placer la embargó, envolviéndola por completo. Sus oleadas se repitieron una y otra vez mientras Simon seguía tocándola y ella lo miraba aún a los ojos. Quería que él la sintiera gozar, quería que experimentara aquel placer con ella. Siguió moviéndose hasta que las olas remitieron y su respiración volvió a ser normal.

Cuando acabó, Simon se apartó lentamente, se inclinó y la besó. Al rodearlo con sus brazos, Montana sintió que él también estaba temblando.

–Simon...

Sin contestar, se colocó entre sus piernas. Agarró la caja de preservativos y se puso rápidamente uno. Luego la penetró despacio.

La llenó aún más de lo que ella esperaba. Mientras su sexo se dilataba para acoger su verga, le rodeó las caderas con las piernas y puso las manos sobre su espalda.

Él se quedó quieto.

Al principio ella no entendió qué pasaba. Luego se dio cuenta de que estaba tocando sus cicatrices.

–Aquí es donde te recuerdo que me encuentras irresistible –la miró fijamente.

–Simon, tú has visto mi alma.

Notó que dentro de él se libraba una batalla. ¿Confiaba en ella lo suficiente? Después, la besó en la boca con fuerza y la penetró profundamente.

Montana deslizó las manos por su espalda, arriba y abajo, urgiéndolo a seguir mientras la penetraba una y otra vez. Sintió como se tensaban sus músculos, vio como se dilataban sus pupilas. Sabía que estaba a punto de alcanzar el orgasmo, lo notaba en su cara. Y descubrió que ella también se precipitaba de nuevo hacia aquel abismo.

Más y más dentro. Más y más aprisa. Precipitándose hacia lo inevitable.

Otra vez comenzaron los espasmos, pero esta vez más adentro. Apenas podía respirar, pero se obligó a mantener los ojos abiertos, a dejar que él viera lo que había vuelto a hacerle. Simon dio una última y profunda embestida. Sus cuerpos se estremecieron al unísono. Ella gimió, él dejó escapar un gruñido. Y luego se quedaron quietos.

Lo de después, con Simon, era fácil. Si hubiera pensado en ello, Montana quizás hubiera creía que sería violento. Pero se metieron bajo las sábanas como si hubieran hecho el amor en aquella cama mil veces. Se abrazaron, ansiosos todavía por estar juntos. Él acarició su pelo, lo apartó de su cara. Tenía una expresión relajada, una expresión que Montana nunca había visto antes. Casi infantil. Espontánea. Ella era consciente de que estaban tumbados de modo que las cicatrices de su cara quedaban pegadas a la almohada, pero no le importaba. Sabía que él ya ni siquiera era consciente de su necesidad de esconderlas.

–Gracias –dijo Simon.

Montana sonrió.

—Teniendo en cuenta lo que me has hecho, debería ser yo quien te las diera.

Él no sonrió. Por el contrario, se puso más serio.

—No puedo quedarme.

—¿Ahora o en general?

—Cuando llegue el momento, me marcharé de Fool's Gold.

Ah, eso.

—Sí, a Perú. Lo sé. Pero no es la declaración postcoital más romántico que he oído.

—No estoy jugando, Montana. Tienes que entender que...

—Que vas a marcharte —se tumbó de espaldas—. Sería estupendo que te quedaras.

—No puedo.

—No quieres.

—No, no quiero.

Ella volvió la cabeza para mirarlo.

—¿Porque hay gente que te necesita?

—Sí.

—Podrían venir aquí.

—Todos no.

—No puedes curarlos a todos.

—Puedo intentarlo.

—Eso es mucha presión.

—Sí, pero no importa. Tú no sabes lo que es. Hay sitios donde la gente muere porque no tiene acceso a agua potable. Yo hago lo que puedo. Es mi trabajo.

Era algo más que su trabajo, pero él ya lo sabía. Decirle que salvar al mundo no lo salvaría a él era melodramático, y también cierto, pero tampoco serviría de nada. Simon utilizaba su trabajo como un modo de sanar, no solo a los otros, sino también a sí mismo.

—No es un regalo si tienes que seguir pagando por ello —susurró.

—Lo sé.

La besó, seguramente porque quería que se callara. Montana no se quejó. Fuera cual fuese el resultado, estar en brazos de Simon en ese instante era lo más delicioso del mundo.

Simon regresó a su hotel el sábado a última hora de la mañana. Tenía que ir al hospital a ver a unos pacientes y necesitaba despejarse. Luego regresaría a casa de Montana.

Se metió en la ducha de mala gana. Seguía notando en la piel el olor de Montana. Mientras el agua caliente golpeaba sus músculos, se dijo que la vería más tarde. Volvería a zozobrar entre sus brazos y durante unas horas se olvidaría de todo lo demás.

Después de secarse, se vistió y estaba a punto de marcharse cuando llamaron a la puerta. Al abrir, vio a la madre de Montana en el pasillo del hotel.

—Bobby, el recepcionista, me ha dicho que habías llegado hacía un rato —dijo Denise con una sonrisa.

—Ah, sí. He estado fuera esta mañana.

Rara vez se sentía culpable cuando estaba con una mujer, pero al ver a Denise Hendrix se sintió como un crío de dieciséis años al que hubieran pillado enrollándose con una chica en el asiento de atrás del coche de sus padres.

—Pasa, por favor.

Ella entró en la habitación y levantó la bolsa de tela que llevaba.

—Montana me ha dicho que tenías nevera y microondas en la habitación, y he pensado que a lo mejor estabas cansado de comer siempre fuera, así que te he hecho un par de guisos. Es una tradición en Fool's Gold.

¿Él se acostaba con su hija y ella le llevaba comida? Simon imaginaba que no sabía nada de lo ocurrido esa noche, pero, aun así, notó que se sonrojaba.

—Gracias —dijo, aceptando la bolsa—. Eres muy amable.

–Uno es un plato mexicano, un poco picante. El otro es italiano. Lleva un montón de pasta y de carne. Era el preferido de mi difunto marido.

Denise le indicó cómo tenía que calentar la comida, después esperó a que la guardara en la pequeña nevera y recogió su bolsa de tela.

–¿Te lo estás pasando bien en Fool's Gold? –preguntó.

Simon estuvo a punto de atragantarse.

–Sí. La gente es muy amable. Y mis pacientes son siempre un placer. Incluso los difíciles.

–Lo que haces es asombroso.

–A veces. No siempre –pensó en Kalinda y en las operaciones que la esperaban en los años siguientes. Quería facilitarle el camino, pero no conocía otro modo de hacerlo.

Esperó a ver si Denise le preguntaba por Montana o intentaba avisarle de que la dejara tranquila. Pero ella se puso a hablar del festival y del tiempo y le sugirió un par de sitios que visitar. Luego se excusó y se fue.

Simon se quedó en medio de la habitación, desconcertado por su visita. ¿Por qué había ido a llevarle comida? Entonces se acordó. Había personas que, sencillamente, eran amables. La mayoría de los niños crecían en hogares estables, sintiéndose amados y cuidados. Lo que él había conocido, lo que experimentaban él y todos los Freddie del mundo, era la excepción.

–¡Está abierto! –gritó Montana cuando Simon llamó a su puerta, esa tarde.

Al entrar la vio cargada con una bandeja en la que llevaba una botella de vino y varios sándwiches.

–Necesitas reponer fuerzas, si quiero propasarme contigo otra vez esta noche –dijo, sonriendo.

No iba maquillada y se había dejado el pelo suelto. Llevaba vaqueros y una camiseta azul e iba descalza. Simon se detuvo para mirarla, para admirar su esplendor, para sentir la vida que palpitaba en ella. Luego cruzó la habitación, le quitó la bandeja, la dejó sobre la mesa baja y la estrechó en sus brazos.

Cuando dejaron de besarse, Montana siguió abrazada a él.

—Eso sí que es un saludo, aunque preferiría que no saludaras así a las mujeres del hospital. Se echarían encima de ti constantemente y no te dejarían trabajar.

—No, desde luego.

Ella se rio.

Sonó el teléfono móvil de Simon. No quería contestar. Por una vez no quería que lo llamaran del hospital para una urgencia, no quería ayudar ni operar ni... Soltó una maldición y pulsó la tecla de respuesta.

—Bradley.

—Pareces enfadado —dijo Alistair alegremente.

Simon se relajó.

—Estoy ocupado. Déjame en paz.

Su amigo se rio.

—¡Ah, la simpatía de los americanos! ¿Quién es ella?

Simon miró a Montana, que no se molestaba en disimular que estaba escuchando.

—Alguien especial.

—¿Una chica?

—Una mujer.

—Esto se pone cada vez más interesante —le dijo Alistair—. ¿Me gustaría?

—Sí, pero no puedes tenerla. Voy a colgar.

—Dale un beso de mi parte.

—Ni lo sueñes.

—¿Un amigo tuyo? —preguntó Montana cuando colgó.

—Sí. Alistair. Lo conozco desde hace años. También es cirujano. Vamos a vernos en Perú —la atrajo hacia sí y la besó—. Es guapo, ingenioso y británico. Te gustaría.

—Tú me gustas más.

Simon la besó otra vez, la soltó y tomó una copa de vino.

–Tu madre ha venido a verme esta mañana.

Montana se quedó paralizada, con los ojos como platos.

–¿Para qué?

–Me ha traído comida.

–Ah, bueno. Ella es así. No se lo has dicho, ¿no?

–No.

–No es que me importe que lo sepa. O casi. No sé. Hablar con ella de sexo me crea cierta inquietud. No quiero saber si ella lo practica, y sospecho que a ella le pasa lo mismo conmigo.

–No le he dicho a tu madre lo que hemos hecho –Simon sirvió el vino tinto en dos copas y le dio una.

–No suelo beber vino a las tres de la tarde.

–Ojalá yo pudiera decir lo mismo –bromeó él.

–Ja. Sabía que eras un golfo.

–No hasta que te conocí. De pequeño era muy aburrido y estudioso.

Ella se hundió en el sofá.

–Creo que tengo que decirte una cosa –parecía preocupada.

Simon se sentó frente a ella y se inclinó hacia delante.

–Adelante.

–Sé lo que te pasó. Me refiero a las cicatrices. Me lo ha dicho una persona.

Simon esperaba una especie de confesión, no aquello. Al principio se sintió avergonzado. A nadie le gustaba reconocer que de pequeño lo habían querido tan poco que su propia madre lo había arrojado al fuego.

–Era un niño muy listo. Tan listo que daba miedo. Nunca encajé en ningún sitio. Me adelantaron varios cursos, así que siempre fui el más pequeño de la clase. Eso tampoco ayudó –se recostó en el sofá–. A mi madre no le gustaba trabajar para vivir. Prefería buscarse a un hombre que la mantuviera. Pero no le resultaba fácil, teniendo en casa a un niño tan raro. Cuando yo tenía once años, su novio era una sabandija. No sé exactamente a qué se dedicaba, pero estoy seguro de que era algo ilegal —bebió un sorbo de vino, más por hacer algo que porque quisiera probarlo—. Se quejaba de que siempre estaba observándolo, lo cual no era cierto. Yo sabía que debía mantener la cabeza agachada cuando estaba en casa. Un día se pelearon y él se marchó. Al salir dijo que si se iba era sobre todo por mí. Mi madre ya estaba borracha y empezó a gritarme. A llorar y a gritar.

Contaba aquella historia como si se refiriera a otra persona o fuera el argumento de una película. No quería recordar que aquello le había ocurrido a él.

—Lanzó un par de cosas. Mis libros del colegio, creo. Yo iba a marcharme, pero me agarró por la camiseta y me empujó con todas sus fuerzas. Le dijo a la policía que no quería que cayera al fuego, pero no era cierto. La chimenea no tenía pantalla, no había nada, solo leños ardiendo.

A pesar de sus esfuerzos, los recuerdos volvieron a asaltarlo. La fracción de segundo de estupor, seguida por un dolor abrasador. Un dolor que estallaba, un dolor insoportable. Recordaba sus gritos, sus esfuerzos por escapar de las llamas, sus súplicas para que ella lo dejara salir. Y cuando por fin logró salir arrastrándose, ella volvió a empujarlo.

Lo demás era un borrón. Hacía frío ese día y, cuando consiguió salir a la calle, se arrojó a un montón de nieve. Pero el frío no sirvió de nada. Nada podía aliviarlo. Siguió gritando hasta que empezaron a sonar sirenas. Recordaba que unos hombres lo habían rodeado, le habían dicho que se calmara, que todo iba a salir bien. Pero ya entonces sabía que estaban mintiendo.

—Estuve mucho tiempo en el hospital —prosiguió, ahorrándole a Montana los peores detalles.

—¿Volviste a verla alguna vez?

–No. Fue a la cárcel. Murió allí –se encogió de hombros–. Pero para entonces ya no importaba. Yo vivía en el hospital. Los médicos y las enfermeras eran mi familia. Me operaron muchas veces. No sé cómo, mis manos quedaron intactas. Menos de un año después me di cuenta de que quería ser médico. Cirujano. Quería ayudar a niños como yo.

Montana dejó su vino y se acercó a él. Se arrodilló en el suelo y puso las manos sobre sus muslos.

–¿Los médicos y las enfermeras no acababan por marcharse siempre?

–No hagas que parezca peor de lo que fue.

Sabía adónde quería ir a parar ella. Quería decirle que él se marchaba siempre porque las personas a las que había querido también se marchaban. Montana lo miró a los ojos como si buscara respuestas. Simon pensó en decirle que no era tan profundo como ella imaginaba, pero dudaba de que fuera a creerle. Durante su larga estancia en el hospital, muchas personas habían escudriñado su cabeza. Terapeutas y psiquiatras. Conocía la jerga, entendía las teorías.

–Así que, ¿llegaste a la conclusión de que, si sacrificabas tus necesidades personales, podías salvar a todo el mundo? –preguntó ella.

–Tú no lo entiendes. Me encanta mi trabajo. Es lo único que quiero hacer.

–Pero ¿no necesitas echar raíces? ¿Querer y sentirte querido?

Simon dejó su vino y se levantó. Debería haberlo previsto, se dijo. Montana era de esas mujeres.

–El amor no importa. No voy a decir que no exista, porque lo he visto en ocasiones.

Ella se levantó y lo miró de frente.

–El amor es lo único que importa.

Simon sabía que no era cierto. Él había vivido siempre sin sentir amor y estaba bien. Era más fácil mantener las distancias, ser un observador. Era más limpio.

–Todo el mundo necesita un hogar –insistió ella.

–No. Tú quieres tenerlo. Yo tengo que marcharme y ocuparme de otras personas.

–¿Tienes que hacerlo o quieres hacerlo?

–¿Qué importa eso? –preguntó él.

Simon vio tristeza en sus ojos y supo que por fin lo entendía. No había bromeado al decir que iba a marcharse. En cierto sentido, nunca había estado allí del todo.

–No quiero que sufras por mí –dijo.

–Demasiado tarde.

Capítulo 13

Visitar la residencia geriátrica de Fool's Gold solía ser lo mejor del día para Montana. Le encantaba llevar un montón de perros felices a los internos, pasear con ellos, verlos obrar su magia.

Conocía ya a casi todas las personas que trabajaban en la residencia, recordaba quién prefería un perro pequeño al que acurrucar o uno grande al que arrojar una pelota. Había visto a algunas personas que apenas reaccionaban a su entorno sonreír cuando un perro frotaba su hocico contra ellas.

Ese día, sin embargo, al salir de la furgoneta de Max, se sintió como si avanzara por el agua. Le dolía todo el cuerpo, pero no en un sentido físico. Era un dolor interno.

Simon no iba a quedarse. Sí, siempre lo había dicho, y sí, ella lo había entendido desde el principio, pero esto era distinto. Por fin había comprendido que se estaba enamorando de un hombre que no se quedaría a su lado, a pesar de que junto a ella hubiera encontrado algo que no encontraría en ninguna otra parte. Fuera lo fuese lo que sentía por él, no tenían futuro. Aunque estuviera dispuesto a regresar periódicamente a Fool's Gold, o ella a ir a verlo de vez en cuando, su relación no podía ser muy estable.

En el fondo, ella siempre había querido un final feliz. Siempre había anhelado el amor verdadero, como el que habían tenido sus padres. Un matrimonio largo y estable, e hijos. No era perfecta, claro, pero su pareja tampoco tenía que serlo. Por desgracia, el hombre del que estaba a punto de enamorarse nunca sería esa persona. Simon no quería casarse, ni tener hijos, ni comprometerse a largo plazo. Quería seguir viajando.

Montana se decía que Simon tenía derecho a tener sus propios sueños, pero eso no le servía de gran cosa. No parecía capaz de racionalizar la situación, lo que significaba que debía tener el doble de cuidado cuando estaba con él. Tenía que protegerse. Pero aunque lo más sensato sería dejar de verlo, no tenía valor para hacerlo. Así que, de momento, haría lo que pudiera por no salir muy mal parada.

Se acercó a la parte de atrás de la furgoneta y abrió la puerta. Los perros la miraban expectantes, pero ninguno se lanzó hacia la puerta. Esperaron hasta que les puso las correas. Después, uno a uno, bajaron. A dos de los más pequeños, incluida Sisi, tuvo que ayudarlos.

Tras cerrar la puerta trasera de la furgoneta, se encaminó a la residencia. Los perros fueron los primeros en cruzar la puerta automática. Montana saludó a la recepcionista y firmó.

—Estaban todos deseando que vinieras —le dijo la recepcionista, riendo—. Para entretener a los perros son capaces de ponerse a bailar.

—Ojalá.

Pasó por la sala de enfermeras para decirles que estaba allí y luego empezó a distribuir a los perros. Dejó a Buddy y a otros dos con los auxiliares de la sala de recreo principal. A tres de tamaño mediano los llevó a fisioterapia. Sisi y un yorkshire llamado Sanson irían de cama en cama, visitando a los que no podían levantarse.

—Ahí está mi niña —dijo una de las internas postradas en cama cuando Montana entró en su habitación.

—Hola, señora Lee. Sisi está muy contenta de verla.

—Yo también me alegro de verla a ella.

Montana dejó a la caniche en la cama. Sisi corrió a acercarse a la señora Lee, puso las patitas sobre sus hombros y le lamió suavemente la mejilla.

—Yo también te echaba de menos, pequeñina.

—Ah, ahí estás.

Montana se volvió y vio a Bella Gionni, la dueña de una de las peluquerías del pueblo. Los lunes, el día que cerraba la peluquería, trabajaba como voluntaria en la residencia de ancianos.

—Hola, Bella. ¿Qué tal van las cosas?

—Bien. He oído rumores sobre ti y cierto doctor.

Bella tenía cuarenta y tantos años, el cabello oscuro y unos ojos preciosos. Ella y su hermana Julia tenían sendas peluquerías que se hacían la competencia entre sí. Hacía más de veinte años que no se hablaban, y nadie sabía por qué. Ser leal a una significaba enemistarse con la otra. La mayoría de la gente del pueblo resolvía el problema alternando entre las dos. Por lo general, se consideraba la alternativa más sensata.

—Le estoy enseñando el pueblo a Simon porque me lo pidió Marsha —dijo Montana con firmeza.

—Es una buena historia y te animo a que te aferres a ella. Puede que alguien se la crea.

Montana se rio.

—Eres un caso.

—Pero en el buen sentido, ¿no? —se acercó a la cama—. Hola, señora Lee, veo que ha vuelto su visita preferida.

—Sí.

Bella acarició a la caniche y miró a Montana.

—Tengo la lista. Ve a llevar a Sanson a sus fans.

—De acuerdo. Gracias.

Sisi pasaría unos quince minutos con cada uno de los internos a los que solía visitar. Bella se encargaría de llevarla y de controlar la hora. Sanson iba al ala de hombres. Otro voluntario se haría cargo de él. De ese modo, Montana podría asegurarse de que los perros más grandes circulaban equitativamente por la sala de recreo.

Sus visitas solían durar unas tres horas. Sabía que, cuando se marchara, a eso de mediodía, se sentiría mucho mejor. Era imposible ver a los perros en acción y no recordar cuanto de bueno había en el mundo.

Se detuvo un momento en fisioterapia para echar un vistazo a sus perros y luego se fue a la parte delantera del edificio. Al acercarse a la sala de recreo oyó música y comprendió que había empezado el baile.

Algunos internos se limitaban a mecerse en sus sillas. Unos cuantos cantaban al son de la música. Pero lo que a Montana le gustaba más eran las parejas que todavía bailaban. Se aseguró de que los perros se portaban bien y de que prestaban atención a cada interno por separado, y después volvió a concentrarse en los que ocupaban el centro de la sala. Como siempre, su mirada se posó en los Spangle. Llevaban setenta y un años casados. Montana lo sabía porque el mes anterior habían celebrado su aniversario con una tarta. A pesar de sus arrugas y su fragilidad, seguían tan enamorados como al principio. Tenían una habitación para ellos solos y dos camas individuales unidas. Una enfermera le había dicho a Montana que dormían agarrados de la mano.

Mirarlos, verlos abrazarse, la hacía sonreír. Así era como debía ser, se dijo. Las personas podían amarse hasta que la muerte las separaba. A veces, al final, el amor era lo único que quedaba.

En lugar de sentirse dolida o rechazada, debía sentir lástima por Simon. Él no creía en parejas como los Spangle. Creía en la soledad.

Dado que dejar de ver a Simon estaba descartado, tendría que recordar que querían cosas distintas. Estar con él era divertido y hacer el amor con él, extraordinario, pero a fin de cuentas no podía contar con él. Si lo asumía, podría protegerse del desamor.

O eso esperaba.

—No lo entiendo —dijo Fay desde el otro lado de la cama de Kalinda.

Estaba frenética. Se retorcía las manos, ansiosa por hacer algo. Lo que fuese.

—Le está subiendo la fiebre —le dijo Simon.

Y lo que era peor aún, Kalinda apenas estaba consciente.

—Eso ya lo sé. Me paso aquí sentada cada minuto del día. Lo que quiero saber es por qué ahora. ¿Qué le está pasando?

Simon cerró la historia.

—No lo sé —reconoció, conduciendo a Fay al pasillo—. Hay varias causas posibles. Podría tener una infección o un virus, o puede que su cuerpo está reaccionando a las quemaduras.

—Pero hace casi un mes del accidente.

Fay Riley ignoraba por lo que había pasado su hija, pensó él con amargura. Aunque la hubiera velado sin cesar, aunque la hubiera visto sufrir, aunque hubiera hecho todo lo que estaba en su mano por ayudarla. No podía entender la gravedad de los daños, el esfuerzo que las lesiones imponían a su cuerpo.

Pensó en explicárselo. Podía usar términos científicos, podía mostrarle fotografías. Pero ¿para qué? Seguiría siendo una madre asustada que intentaba ayudar a su hija enferma.

—Creo improbable que tenga un virus. Vamos a hacerle pruebas para descartar una infección, aunque tampoco creo que sea eso. El proceso de curación por el que está pasando Kalinda es muy largo. Si utilizamos como ejemplo la ascensión al Everest, Kalinda apenas ha empezado el viaje en avión que la llevará a Nepal.

Fay se quedó mirándolo. Palideció y sus ojos se agrandaron.

–¿Está diciendo que todavía podría morir?

Lo cierto era que podía morir, pensó Simon, pero no iba a decírselo. Aun así, Fay pareció adivinarlo. Sus ojos se llenaron de lágrimas y se tapó la boca. Luego se inclinó ligeramente y rompió a sollozar.

–No puedo perderla –gimió–. No después de todo esto. Tiene que salvarla.

–Intentamos que esté cómoda, la ayudamos en todo lo que podemos. Pero depende de ella.

Fay se irguió y lo miró con rabia.

–Solo es una niña pequeña.

–Lo sé.

Lo sabía muy bien. Había estado en el lugar de Kalinda. Había sufrido, había estado al borde de la muerte.

Fay seguía llorando. Simon se removió, incómodo. Quería marcharse.

–Quizá deberíamos hablar después –dijo.

Ella asintió con la cabeza y se dio la vuelta.

Simon dio unos pasos hacia la sala de enfermeras; luego miró hacia atrás. Fay estaba en la puerta de la habitación de su hija. Se rodeaba con los brazos y su cuerpo temblaba aún, sacudido por los sollozos.

Simon se había enfrentado a situaciones como aquella otras veces y normalmente lo más fácil para todos era que se alejara. Implicarse solo hacía más difícil un proceso ya de por sí complejo. Sin embargo, se descubrió caminando hacia ella y haciéndola volverse.

–Lo siento –le dijo.

Ella asintió con la cabeza y se acercó a él. Simon la abrazó mientras lloraba, consciente de que no podía ofrecerle mucho más. Pasados unos minutos, el llanto cesó.

–Lo siento –susurró Fay, retrocediendo, y se limpió la cara.

–No se disculpe. Esto es muy duro para usted –titubeó–. Le aseguro que estoy haciendo todo lo que puedo para salvarla.

–Lo sé –tragó saliva–. Tengo que volver con ella.

–Me pasaré por aquí dentro de un par de horas. Si hay algún cambio, pida que me localicen por el busca.

–Lo haré. Gracias.

La vio entrar en la habitación y echó a andar por el pasillo. Kalinda necesitaba más operaciones. El problema era que él no podía hacer nada hasta que estuviera más fuerte. La fiebre la debilitaría aún más. Y el tiempo que iba a pasar en el pueblo era limitado. Tal y como iban las cosas, tendría suerte si podía operarla dos veces más antes de irse. Pero Kalinda tenía por delante muchas más intervenciones. Lo que significaba que otro cirujano tendría que atenderla durante los años siguientes. Normalmente no le importaba que otros médicos acabaran lo que él había empezado, pero en el caso de Kalinda era distinto. Quizá fuera porque la niña decía que quería ser médica, como él. Simon notaba que las lesiones habían alterado profundamente el modo en que se veía a sí misma y veía su futuro.

–Olvídate de eso –se dijo mientras miraba sus mensajes.

Una hora después estaba de vuelta en su despacho. Pero Sisi no salió a recibirlo. Montana había dejado una nota diciendo que ese día iba a llevarla a la residencia de ancianos.

Simon descubrió que echaba de menos el pequeño trasportín del rincón y el saludo emocionado de la perrita cada vez que lo veía. Nunca le habían interesado mucho los perros, pero Sisi le estaba haciendo cambiar de idea.

Se concentró en el papeleo, puso al día algunas historias y leyó un par de artículos médicos. Justo antes de la hora de comer llamaron a su puerta.

–Adelante.

Sabía que no debía esperar a Montana, pero aun así se llevó una desilusión cuando una mujer alta y bien vestida entró en el despacho.

–Doctor Bradley –dijo la recién llegada con una sonrisa.

–Doctora Duval.

La gerente del hospital era una de esas mujeres supereficientes que conseguían hacerse entender simplemente con levantar una ceja.

–¿Qué le está pareciendo Fool's Gold? –preguntó al sentarse frente a él.

–Todo el mundo ha sido muy amable y muy generoso.

–Así es este pueblo –miró hacia el rincón, donde solía estar el trasportín–. Veo que hoy Sisi no está con nosotros.

–No. Montana quería llevarla a la residencia de ancianos.

–Una joven interesante, nuestra Montana –comentó la doctora Duval–. Ha tardado un poco en decidir qué quería hacer con su vida, pero trabajar con los perros parece ser su vocación. Está haciendo un trabajo extraordinario.

Simon sabía por experiencia que los gerentes de los hospitales solían centrarse en la vertiente logística de la administración de un establecimiento sanitario. Había cientos de detalles de los que ocuparse: personal, pacientes, suministros... Normalmente los directores no estaban al corriente de cosas como los programas de terapia con perros o la vida privada de los adiestradores de dichos perros. Pero en Fool's Gold casi todo era distinto.

–Tengo entendido que Kalinda está pasando por un bache –añadió la doctora–. Que una niña tan pequeña haya tenido que sufrir un accidente tan horrible... Si el perro la ayuda, le agradezco mucho que haya permitido que esté aquí.

Simon sabía que aquello no era todo. La doctora Duval no se había pasado por allí solo para conversar con él. Así que se recostó en su silla y esperó.

La espera no fue larga.

–Como le comenté cuando llegó –comenzó ella–, dentro de un par de semanas celebramos una fiesta para recaudar fondos. Quería confirmar que va a asistir.

Simon dudaba de que quisiera «confirmarlo». Estaba allí para asegurarse de que pensaba asistir, o para obligarlo de algún modo si intentaba excusarse. La doctora Duval era una de esas mujeres que siempre conseguían lo que se proponían, lo cual le parecía admirable.

Pero no quería asistir a la fiesta de recaudación de fondos. Ser el centro de atención en una sala con doscientas o trescientas personas era para él la imagen misma del infierno. Aquel era, sin embargo, uno de los gajes de su oficio.

—Allí estaré.

Ella pareció al mismo tiempo sorprendida y aliviada.

—Me alegra saberlo. Tenerlo aquí es maravilloso, pero no nos sale usted barato.

Él sonrió.

—Confío en que el coste valga la pena.

—Así es —la doctora se inclinó hacia él—. Podría habernos cobrado mucho más. Su minuta es lo de menos.

—Con lo que gano, aparte de lo que me paga el hospital, tengo más que suficiente.

Su profesión le permitía vivir con relativo desahogo. No necesitaba regatear con hospitales comarcales. Si sus servicios resultaban gravosos para los hospitales, era principalmente porque exigía que atendieran gratuitamente a pacientes sin seguro privado. Si alguien necesitaba su ayuda, la obtenía aunque no pudiera pagar por ella. Ello obligaba a los hospitales a recaudar dinero antes y después de su visita. Pero también significaba que niños como Kalinda tenían una oportunidad.

La doctora Duval se levantó.

—Estoy deseando verlo en la fiesta. ¿Traerá a alguien?

Estaba Montana. Aunque en parte deseaba verla vestida de fiesta y pasar la velada con ella, tenía sus dudas.

—Aún no lo he decidido.

La doctora Duval lo miraba con fijeza.

–Avíseme cuando lo decida para que acomodemos a su acompañante en la mesa.

Se marchó.

Simon respiró hondo. Lo que debía hacer por Montana se oponía a sus deseos íntimos. No solía detenerse en dilemas morales. Pero tampoco solía permitirse el lujo de estar con alguien como Montana.

A Denise empezaba a preocuparle que el personal de la sala de catas de la bodega quisiera cobrarle un alquiler. Imaginaba que debía buscar otro lugar para sus primeras citas, pero aquella sala era tan adecuada... Servían aperitivos, el vino era excelente y dudaba de que hubiera mejores vistas en muchos kilómetros a la redonda. Todo lo cual era muy conveniente cuando una iba a encontrarse con un desconocido.

Esa tarde había quedado con un hombre llamado Art. Se habían conocido a través de Internet. Denise no solía recurrir a ese método, pero... a grandes males, grandes remedios y todo eso. Art figuraba en la sección «mayores de cincuenta». Se acabaron los hombres más jóvenes para ella.

Al entrar en la sala de catas, buscó a un hombre que se pareciera a la fotografía que había visto en el ordenador. Art tenía los ojos bonitos y el pelo un poco rizado y ligeramente canoso.

–¿Denise? Soy Art. Encantado de conocerte.

Denise tuvo que hacer un esfuerzo por no quedarse boquiabierta. El hombre que tenía delante era poco más o menos de su misma altura, casi tan ancho como alto y tenía un par de mechones de cabello blanco. Denise notó cierto parecido con el individuo de la fotografía que le había mandado, pero aquel hombre parecía su padre. Ella estaba buscando a un hombre de cincuenta y tantos años, y Art rondaba más bien los setenta.

–¿Art?

–Sí. Es un placer conocerte. Estoy un poco sorprendido.

¿Él estaba sorprendido?

–Eres igual que en la foto –le dijo él–. Y eso no pasa casi nunca. Qué suerte la mía.

–Sí, qué suerte la tuya –murmuró ella.

Se sentaron a una mesa de la terraza. Eran apenas las cuatro de la tarde, pero un toldo los protegía del sol. Se acercó el camarero y pidieron cada uno una copa de vino. Tinto para ella, blanco para él. Art pidió que en el suyo pusieran un par de cubitos de hielo. El camarero dio un respingo al oírlo, y Denise procuró disimular su horror.

–Bueno, háblame de ti –dijo, consciente de que tenía que quedarse al menos media hora. Luego se dijo que no debía precipitarse al juzgar a Art. Seguramente era un hombre encantador. Si le daba una oportunidad, tal vez congeniaran.

–Estoy jubilado –comenzó él–. Vivo al este de Sacramento, en un parque de caravanas muy agradable. Tengo una casa prefabricada bastante grande, pero estoy pensando en mudarme a Florida. Me encanta aquello. Hay pesca a montones. ¿Tú pescas?

–No mucho.

–Deberías probar. Es divertidísimo. He estado mirando casas por Internet. Pero no sé si comprarme un piso o una casa con patio. No quiero tener que preocuparme por el jardín –sonrió–. A mi edad, los infartos son una preocupación constante.

El camarero volvió con el vino y una miniquesadilla.

Art meció su copa, haciendo entrechocar los cubitos de hielo. Luego bebió un sorbo.

–Está bueno este vino –miró la quesadilla–. No me conviene comer mucho queso –dijo, y sonrió–. Pero qué demonios... Solo se vive una vez, ¿no?

Tomó la quesadilla entera y se la comió en dos bocados. Luego miró a Denise.

—¿Tú querías un poco?

—Supongo que no.

Art no pareció inmutarse por su respuesta.

—Podemos pedir otra.

—No, no importa. No tengo hambre.

Pasaron diez o quince minutos hablando de los pros y los contras de los planes de pensiones. Art estaba muy orgulloso del suyo. También le explicó con gran detalle lo que debía buscar cuando tuviera que elegir los suplementos de su seguro médico para mayores de sesenta y cinco años.

—Todavía me quedan unos años para eso —dijo ella desmayadamente.

—Nunca es demasiado pronto para empezar a prepararse.

—Supongo que no.

Aún no había tocado su vino. Por norma, no le gustaba beber sin comer algo, pero no quería pedir otro aperitivo. Resultaría violento y, además, tendría que quedarse más tiempo. Miró su reloj. Solo habían pasado veinte minutos. ¿Le pasaba algo a la rotación de la Tierra? Tenía la impresión de que había pasado una hora. Suspiró.

—¿Qué más te gusta hacer? —preguntó. De momento solo habían hablado de Art, pero eso no le importaba. A fin de cuentas, no iban a ser pareja.

Art dejó su copa y se inclinó hacia ella.

—Todavía me gusta retozar en la cama —dijo guiñándole un ojo—. No me importaría que nos diéramos un revolcón o dos, si te interesa.

Denise abrió la boca y volvió a cerrarla. Sintió que se sonrojaba y confió en que nadie le hubiera oído. Se levantó.

—Creo que no. Ha sido un placer conocerte, Art, pero tengo que irme.

Él la agarró de la mano.

—Eres viuda desde hace diez años. Debes de estar muy

necesitada. Y yo estoy dispuesto a ayudarte, te ofrezco todo lo que tengo –movió las cejas provocativamente.

Ella no sabía si reír o llorar. Francamente, lo que más le apetecía era arrojarle el vino blanco con sus cubitos de hielo sobre el regazo. Pero no quería montar una escena, no era su estilo. Lástima.

–Adiós –dijo con firmeza mientras se colgaba el bolso del hombro.

Dio media vuelta y se dirigió con paso decidido hacia la salida. El camino de piedras era un poco irregular y al doblar la esquina estuvo a punto de perder el equilibrio. Pero antes de que se cayera, notó que alguien la agarraba del brazo y la sujetaba. Por un instante pensó con horror que Art la había seguido. Que era de esos hombres que no aceptaban un no por respuesta.

Se incorporó y miró al hombre que la había rescatado.

Y se descubrió mirando unos ojos azules que conocía muy bien.

Hacía casi cuarenta años que no veía a Max Thurman. Se había pasado el año anterior procurando no encontrarse con él. Sin embargo, lo reconoció enseguida. Tenía los mismos hombros anchos, la misma complexión musculosa. Y todavía parecía un dios en pantalones vaqueros, maldito fuera.

–¿Denise?

Max se quedó mirándola. Ella pensó que parecía más contento de verla que sorprendido, pero no estaba segura. Notaba un hormigueo en el estómago, igual que la primera vez que lo vio. Ella tenía diecisiete y él veinte. Era un hombre, mientras que ella seguía estando en ese estado intermedio entre niña y mujer. La noche de su dieciocho cumpleaños, él la había ayudado a dar el paso definitivo hacia la edad adulta.

Max sonrió.

–Eres tú... Esperaba que nos encontráramos...

¿Que se encontraran? Era poco probable. Ella había

hecho todo lo posible por que eso no ocurriera. Había querido evitar momentos como aquel.

–Tengo que irme –dijo atropelladamente, interrumpién-
dolo.

No podía hablar con él en ese momento, así. Después de
tanto tiempo. ¿Y si veía a Art y pensaba que estaban juntos? ¿Y si decía que estaba vieja o...? Un montón de ideas
espantosas se agolparon en su cabeza. Adiós a la calma y a
la serenidad que supuestamente acompañaban a la madurez.

Entonces hizo lo único que se le ocurrió.

Huir.

Simon estaba delante de la puerta de Montana. Había
intentado evitarla y sin embargo se había descubierto
echándola apasionadamente de menos. Al parecer, la inte-
ligencia no intervenía ya en su toma de decisiones. La necesidad de verla se imponía a todo lo demás.

Levantó la mano para llamar y oyó un extraño sonido
dentro. Era casi un gemido, pero Simon no podía identifi-
car de dónde procedía. ¿Estaba interrumpiendo algo? Al
pensar que podía estar con otro hombre se puso furioso y
comenzó a aporrear la puerta. ¿Con quién podía estar?

Esperó mientras ella gritaba:

–¡Un momento! –luego Montana abrió la puerta.

Llevaba puestos unos pantalones cortos, una camiseta
y poco más. El deseo se mezcló con la furia y Simon la
empujó al entrar en el cuarto de estar.

–¿Dónde está? –miró a su alrededor, esperando ver
vino y velas. Pero las cortinas estaban descorridas y las
ventanas abiertas. Y en vez de un hombre, vio tres cachorros blancos y negros luchando por un calcetín. Uno de
ellos gimió, reproduciendo el sonido que Simon había
oído minutos antes.

Simon se volvió hacia ella y vio que tenía otro cachorro en brazos.

–¿Dónde está quién? –preguntó, ladeando la cabeza con curiosidad.

–Eh... Nadie –sintiéndose estúpido, se metió las manos en los bolsillos de los vaqueros–. Hola.

–Hola. ¿Va todo bien?

Él asintió.

–¿Debería haber llamado primero?

–Seguramente, pero no importa.

–Tienes cachorros.

–Cuatro. Sus padres son unos perros de terapia magníficos, y están en un programa de cría. Voy a quedarme con los cachorros por las noches un par de semanas para ayudar a valorarlos. Max los tiene durante el día.

–Te ha tocado la peor parte.

–Soy la última que se ha incorporado a la plantilla. Es parte de mi trabajo.

Simon intentó adivinar qué estaba pensando. Qué sentía. La última vez que la había visto habían discutido. No, esa no era la palabra adecuada. Pero había habido un desacuerdo entre ellos y, aunque tenía previsto quedarse a pasar la noche con ella, había acabado por marcharse.

–¿Estás bien? –preguntó.

–Sí. ¿Y tú?

Muy poca gente le preguntaba eso. Él era el que estaba siempre al mando, el que tomaba decisiones, el que cambiaba vidas.

–Creía que estabas enfadada conmigo –dijo.

–Nunca lo he estado –dejó al cachorro, que corrió a reunirse con los demás en la lucha por el calcetín.

–Te echaba de menos –reconoció Simon.

–¿Y has pensado que estaba saliendo con otro?

–No, hasta que he llegado y he empezado a oír ruidos extraños.

–No sales mucho con mujeres, ¿verdad? –preguntó ella.

–No salgo con mujeres, y punto.

–Sé que has estado con otras. Es imposible que las mujeres no te hagan caso; estás demasiado bueno. Así que, ¿qué haces con ellas?

¿Bueno? Nadie lo había descrito nunca así. Era una idea extraña. Él era un tullido. Un monstruo. ¿Cómo era posible que ella lo viera de manera tan distinta?

–A veces me veo con mujeres. Pero suele ser algo muy... ligero.

Ella levantó las cejas.

–Déjame adivinar. Cena, charla y un encuentro sexual mutuamente satisfactorio.

–Algo parecido.

Montana lo miró fijamente.

–Está bien –gruñó él–. Es exactamente eso.

–Y luego las dejas.

–Luego, me marcho.

–¿Y nunca te arrepientes? ¿Nunca echas de menos a esas mujeres intercambiables?

–No.

–¿A mí vas a echarme de menos?

Simon se quedó mirándola. Contempló sus ojos grandes, su larga melena rubia, la forma de su boca. Reconocería su sabor o su olor en cualquier parte. Podría haber mil mujeres en una habitación a oscuras y no tendría problema en encontrarla.

Cruzó la habitación y la besó, procurando memorizar aquel contacto. Montana se apoyó en él, lo rodeó con los brazos y lo apretó con fuerza. Simon comenzó a acariciarla. Pero al sentir que algo tiraba de la pernera de sus pantalones, se apartó. Miró hacia abajo y vio que uno de los cachorros estaba mordiendo la tela.

–¿Quién eres tú? –preguntó, inclinándose para tomarlo en brazos.

El cachorro era más blanco que negro, tenía una cara alegre y orejas colgantes. Se relajó cuando Simon lo apoyó contra su pecho.

–Es Palmer –dijo Montana–. Hay tres chicos y una chica. Palmer, Jester, Bentley y Dafne.

–Conque Palmer, ¿eh? Un nombre muy grande para ti –levantó al perro en el aire. Palmer le dio un lametazo en la barbilla.

–Tienes buena mano para los perros –comentó Montana.

Simon se rio.

–Bueno, ¿qué haces con ellos?

–Hago todo lo posible por cansarlos y luego nos tomamos un descanso para hacer pis y caca antes de irnos a la cama. A eso de las dos de la madrugada los despierto a todos para hacer otra vez pis y caca, y dormimos hasta las cinco y media, más o menos.

–Qué cansancio.

–Merece la pena.

–¿Te apetece tener un poco de compañía?

–¿Quieres decir que te apetece quedarte a pasar la noche? –preguntó ella.

–Sí.

–No estoy segura.

Su respuesta se grabó a fuego en el alma de Simon. Sintió como si le hubiera dado una bofetada.

–Entiendo.

–No, no lo entiendes. No has contestado a mi pregunta.

Él tardó un momento en recordar. Luego tomó su mano y le besó la palma.

–Lo siento. Creía que lo había hecho –la miró–. Te echaré de menos, Montana. Por primera vez en mi vida, lamentaré dejar a alguien atrás.

Ella apretó sus dedos; luego apartó la mano.

–Está bien, entonces. Van a jugar a recoger la pelota. Solo tienen nueve semanas, así que son un poco torpones, pero aun así es muy divertido.

Se acercó al cesto que había en un rincón y recogió cuatro pequeñas pelotas. Cuando los llamó, los cachorros comenzaron a gemir alegremente y se volvieron para mirarla. Tenían las orejas levantadas y meneaban la cola, expectantes.

—¿Listos? —dijo ella con una sonrisa.

Los perros ya habían empezado a correr por el pasillo. Montana arrojó las cuatro pelotas al mismo tiempo. Los perros fueron en busca de una, ladrando. Montana se rio y corrió tras ellos. Mientras la observaba, Simon comprendió que lo que iba a sentir cuando llegara el momento de marcharse estaría muy lejos de ser una tristeza pasajera.

Capítulo 14

–Uno más –dijo Simon, y tiró del último punto. Examinó la cara del chico bajo la potente luz del foco y asintió con la cabeza–. Estupendo.

Kent se acercó y observó la mejilla de su hijo.

–Es increíble lo rápido que ha cicatrizado.

–Ventajas de ser un chico sano –dijo Simon. Puso la mano sobre el hombro de Reese–. Sigue cambiándote el vendaje como hasta ahora. Espera una semana más. Luego, ya está. Te dejo a ti al mando.

El chico le sonrió.

–Qué guay –se volvió hacia su padre–. ¿Lo has oído?

–Claro que sí.

Reese se bajó de la camilla.

–¿Puedo ir a ver a Kalinda? Le dije que venía hoy a quitarme los puntos y dijo que podía pasarme a verla.

La niña tenía menos fiebre, pero no se había recuperado del todo. Ni mucho menos. Aun así, quizá le sentara bien tener compañía.

–Tendrás que ponerte bata, calzas para los pies y mascarilla –le advirtió Simon–. No podemos correr el riesgo de que enferme.

–Claro. ¿Pasas a recogerme cuando quieras que nos vayamos? –le preguntó a su padre.

Kent asintió.

–Voy a ir a ver a un conocido que trabaja en administración. Luego voy a buscarte.

Reese se marchó corriendo.

–Es un buen chico –comentó Simon.

–Sí, lo es. He tenido suerte con él –salieron juntos de la sala de curas–. ¿Qué tal te va en el pueblo?

–Dime que tú no formas parte de la conspiración –dijo Simon.

–¿La conspiración para que te quedes? –Kent sacudió la cabeza–. Solo era por charlar. Pero, conociendo este pueblo, no me sorprende que estés un poco agobiado por la presión del ambiente.

–Me halagan tantas atenciones.

Se pararon en el pasillo. Era casi la hora de la comida y estaba todo tranquilo.

–Quería hacerte una pregunta –dijo Kent–. Pero si te molesta no te cortes: dime que no es asunto mío.

Simon se preparó. Kent era uno de los hermanos mayores de Montana. Naturalmente, le preocupaba su hermana.

–Pregunta.

–¿Por qué sigues teniendo cicatrices? Después del accidente, estuve informándome en Internet. Los médicos han inventado un montón de maneras de tratar las cicatrices. Imagino que estás al tanto de todas.

No era la pregunta que esperaba Simon. La mayoría de la gente no tenía valor para hacérsela, aunque él sabía que todo el mundo se preguntaba lo mismo.

–Las conservo por mis pacientes. Quiero que sepan que ser distinto no es tan malo. Que se convenzan de que pueden ser felices aunque tengan marcas o estén desfigurados de algún modo.

También las conservaba como una suerte de recordatorio, pero eso no iba a decírselo a Kent.

–Tiene sentido –contestó el hermano de Montana–. Espero que no te haya parecido una pregunta demasiado personal.

—Es difícil esconderlas.

—Gracias otra vez por todo.

—De nada.

Kent se dirigió al ascensor. Simon subió por las escaleras un par de pisos y salió a la unidad de quemados. Se acercó a la habitación de Kalinda y se paró al oír risas. Desde donde estaba veía a Reese caminando como un zombi, con los brazos estirados y las piernas rígidas. Los dos niños se estaban riendo.

Kalinda no se estaba recuperando con la suficiente rapidez. Simon lo sabía, pero ignoraba cómo cambiar las cosas. La fiebre le preocupaba. Dejaba a la niña sin fuerzas y dificultaba su recuperación. Significaba que su cuerpo todavía estaba adaptándose, que aún estaba en peligro.

La incertidumbre formaba parte de su trabajo, pero él nunca la había asumido. Siempre buscaba respuestas, soluciones que tuvieran sentido. A veces, sin embargo, no las había. Kalinda debía estar más recuperada. Debía estar fuera de peligro, y lo sacaba de quicio que no fuera así.

—Creía que los médicos jugaban al golf cuando no estaban trabajando —comentó Montana, sentada frente a Simon en el Margaritaville, uno de los restaurantes del pueblo.

Cuando él la había telefoneado para preguntarle si quería que fueran a comer, ella había sugerido aquel local.

—Tú eres más interesante que el golf —contestó Simon.

Ella se rio.

—¿Eso es un cumplido?

—Lo es si te gusta el golf.

—¿A ti te gusta?

Él se encogió de hombros.

—Está bien.

Montana se rio otra vez.

—¿Me estás tomando el pelo? ¿Lo sabe el colegio de

médicos? Porque, si lo averiguan, no podrás volver a hablar en ninguno de sus simposios.

–Con eso puedo vivir.

–Y yo que quería ver tu foto en las revistas.

Apareció la camarera y un instante después les llevó el guacamole. Montana la observó mientras servía. Luego se inclinó hacia Simon.

–Esto te va a encantar. En serio, está buenísimo. Todo el mundo habla de lo buenas que están las margaritas que preparan aquí, pero yo creo que se equivocan: lo mejor es esto –le ofreció los nachos y esperó a que él mojara uno en la salsa–. ¿Y bien?

–Muy bueno.

Ella hizo girar los ojos.

–Cuánto entusiasmo. «Muy bueno» puede decirse de un cepillo de dientes. Pero esto... esto te cambia la vida –tomó un poco de guacamole con un nacho y se lo metió en la boca–. Mmm. Perfecto.

A Simon le dieron ganas de decirle en broma que debía viajar un poco más, pero no lo hizo. No quería que cambiara en absoluto.

–¿Qué tal están los cachorros?

–Creciendo. Si los miras lo suficiente, puedes verlos crecer. Ah, y anoche no hubo accidentes.

Simon había descubierto tras la única noche que había pasado en su casa que despertar a los perrillos a las dos de la mañana para que hicieran sus necesidades no significaba que no fueran a hacerse pis en el suelo.

–Algo es algo.

–Sí. Ahora estoy esperando a que aguanten toda la noche. Lo de las dos de la madrugada ya es agua pasada. ¿Qué tal van las cosas en el hospital?

–Bien.

Estaba cansado, pensó Montana mientras él le hablaba de una operación difícil. Trabajaba demasiado. Pero seguramente siempre era así. Trabajaba todo lo que podía mientras estaba en un sitio. Pero Montana no quería pensar en su marcha. Prefería disfrutar de él mientras estuviera allí.

–¡Montana! ¡Cuánto me alegro de verte con tu novio por ahí!

Montana levantó la vista y dio un respingo.

–Hola, Gladis.

Gladys vivía en Fool's Gold desde mucho antes de que ella naciera. Tenía buen corazón, pero solía decir lo primero que se le pasaba por la cabeza. Era de esas personas que hacían temblar a todos los que la rodeaban y nunca se daban cuenta de que habían metido la pata. Dio unas palmaditas a Montana en el hombro y se inclinó para decirle al oído:

–Es una pena lo de su cara, pero apuesto a que el resto del cuerpo le funciona de maravilla.

Montana no sabía si ponerse a gritar, esconderse bajo la mesa o salir corriendo. Confiaba en que Simon no hubiera oído el comentario, pero cuando lo miró, él tenía una ceja levantada.

–Perdón –vocalizó sin emitir sonido; luego se volvió hacia Gladys–. Me vuelves loca, lo sabes, ¿verdad?

Gladys sonrió, imperturbable.

–Misión cumplida, entonces.

Se incorporó, saludó a Simon con la mano y se alejó. Montana se tapó la cara con las manos.

–En momentos como este pienso que debería haberme quedado en Los Ángeles. Allí nunca me encontré con ningún conocido –bajó las manos y miró a Simon–. ¿Estás enfadado?

–Me ofende un poco que no hayas defendido mi honor.

Ella arrugó el ceño.

–¿De qué estás hablando?

–No le has dicho que soy un as en la cama.

–¿Eso querías? Estoy segura de que la semana que viene me invitarán otra vez a la reunión del consistorio. Puedo incluirlo en el orden del día.

Él tomó su vaso de té con hielo.

–Te lo agradecería.

–Si lo hiciera de verdad, no sabrías qué decir.

–Yo no estoy tan seguro –sus ojos grises brillaron, llenos de humor–. Las primeras semanas que estuve aquí, todo el mundo fue muy educado. Ahora no paran de insinuarme con muy poca sutileza que debería quedarme a vivir en Fool's Gold. Ah, y ayer una señora mayor que iba en chándal me dijo que debería hacer de ti una mujer honrada.

Montana hizo una mueca.

–Imagino que te encontraste con Eddie. Sí, es muy propio de ella. Lo siento.

–No lo sientas. Este es un buen sitio. Me gusta estar aquí.

–Tengo una presentación en Powerpoint que ilustra todos los motivos por los que deberías considerar la posibilidad de instalarte aquí –dijo ella con ligereza y una sonrisa. Quería que Simon pensara que estaba bromeando, y lo estaba, en cierto modo.

–¿Con gráficos en color?

–¿Qué es una presentación en Powerpoint sin gráficos en color? –tomó otro nacho–. ¿No te pasa lo mismo allá donde vas? ¿No quieren que te quedes?

–Sí, casi siempre.

–¿Y te sorprende? Eres un cirujano con mucho talento. Contar contigo sería un tanto importantísimo para cualquier ciudad. Y además eres muy guapo.

El rostro de Simon se tensó. Montana pensó en lo que había dicho, intentando recordar dónde había metido la pata.

–¿Qué pasa? –preguntó–. ¿Qué he dicho?

–Hablas de mi cara como si fuera normal.

Estaba eligiendo sus palabras con sumo cuidado. Montana lo notaba por la cadencia de su habla y por las pausas que hacía entre palabra y palabra. Pero ¿por qué?

—Sí, he dicho que...

Entonces lo entendió. Entendió qué había dicho. Se inclinó hacia él y bajó la voz.

—Simon, yo no veo las cicatrices. Hace mucho tiempo que no las veo.

Algo brilló en sus ojos. Montana habría dado cualquier cosa por saber qué estaba pensando.

—¿Cómo es posible que no las veas?

Ella se encogió de hombros.

—Tú eres tú, ya está. Es a quien veo —se estaban adentrando en territorio peligroso—. Si vamos a tener esta conversación, creo que es hora de que me devuelvas el cumplido. Porque, por si no te has dado cuenta, aquí la chica soy yo.

Hablaba con seguridad, aunque no se sentía en absoluto segura. Pero eso, él no tenía por qué saberlo.

Él esbozó una sonrisa.

—Tienes razón. No hablamos lo suficiente de ti —la miró a los ojos con una intensidad que la hizo temblar—. ¿Te he dicho lo preciosa que estás hoy?

Ella ladeó la cabeza.

—¿Me estás preguntando si me lo has dicho hoy, o si me has dicho que hoy estoy preciosa? Es muy distinto.

Simon la sorprendió recostándose en la silla y echándose a reír. Al oír su risa, Montana sintió una agradable sensación de bienestar. Cuando él se incorporó parecía más relajado. Más joven.

—Estás preciosa siempre y creo que todavía no te lo he dicho hoy. Y ya que hablamos de ese tema, tengo mucha suerte por estar contigo. Eres extraordinaria, Montana.

Ella sintió que se sonrojaba.

—Solo estaba bromeando.

—Y yo diciendo la verdad.

Montana se sentía violenta y azorada, y no sabía qué hacer con las manos. Por suerte llegó la camarera con sus platos.

Cuando acabó de servirles la comida y de rellenarles los vasos, aquel tema de conversación había quedado olvidado. O al menos no salió a relucir de nuevo.

–Reese ha ido a ver a Kalinda –dijo Simon.

–Me alegro de que siga yendo. ¿Qué tal ha ido?

–Creo que le sienta bien distraerse, tener compañía.

Montana quería preguntarle qué tal estaba la niña, pero sabía que Simon no querría hablar de eso con ella. La última vez que había estado allí con Sisi, había una enfermera en la habitación. Solo había podido dejar al perro y luego se había excusado. Cuando volviera a ir, intentaría hablar con Fay.

–Sé que crees que estoy contando los minutos que quedan para irme –dijo él–, pero no es cierto. Kalinda es uno de esos pacientes a los que lamento dejar. Necesita muchas más operaciones.

–¿Quieres decir que otro cirujano no lo hará bien?

–Eso me hace parecer un arrogante.

–Lo eres, en cierto modo.

Él sonrió a regañadientes.

Montana se preguntó si habría dicho de veras que la echaría de menos. Si se arrepentiría de haber puesto fin a su relación. Cuando se marchara, ¿se acordaría de ella alguna vez?

–¿Disfrutando de la comida? –preguntó Marsha, la alcaldesa, acercándose a ellos.

–Sí –contestó Montana–. ¿Cómo estás?

–Muy bien –se volvió hacia Simon–. Veo que se está divirtiendo en nuestro encantador pueblecito.

–Sí, así es.

Marsha se rio.

–Descuide, no voy a enumerar todos los motivos por los que debería quedarse. Pero me alegré mucho al saber que iba a asistir a la fiesta benéfica del hospital –miró a Montana–. Estoy deseando ver qué vas a ponerte, tesoro. Recuerda que es un cóctel, no hace falta ponerse de largo

–les sonrió a ambos–. Haréis una pareja estupenda. Disfrutad de la comida.

–Gracias –murmuró Montana con la vista fija en su plato.

¿La fiesta benéfica? Ahora que lo pensaba, recordaba haber visto carteles por el pueblo. Era para recaudar dinero con el que sufragar el trabajo que estaba haciendo Simon. Evidentemente, Simon tenía que asistir: sería el invitado de honor. A una fiesta de ese tipo, la gente solía llevar un acompañante. Y la alcaldesa había dado por sentado que Simon iría con ella.

Pero no se lo había pedido.

Simon no era despistado. Incluso cuando estaba ocupado, sabía perfectamente lo que pasaba a su alrededor. Lo que significaba que no tenía pensado pedírselo. Montana no estaba segura de por qué. Quizá fuera porque se trataba de un acto público, o porque no quería que se hiciera ilusiones sobre su relación. Todo lo cual era lógico. Montana suponía que debía ser capaz de entenderlo y aceptarlo.

Pero la verdad era que dentro de su cabeza gritaba una vocecilla. Una vocecilla que exigía saber por qué podía acostarse con ella y no invitarla a aquella dichosa fiesta benéfica.

–No te lo he pedido porque... –Simon se interrumpió.

Ella levantó la cabeza y lo miró. Parecía más incómodo que avergonzado. Entonces ella lo entendió.

A pesar de que ella decía entender que iba a marcharse, que todo aquello era temporal, había dado por supuesto que lo suyo era, aun así, una especie de relación de pareja. Que estaban juntos.

Pero para Simon no era así. La deseaba y quizás incluso le tuviera cierto cariño, pero para él no era nada especial. A ella le preocupaba si la añoraría o no cuando se marchara. Pero eso era lo de menos. Lo que de verdad debía preocuparle era si a él le importaba o no estar con ella mientras siguiera en Fool's Gold.

Sintió una opresión en el pecho y su garganta empezó a contraerse. Reconoció los síntomas y comprendió que no disponía de mucho tiempo. Levantó la vista y lo miró con fingido sobresalto.

–¡Oh, no! Acabo de acordarme de que había quedado con Max. No puedo creerlo. Tengo que darme prisa o llegaré tarde.

Hurgó en su bolso y dejó sobre la mesa un billete de veinte dólares.

–Lo siento.

–Montana... –él se levantó al mismo tiempo que ella.

Montana le indicó que siguiera sentado.

–No, por favor. Sigue comiendo. Es culpa mía. ¡Qué despiste!

Lo saludó con la mano y salió a toda prisa del restaurante.

Temiendo que él la siguiera y quisiera que hablaran, se metió en la tienda más cercana y salió por la puerta de atrás. Cuando por fin estuvo sola en el callejón, se echó a llorar.

–Sé que no es mucho –estaba diciendo Nevada mientras se paseaba por el cuarto de estar de Montana con un cachorro en cada brazo y esquivando al otro al andar–. Pero te juro que fue así.

Montana todavía estaba intentando digerir lo que había descubierto a la hora de la comida, y le costaba un poco seguir el relato de su hermana.

–¿Viste a mamá en esa bodega que hay a las afueras del pueblo y salió corriendo al ver a Max? ¿Estás segura de que esos dos acontecimientos están relacionados? Quizá llegaba tarde a algún sitio o su cita había sido un desastre.

–Ya lo he pensado –Nevada se dejó caer en el sillón de enfrente del sofá–. Pero cuando se vieron... Mamá se puso completamente blanca. Me dio la impresión de que iba a desmayarse o algo así. Y Max se quedó helado. Te digo que es ese Max. Tu Max es su Max.

¿Su madre y Max Thurman?

–No. No puedo creerlo. Hace un año que trabajo para él y mamá nunca me ha dicho ni una palabra. Y le hablo mucho de mi trabajo y de mi jefe.

–¿Max no ha vivido aquí antes?

–Claro, pero no mucho. Se marchó antes de que naciéramos nosotras.

Nevada la miró como diciendo: «¿Lo ves?».

–Estás viendo un drama donde no lo hay –le dijo Montana.

–No estoy de acuerdo. Fíjate en los datos. Mamá lleva la palabra «Max» tatuada en la cadera. No sabemos mucho sobre él, salvo que hace años vivió en esta zona, aunque no en el pueblo. Se marchó antes de que mamá y papá se casaran. Max Thurman regresa a Fool's Gold después de estar fuera más de treinta años. Es un hombre muy misterioso.

–No es misterioso –dijo Montana–. Es un tipo estupendo.

–¿De dónde sacó su dinero? ¿No financia todo el trabajo que hacen los perros?

–Recibimos algunas donaciones, pero sí, Max paga casi todo. Así que es rico.

–Sí, pero ¿de qué? ¿Heredó? ¿Robó un banco? ¿Hizo buenas inversiones?

–De eso no hablamos.

–Pero vivió aquí antes. En serio, Montana, ¿cuántos hombres de la edad aproximada de mamá que en otro tiempo vivieron aquí se llaman Max? Te digo que es él.

–No sé si quiero que lo sea –reconoció Montana–. Es duro pensar que mamá quiso tanto a un hombre que se tatuó su nombre y que luego conoció a papá.

Bentley se subió a sus rodillas. Ella lo acarició distraídamente.

–Pero Max te cae bien –insistió Nevada.

–Sí, me cae muy bien. No me importaría que mamá y él fueran pareja. Pero odio pensar que mamá quiso a otra persona. Ya sabes, antes.

–¿Porque papá debería ser el amor de su vida?

–Sí.

–¿Y saber quién es Max cambiaría eso?

–Puede que no –su madre tenía derecho a tener un pasado. Todo el mundo lo tenía–. ¿Sabes? Si de verdad es ese Max, esto podría ponerse muy interesante, ¿no crees?

Nevada suspiró.

–Vaya, ¿cómo no me habré dado cuenta antes?

–¿De qué estás hablando?

–De ti. A ti te pasa algo. ¿Es por Simon? ¿Ha pasado algo?

–No, nada. Ese es el problema.

–Creía que os habíais acostado.

Ella puso los ojos en blanco.

–El sexo no resuelve los problemas, los crea.

–O sea, que ha pasado algo.

–Yo sabía que iba a marcharse. Lo he sabido desde el principio. Aunque Marsha me haya pedido que lo convenza para que se quede, todos sabemos que eso es imposible –acurrucó a Bentley, que estaba soñoliento–. Pero no me importaba. Hacía bastante tiempo que no me sentía atraída por nadie. Me gustaba estar con él y cómo me sentía a su lado. Así que lo de que se marchara me parecía simplemente algo a lo que tendría que enfrentarme después.

–¿Y qué ha cambiado?

Montana miró a su hermana.

–Creía que le importaba. Creía que él también sentía algo por mí. Y resulta que no soy más que un ligue de conveniencia. Una forma de echar un polvo.

–¿Estás segura?

–Esa fiesta que va a haber en el hospital... Simon es el invitado de honor o algo parecido. Y no me ha pedido que vaya con él.

Nevada no pareció tan escandalizada como habría querido Montana.

–¿Estás segura de que es por ti? –preguntó su hermana.

–¿Por qué iba a ser, si no?

–Por él. Por lo que me has contado, a Simon no le gusta ser el centro de atención. Así que, ¿por qué iba a llevarte a un acto como ese, donde todo el mundo estaría pendiente de vosotros? Puede que lo que quiera sea protegerte, más que evitarte.

–Tú no tienes ni idea –replicó Montana, enfadada por que Nevada no se pusiera de su parte.

–Y tú no puedes estar segura de tener razón. Por lo menos, hasta que se lo preguntes –su hermana respiró hondo–. Tiendes a culparte cuando algo sale mal.

–Esta vez estoy culpando a Simon.

–Yo creo que no. Hablas de vuestra relación como si constantemente estuvieras dando cosas por sentadas y te equivocaras. ¿Y si no te equivocas? ¿Y si en vez de ser un capullo solo intenta ser amable?

–Odio que te pongas racional –refunfuñó Montana, aunque pensaba que quizá Nevada tuviera razón.

–Lo único que digo es que hables con él. Averigua por qué no te ha invitado a acompañarlo. Y si te dice que es porque no le interesas o no quiere que os vean juntos, dale una patada en los testículos y márchate.

–No sería la primera vez que nos vieran juntos.

–Entonces pregúntaselo.

–De acuerdo.

Nevada frotó la nariz contra los cachorros que sostenía.

–Sabes que te estás enamorando de él, ¿verdad? Ese es el verdadero problema.

Montana no quería ni oír hablar de aquello.

–No me he enamorado aún.

Su gemela sacudió la cabeza.

–Sí, Montana. Te has enamorado de él.

Capítulo 15

–Esto es una tontería –le dijo Daniel a Montana mirándola con los brazos en jarras–. No quiero estar aquí. Quiero estar fuera con mis amigos.

Montana dejó el libro que sostenía y lo miró con enfado.

–Caray, eso sí que es una noticia. La semana pasada dijiste lo mismo, y la anterior también, y la otra. Si de verdad estás tan harto, ¿por qué sigues viniendo? ¿Qué sentido tiene? ¿Por qué no te olvidas de este asunto? A fin de cuentas, no es más que lectura. No tienes por qué ir al instituto y jugar al fútbol. Puedes dejar los estudios y buscarte un trabajo. Ah, espera. Para tener trabajo hay que saber leer.

Alargó el brazo para acariciar a Buddy, que se había acercado a ver qué pasaba.

–Estoy harta de que la gente no lo intente y luego se queje cuando las cosas se ponen feas. Estoy harta de la gente que no se esfuerza. ¿Se te ha ocurrido pensar alguna vez que Buddy también preferiría estar fuera, jugando con sus amigos? Pero no lo está. Está aquí, ayudando. Porque así es él. Y yo también estoy aquí. ¿Lo valoras? ¿Nos lo agradeces? Claro que no. Porque es duro. ¿Lo sabías? A veces la vida es dura. Hay que aprender a lanzar a canasta antes de ser un as del baloncesto. Al principio nunca o casi nunca encestas. Pero un día aciertas y después todo es más fácil. Pero solo porque le has puesto empeño –agarró otra vez el libro–. Para que lo sepas, Daniel: yo no voy a tirar la toalla, ni Buddy tampoco. Y desde luego tú tampoco.

Cuando acabó de hablar, el chico tenía los ojos como platos y parecía un poco nervioso. Pero no salió corriendo ni pidió socorro, y Montana se lo tomó como una buena señal.

Suspiró.

–Lo siento. Sé que estoy despotricando. Pero es que leer es muy importante. Por eso hemos hecho este taller. Un amigo mío sufrió quemaduras muy graves cuando tenía más o menos tu edad. Pasó casi cinco años en el hospital, esforzándose por recuperarse. Ahora es un cirujano brillante y salva vidas. Mi sobrino tuvo un accidente de coche y se hizo muchos cortes en la cara. Ese médico consiguió curarlo. Pero ¿y si hubiera tirado la toalla? ¿Y si hubiera llegado a la conclusión de que era demasiado esfuerzo?

–Yo no voy a ser médico –balbució Daniel.

–¿Cómo lo sabes?

Él se quedó mirándola un rato.

–Te tomas esto muy en serio.

–Sí, claro. ¿Tú no?

–Supongo que ahora sí.

Daniel agarró el libro y se acercó a la silla. Buddy lo siguió y se acomodó a su lado. Montana salió de la habitación, pero se quedó donde pudiera oírle.

Debía de estar muy mal si empezaba a gritar a los niños, pensó con un suspiro. De pronto su vida parecía muy complicada y no estaba segura de cómo solucionarlo. Necesitaba un plan o un masaje, o quizás un helado.

Apoyada en la pared, escuchó a Daniel leyendo despacio. Como siempre, alargaba cada palabra. Avanzaba trabajosamente, lo cual tenía que ser muy desalentador para él, pensó Montana. Quizá debería haber alguien con él para ayudarlo de alguna otra manera. Tal vez el perro no le estuviera sirviendo de nada.

–Hay... quin... ce... za... pa... tos... de... debajo... –Daniel se paró un momento–. Hay quince zapatos debajo de la cama.

Había leído la frase con claridad y sin titubear. Montana se incorporó, pero se dijo que no debía hacerse ilusiones. Tal vez el niño hubiera memorizado aquella frase por accidente. Pero mientras intentaba no echar las campanas al vuelo, comprendió que la lectura era así: de pronto, de un instante para otro, una serie de sonidos aislados se convertían en palabras.

–Quince zapatos para quince niños –prosiguió él–. El señor Smith sabía que todos se alegrarían cuando les dijera lo de los zapatos.

Montana miró la puerta abierta, preguntándose si había oído bien. Daniel siguió leyendo. Su voz fue llenándose de entusiasmo a medida que avanzaba. Luego se oyó un golpe y el niño salió corriendo de la sala.

–¡Sé leer! –gritó–. ¡Estoy leyendo el cuento! ¡Escucha!

Abrió el libro por la primera página y empezó a leer desde el principio. Leyó sin vacilar, con Buddy expectante a su lado, como si no supiera si aquello era bueno o malo. Montana sonrió.

–¡Lo has conseguido!

–Es como lo que has dicho de lanzar a canasta. Al principio no podía, pero ahora es más fácil –corrió por el pasillo hacia el carrito lleno de libros para recolocar en las estanterías. Rebuscó entre ellos y sacó un cuento acerca de un conejito solitario.

–«El conejito se sentía muy solo» –leyó, de pie en medio del pasillo–. «Lo único que quería era tener un amigo. Pero cuando bajaba al estanque, los patos no querían hablar con él. Le daban la espalda y se metían en el agua, dejándolo atrás» –levantó la vista, los ojos brillantes–. ¡Sé leer!

Montana sonrió.

–Claro que sí. Has estado practicando y has ido mejorando, pero hasta ahora no te has dado cuenta.

El niño se acercó a ella y se abrazó a su cintura.

–Gracias por gritarme. Me has ayudado un montón.

–Lo recordaré para la próxima vez.

Daniel se rio y la soltó. Luego volvió corriendo al carrito de los libros.

–Ayúdame a encontrar más libros, por favor. Quiero llevármelos a casa para practicar. Puedo leerle a nuestro gato, ¿verdad? Se quedará dormido, pero da igual. Luego le daré una sorpresa a mi madre.

Antes de que Montana llegara a su lado, echó a correr llamando a gritos a la señora Elder y anunciando a los cuatro vientos que ya sabía leer.

Montana se agachó junto a Buddy y acarició su cara.

–Lo has hecho muy bien –le dijo–. Eres un buen chico. Por eso lo hacemos, ¿no? Para ayudar a un niño a aprender a leer, o para que alguien en la residencia sonría. Tú cambias un poco la vida de la gente, y yo también. Los hombres vienen y van, pero nosotros siempre tendremos nuestro trabajo.

Buddy la miró muy serio. Luego le lamió la nariz.

–Gracias –le dijo Montana–. Yo también te quiero.

–Si no sabe hacer su trabajo como es debido, que la asignen a otra unidad –dijo Simon ásperamente.

La enfermera, recién salida de la facultad, se sonrojó.

–Doctor Bradley, yo...

–¿Tiene una excusa? Seguro que sí. Pero esto es una unidad de quemados. No hay lugar para excusas. El señor Carver se ha quemado el brazo con un soplete industrial. Hasta que sepa usted lo que es eso, hasta que haya sufrido ese dolor, no se le permite poner excusas. Salga de esta planta y no vuelva. ¿Me he explicado con claridad?

La enfermera rompió a llorar y salió corriendo.

Simon vio que sus compañeras lo miraban y que luego volvían discretamente al trabajo. Sin duda durante los días siguientes tendría que soportar toda clase de quejas. Siempre ocurría lo mismo cuando echaba a alguien de su unidad. Pero ¿acaso era demasiado pedir que la gente hiciera bien su trabajo?

Se dirigió hacia su despacho, consciente de que la gente se escabullía en las habitaciones para evitarlo. En aquel rincón del mundo era un dios. Un dios vengativo. Se le pedía que lo diera todo y esperaba lo mismo de quienes lo rodeaban.

Entró en su despacho y cerró la puerta. Al acercarse a su mesa reconoció para sus adentros que el problema era Montana. La echaba de menos. No, no era solo eso. También era que le había hecho daño.

Aquella maldita fiesta benéfica... No quería ir, ni quería llevarla. Habría disfrutado pasando la velada con ella, claro, pero se sentía tan incómodo, tan violento en aquellos eventos... Jamás se le había pasado por la cabeza hacerla pasar por eso.

Pero Montana no lo veía de ese modo. Daría con alguna otra explicación.

Simon rara vez se permitía sentir remordimientos. No tenía sentido. Siempre lamentaba perder a un paciente, aunque no pudiera hacer nada por él. Pero no se arrepentía de las decisiones que tomaba, de cómo vivía, de estar solo. Todo eso formaba parte del pacto que había aceptado hacía años. Pero lastimar a Montana...

Sacudió la cabeza. De eso sí se arrepentía.

Alguien llamó a la puerta. Antes de que pudiera responder, la puerta se abrió y Reese Hendrix asomó la cabeza.

—Hola, doctor Bradley —dijo con una sonrisa—. He venido a ver a Kalinda. Me ha traído mi abuela, pero dice que le pregunte a usted primero. ¿Le parece bien?

–Seguro que se alegra mucho de verte –indicó al chico que pasara y lo observó a la luz del techo–. No sé quién será tu médico, pero ha hecho un trabajo estupendo.

Reese se rio.

–Ya sabe quién es.

Simon le dio una palmada en el hombro.

–Vamos –dijo–, te acompaño. Sisi, la perrita de Kalinda, lleva allí un rato. Voy a sacarla a dar un paseo mientras charláis.

Fay acababa de salir de la habitación de su hija cuando se acercaron. Por una vez no parecía al borde de las lágrimas.

–Hola, Reese. Doctor Bradley, creo que Kalinda está mejor. Quiere un helado de la cafetería. Voy a traérselo. ¿Quieres que te traiga algo, Reese?

–No, gracias –contestó el chico, y entró en la habitación.

–Puede tomar helado, ¿verdad? –preguntó Fay–. Hacía tiempo que no tenía apetito.

–Si lo tiene es que se está recuperando.

–También le ha bajado la fiebre. Estoy contentísima –sonrió y le tocó el brazo–. Estamos superando esto gracias a usted. No sé qué habríamos hecho sin usted.

Habrían tenido otro médico, pensó Simon, pero se preguntó si ese médico se habría interesado tanto por su caso, si habría hecho tanto como él. Su cabeza le decía que sí, que cualquier médico habría puesto tanto empeño como él, pero su instinto le decía lo contrario. Él no tenía distracciones. Se dedicaba exclusivamente a sus pacientes.

Al menos así había sido siempre hasta conocer a Montana.

Intentando olvidarse de ella, entró en la habitación. Reese ya había encendido la consola y Kalinda había levantado su cama para incorporarse.

–Hola, chicos –dijo Simon.

–Vamos a jugar una partida, doctor Bradley –le dijo Kalinda–. ¿No puede esperar hasta después?

–Solo he venido a sacar a Sisi a dar un paseo.

Se volvió hacia la perrita, que ya se había puesto de pie y lo miraba con adoración. Cuando hizo ademán de levantarla en brazos, ella se giró y le ofreció el trasero. Montana le había explicado que aquello significaba «puedes auparme». Simon pasó un brazo por debajo de su pecho. Ella empujó un poco hacia arriba, apoyándose en la cama como si le ofreciera ayuda.

–Pesas tres kilos, pequeña –masculló él–. No necesito que me ayudes.

Kalinda se rio.

–Siempre lo hace. Es muy educada.

Educada o no, la perrita se estremecía de emoción e intentaba acercarse para llenarle la cara de besos. Su rabo golpeaba alegremente el pecho de Simon. Reese levantó la mirada.

–Le gusta usted mucho.

–Eso me han dicho. Enseguida vuelvo.

–Vale.

Ninguno de los chicos le prestaba ya atención, y así debía ser. Se pasó un momento por su despacho para poner el arnés y la correa a Sisi y la llevó fuera en brazos. Se acercó a una pradera de césped y la dejó en el suelo. Ella comenzó enseguida a olfatear y luego hizo pis. Simon pensó que seguramente le apetecía estirar un poco las patas. Montana la había llevado temprano esa mañana.

–¿Te apetece dar una vuelta por el jardín? –preguntó.

Sisi lo miró ladeando la cabeza como si intentara entenderlo. Meneó la cola. Echaron a andar por la acera. Simon pensaba dar una vuelta al complejo hospitalario, incluidos los aparcamientos al aire libre. Serían casi dos kilómetros.

Por las mañanas, cuando hacía sus ejercicios diarios, procuraba ver las noticias. Le servían de distracción. Ahora, en cambio, con la perrita trotando a su lado, no había nada que le impidiera sumirse en sus pensamientos.

A pesar del entusiasmo de Fay por la mejora de su hija, él prefería mantener la cautela. Todavía cabía la posibilidad de que Kalinda empeorara, y él no podía hacer nada por evitarlo. Pero no podía decírselo a su madre, desde luego. Quizá Kalinda se estuviera recuperando de verdad y todo saliera bien. Estadísticamente era lo más probable, pero su experiencia le hacía mostrarse cauteloso.

Sisi se detuvo junto a un árbol y se puso a husmear. Se agachó, orinó un par de gotas y luego lo miró con satisfacción.

–¿Quieres que sepan que has estado aquí? –preguntó él.

Ella meneó la cola y siguió andando.

La mañana era templada y la tarde prometía ser calurosa. El verano en Fool's Gold era precioso: el cielo estaba casi siempre azul y las montañas que se alzaban al este eran de un verde intenso.

Mientras paseaban, Simon pensó en Montana. Era imposible eludir lo que había pasado entre ellos. Imposible disfrazar el hecho de que la había ofendido. Había sido una estupidez pensar que ella no daría importancia a la fiesta benéfica. Teniendo en cuenta el tiempo que pasaban juntos, era lógico que esperara que la invitara a acompañarlo.

No había sido su intención hacerle daño. Pero nunca antes había tenido que preocuparse por los sentimientos de una mujer. Sus relaciones, siempre pasajeras, solían estar desprovistas de sentimientos por ambas partes. Había un ligero interés, un poco de conversación y una descarga de tensión sexual. Poco más.

Con Montana era distinto. Por fin entendía lo que quería decir la gente cuando afirmaba que alguien se le había metido bajo la piel. Era más que una frase hecha: era una sensación física. Un ansia, una necesidad, la imposibilidad de olvidar o ignorar a otra persona.

Seguía viendo la expresión dolida de Montana, la tristeza de sus ojos. Cuando se acordaba se sentía culpable, porque siempre procuraba no acercarse lo suficiente a alguien como para hacerle daño. Si no establecía vínculos emocionales, era por un motivo. En parte era porque siempre estaba viajando, y en parte porque no quería sentirse culpable.

Imaginaba que la solución más lógica era poner fin a su relación de una vez por todas. Alejarse, completar su estancia allí y marcharse. Limpiamente.

Pero cada vez que pensaba en hacerlo, algo dentro de él se rebelaba. ¿Cómo iba a apartarse de ella? Montana no solo lo obsesionaba: también había afirmado que ya no veía sus cicatrices. Era la primera vez que alguien le decía algo así. La gente se acostumbraba a ellas, las consideraba una parte de su ser, pero nadie había sido capaz de olvidarse por completo de ellas.

Simon siempre había sabido que ella era especial, pero aquella sencilla afirmación le había hecho comprender que era mucho más que eso. Que era más de lo que él merecía. Y que hacerle daño sin motivo, causarle la más leve punzada de tristeza, sería un ultraje imperdonable.

—Complicaciones —masculló.

Sisi lo miró y movió el rabo. Regresaron a la entrada lateral, por donde habían salido. Al acercarse a las escaleras, Sisi se detuvo y le dio la espalda para que la tomara en brazos.

—Eres muy lista, pequeña —dijo él, acercándola a su pecho.

Sisi le dio un rápido lametazo en la barbilla y se acurrucó contra su pecho como si ni siquiera se le pasara por la cabeza que pudiera dejarla caer.

—Cuánta confianza.

La llevó a la habitación de Kalinda pensando en quitarle el arnés allí. Pero al acercarse a la puerta entornada oyó llorar a alguien.

—No —dijo Reese en tono suplicante—. No llores.

—No quiero estar así.

—Solo son quemaduras.

Simon se detuvo.

—Son horribles, y duelen, y estoy fea. Ya seré siempre fea —cada vez sollozaba más fuerte—. No le gustaré a nadie. Ningún chico me pedirá salir. Nunca me casaré.

Simon imaginaba lo incómodo que debía de sentirse Reese. Estaba a punto de entrar en la habitación para ver si podía ayudar cuando el chico dijo:

—No eres fea y tendrás montones de amigos. ¿Sabes qué te digo? Que si ningún chico te pide que te cases con él y todavía quieres casarte, te lo pediré yo. Podemos casarnos.

—¿Lo dices en serio?

—Claro. Te lo prometo.

Simon entró y vio que Kalinda sonreía, llorosa.

Así de fácilmente, pensó él. Porque Kalinda era como Sisi: confiaba en que nadie fuera a hacerle daño premeditadamente. Se descubrió deseando asegurarse de que esa confianza no se rompiera. Que Kalinda creciera como había crecido Montana: a salvo en un mundo que cuidaba de ella.

Montana estaba en el césped, en casa de Max. Los perros y los cachorros estaban jugando a saltar por encima de ella. O, en el caso de los cachorros, a trepar por ella.

Tumbada sobre la hierba cálida, miraba el cielo intentando aclarar sus ideas. Sus planes eran muy sencillos, pero durante las semanas anteriores se habían visto alterados por un montón de acontecimientos.

Max salió de la casa y echó a andar hacia ella. Montana se sentó y observó a su jefe, fijándose en su paso largo y relajado y en su apariencia tosca, pero atractiva. De joven tenía que haber sido irresistible, se dijo. Alto, delgado y seguramente un poco peligroso. ¿De veras se había enamorado su madre de él? Y si así era, ¿por qué había decidido Denise quedarse en Fool's Gold y casarse con Ralph Hendrix?

Montana todavía no había encontrado un modo de hablar con Max de aquel asunto. Empezar una conversación con su jefe diciéndole: «Mi madre tiene tu nombre tatuado en la cadera. ¿Eres tú?» no le parecía el camino más corto para que la nombraran empleada del mes. Además, no estaba nada segura de querer conocer los detalles.

Max entró en la pradera vallada. Todos los perros corrieron hacia él, ansiosos de que les prestara atención. Max se agachó y acarició a todos los que pudo.

—Te han traído una cosa.

—¿Un paquete? Yo no he pedido nada.

—No es un paquete. Son flores. Y por el tamaño del ramo, el tipo en cuestión debe de haber metido la pata hasta el fondo.

¿Flores? De pronto se puso como un flan, lo cual era una tontería. Sí, las flores eran probablemente de Simon. Era el único hombre que había en su vida. Pero, tal y como había descubierto hacía poco, su relación era unilateral. Mandarle flores era un detalle encantador, pero no cambiaba nada.

Se levantó.

—Pero ¿qué dices? ¿Qué importa el tamaño?

Su jefe se rio.

—Cariño, si hablamos de un hombre, el tamaño siempre importa. Cuanto más haya metido la pata, más grande es el ramo. Y por las proporciones de este, yo diría que ha herido de gravedad a un miembro de tu familia.

—Claro que no —respondió ella al cruzar la valla y cerrarla con cuidado a su espalda.

Se apresuró hacia la casa, que también servía como oficina. Entró por la puerta de atrás. Las flores estaban en la cocina. El ramo era tan grande como decía Max. El jarrón tenía al menos medio metro de alto y de él salía un tropel de flores exóticas que se estiraban hacia el techo. Montana reconoció varios tipos de orquídeas, pero luego se perdió por completo. Su madre seguramente sabría cómo se llamaban todas. Eran frescas y radiantes, y su delicada fragancia la atraía hacia ellas. Vio la tarjeta y la recogió, pero dudó antes de abrir el sobre, diciéndose que lo que dijera Simon no cambiaba nada. Pero abrió el sobre de todos modos y leyó la nota. *No se me dan muy bien estas cosas. Lo siento*.

Montana arrugó el ceño, mirando la tarjeta. No estaba segura de qué quería decir Simon. ¿Lamentaba que no se le diera muy bien lo que fuera de lo que estaba hablando? ¿O quería decir que lo sentía y que lo suyo se había terminado?

—Pensaba que ibas a ponerte contenta cuando las vieras —dijo Max.

Ella le tendió la tarjeta.

—Tú eres un hombre. Dime qué significa esto.

—No tengo las gafas de leer. Dime qué dice y te diré lo que significa.

Montana le leyó el breve mensaje.

—¿Y bien?

—No tengo ni idea. ¿Por qué os peleasteis?

—No nos peleamos. No fue así. Yo... —suspiró—. Sé que va a marcharse. Sé que esto es temporal. Cometí el error de pensar que mientras estuviera aquí éramos pareja. Pero él no lo ve así.

—¿Cómo lo sabes?

Montana le habló de la fiesta para recaudar fondos y de cómo le había quedado claro que Simon no tenía intención de invitarla a que lo acompañara.

—Es el tipo de acto al que las parejas suelen ir juntas. Una cosa de novios. Si le importara algo, me lo habría pedido. Soy una idiota.

—Eres muchas cosas, Montana, pero no eres idiota. Por lo que me has contado sobre ese tipo, yo diría que está loco por ti. Si no le importaras, ¿por qué iba a disculparse? Puede que si no te ha pedido que vayas con él a esa fiesta sea por él, no por ti.

Lo mismo había dicho Nevada, pensó Montana, molesta.

—¿Por qué te pones de su parte?

Max se acercó a ella y la rodeó con el brazo. Luego la besó en la coronilla.

—Hemos sobrepasado oficialmente mis capacidades para darte consejos sobre tu vida amorosa. No me estoy poniendo de su parte. Solo digo que, antes de dar por sentado que es un capullo, averigües por qué no te lo ha pedido.

Su jefe salió de la cocina, dejándola a solas con un enorme ramo de flores y una tarjetita misteriosa. Y ninguna de las dos cosas podía darle una respuesta.

Tuvo que poner el ramo de flores en el suelo del asiento de atrás, y aun así las puntas de los tallos rozaban el techo. Al llegar a casa, las flores se apoderaron de su minúsculo comedor y su olor se extendió por toda la casa.

Apenas pudo probar bocado y pasó una hora intentando ordenar su armario. Pero estaba distraída. No dejaba de pensar en Simon.

A las siete y media oyó que llamaban a la puerta. Enseguida comprendió quién era. Cuando se acercó a la puerta aún no estaba segura de qué iba a decir ni de cómo iba a actuar.

Simon estaba en el porche. Tenía ojeras. Parecía cansado. No, parecía agotado. Montana sintió de pronto deseos de hacerlo entrar y abrazarlo, como si así pudiera pasarle sus fuerzas y hacer que se sintiera mejor.

—Odio esas fiestas —comenzó a decir él—. En todas partes lo hacen, organizan una fiesta para recaudar fondos y yo soy el invitado de honor. Todo el mundo quiere hablar conmigo. Pero yo no soy de los que tienen anécdotas divertidas que contar en un cóctel, ni es el ambiente más adecuado para que me ponga a hablar con detalle de mi trabajo. Si no te pedí que vinieras fue porque odio tener que ir, no porque quisiera hacerte daño.

Ella retrocedió para dejarlo pasar. Simon entró en el cuarto de estar y se volvió para mirarla.

—Yo no hago estas cosas —añadió—. No me implico. Pero nunca he deseado a nadie como te deseo a ti. Empezó siendo química, pura atracción sexual. Ni siquiera sé cómo llamarlo. Pero ahora es distinto. Es mucho más grande y no puedo controlarlo, y no puedo estar lejos de ti.

Ella lo miraba fijamente, intentando asimilar todo lo que había dicho. Parecía extrañamente vulnerable, a pesar de ser un hombre que cambiaba la vida de las personas con la magia que obraban sus manos. Parecía expuesto. Como si ella pudiera verlo por completo y él lo supiera y le preocupara.

En todas sus relaciones amorosas, a Montana le había preocupado no dar la talla. Le habían dicho una y otra vez que no era suficiente. Y sin embargo allí estaba Simon, tan maravilloso y amable, preocupado por lo mismo. Por no ser suficiente. ¿Cómo no iba a quererlo?

Se acercó a él y puso las manos sobre las solapas de su chaqueta antes de quitársela. La agarró al caer y la dejó en el respaldó de su sofá.

Simon agarró sus brazos.

—Di algo.

—Gracias por las flores.

Se puso de puntillas para besarlo. Él inclinó la cabeza y la besó. Al primer contacto, al sentir el primer roce de su aliento, Montana comenzó a relajarse. Más tarde pensaría en sus palabras, dejaría que restañaran sus heridas, pero por ahora lo único que necesitaba era estar con él.

Simon se apartó un poco.

–¿No quieres hablar de lo que ha pasado? –preguntó.

–No.

No le hacía falta. Ya no.

Simon la atrajo hacia sí de nuevo y la estrechó con fuerza entre sus brazos, apoderándose de su boca. Montana se estremeció. Él comenzó a acariciarla: deslizó las manos por su espalda, tocó sus brazos, tomó su cara entre las manos. Ella sentía su erección, pero sentía, más que cualquier otra cosa, su ansia, y correspondía a él con el mismo ardor.

Lo tocó, enredándose con los botones de su camisa. Debajo llevaba una camiseta y Montana gruñó de impaciencia al subirla para tocar su piel desnuda. Él bajó la cremallera de su vestido, desabrochó su sujetador y comenzó a acariciar sus pechos.

La pasión se apoderó de ambos. El deseo creció hasta hacerse más urgente que la necesidad de respirar. Montana ya estaba húmeda y ansiosa. Le temblaban las piernas.

–Tómame –susurró contra su boca al tiempo que tiraba de su cinturón.

Él se quedó parado, los ojos fijos en los suyos.

–Tómame –repitió ella, frotando su miembro erecto.

Él tardó un momento en reaccionar. Luego la agarró de la mano y la llevó al dormitorio. Abrió con tanta fuerza el cajón de la mesita de noche que lo tiró al suelo. Todo lo que contenía salió volando, pero Simon encontró la caja de preservativos en cuestión de segundos.

Mientras la abría, ella se quitó el tanga y se metió en la cama. Simon se quitó los zapatos a puntapiés, se desabrochó los pantalones, se los bajó y se reunió con ella.

–Montana, debería...

–No.

Deslizó la mano entre sus cuerpos y lo guió hacia ella. La punta de su pene rozó la abertura de su sexo, y ella se movió hacia delante y empujó hacia arriba cuando la penetró. Su verga la llenó por completo. Montana le rodeó las caderas con las piernas, atrayéndolo hacia sí. Simon siguió besándola, jugueteando con su lengua mientras la penetraba cada vez más fuerte y más rápido. Ella se extravió en aquella carrera frenética hacia el orgasmo. Lo tocaba por todas partes, se aferraba a él, ansiosa, movía las caderas mientras sus músculos se tensaban. Con cada embestida de Simon, su tensión crecía.

Él se apartó un poco para poder mirarla a los ojos. Montana le sostuvo la mirada, consciente de que veía el placer reflejado en su cara. Mirándola todavía, él se irguió un poco más. Mientras la penetraba, deslizó una mano entre los dos y comenzó a frotar su sexo hinchado. Un círculo, dos y, al tercero, el orgasmo se apoderó de Montana y las oleadas de placer la embargaron, haciéndola temblar, gritar y aferrarse a él.

Después, Simon sofocó un grito y se quedó quieto. Sus músculos vibraron cuando se entregó a ella.

Más tarde, desnudos bajo las sábanas, él acarició su cara.

—No te comprendo —dijo—. Ya no estás enfadada.

—No, no lo estoy.

—Pero no por las flores.

—No. Es por lo que has dicho.

Nevada y Max tenían razón: Simon había actuado así por motivos que tenían que ver con él, no con ella. En realidad, había intentado protegerla.

—No lo entiendo.

Ella sonrió.

—No hace falta que lo entiendas.

—Supongo que no —pasó los dedos por sus labios—. Se me está ocurriendo que quizá no opines lo mismo que yo sobre esa fiesta.

—Tienes razón.

—Entonces, quizá te gustaría ir conmigo.

—Quizá.

—¿Lo harás?

Montana comprendió que iría con él a cualquier parte. Pero eso no era lo que le había preguntado, ni aquel era momento de decírselo.

—Estaría encantada de ir contigo. Haré todo lo posible por evitarte lo peor de la fiesta.

—Creo que eso ni siquiera tú podrás conseguirlo.

Ella se rio.

—Ya veremos.

Capítulo 16

—Explícamelo —dijo Max mientras caminaba por la acera, junto al parque, con Cupcake, uno de los perros a los que estaban adiestrando.

Montana miró hacia donde señalaba y vio a varias animadoras ensayando.

—¿Qué hay que explicar? Tú ves el fútbol. No es la primera vez que ves un equipo de animadoras.

—Hay muchas.

—Aquí, en el pueblo, se anima a todas las chicas a participar. Deberías verlas en Navidad.

Max la miró.

—¿En Navidad?

—Actúan para recaudar dinero con el que irse de campamento en verano. Se las puede contratar para que vayan a bailar a una casa particular. También actúan en eventos empresariales. A los turistas les encantan.

—Fool's Gold se ha vuelto muy raro estos últimos años.

—Es maravilloso. No seas tan quejica.

Caminaban uno junto al otro, cada uno con un perro. Buddy paseaba al lado de Montana. Esta vez, su función consistía en mostrarle a Cupcake cómo se hacía. Cupcake era uno de los perros más inteligentes que tenían, pero tenía cierta tendencia a meterse en líos. Max no estaba seguro de que fuera a ser un buen perro de terapia.

—Hoy estás más contenta —comentó—. ¿Ganaste la pelea?

—No hubo ninguna pelea, ni hubo ganador. Tenías razón: no me pidió ir a la fiesta por motivos que no tienen nada que ver conmigo. Se está portando muy bien. Aunque sea de un modo un poco raro y retorcido.

—Todo lo bueno tiene su lado malo. El caso es que ganaste.

—No —gruñó ella—. Si quieres ganar, inevitablemente tiene que haber un perdedor. Y ese no es buen modo de tener una relación de pareja. Las dos partes se tienen que sentir a gusto. Si no, ¿qué sentido tiene?

—Eres muy sabia, pequeña saltamontes.

Montana se rio.

—Todavía no, pero voy camino de serlo.

Por una vez, las calles estaban tranquilas. Apenas había turistas y solo había algunos vecinos paseando. Habían dejado atrás a las animadoras y el aire estaba cargado de silencio.

—Max, ¿tú conocías a mi madre de antes?

Él siguió mirando a Cupcake.

—¿Por qué lo preguntas?

—Porque lleva la palabra «Max» tatuada en la cadera y me preguntaba si serías tú.

Se quedó callado un rato. Luego se detuvo y la miró de frente.

—Deberías preguntar a tu madre.

Montana sintió que se le abría la boca.

—Eso significa que sí.

Sabía lo que le había dicho Nevada, lo que creía su hermana, pero lo había descartado. Era imposible que su madre hubiera salido con Max Thurman. Pero al parecer se equivocaba.

—Salisteis juntos. ¡Estuvisteis juntos! ¿Qué pasó? ¿Por qué te fuiste del pueblo? ¿Fue por mi padre? ¿Quién estaba primero, tú o él? —las ideas se agolpaban en su cabeza—. ¿Estabas enamorado de ella?

–Hija, no voy a contestar a ninguna de tus preguntas. Como te decía, si quieres saber más, pregunta a tu madre. Es asunto suyo.

–¿Y tuyo?

Él levantó las cejas como si le preguntara: «¿De veras crees que soy tan estúpido?». Después siguió paseando a Cupcake. Montana lo siguió.

–¿No vas a decir nada más? –preguntó.

–¿Sobre ese tema? No.

–Entonces, ¿tenemos que hablar de otra cosa?

–Sugiero que sí.

Montana se recostó en un sillón del cuarto de estar de Dakota mientras Hannah jugaba en una manta, en el suelo. Nevada y Kent estaban mojando nachos en salsa de tomate y Dakota estaba sentada en el sofá con los pies en alto.

–Ethan dice que estamos haciendo una montaña de un grano de arena –comentó Nevada después de masticar y tragar–. A veces es un auténtico pelmazo. Creo que es demasiado feliz con Liz y todos sus niños. Se está volviendo un mojigato.

–Sí, lo sé –dijo Montana–. Está empeñado en que nos olvidemos de este asunto. Pero yo no puedo. Es tan extraño...

–Mamá no cayó del cielo perfectamente formada el día en que se casó con papá –dijo Dakota con aire razonable, y apoyó la cabeza contra el respaldo del sofá–. ¿A quién intento engañar? Todo esto me da pavor. No quiero que tenga una vida antes de papá. No está bien. Siempre he sabido lo del tatuaje, pero intentaba convencerme de que era una extraña marca de nacimiento.

Kent se sentó en el suelo, con Hannah, y la puso sobre su regazo.

–Recuerdo que una vez, cuando tenía la edad de Reese, vi a una profesora mía con su novio en el cine. Fue de lo más extraño. Hasta ese momento no se me había pasado por la cabeza que los profesores tuvieran vida más allá del colegio. Imagino que pensaba que los apagaban y los guardaban en una caja hasta que llegaba la hora de clase.

–Esto es más grave que ver a una profesora comiendo palomitas –dijo Nevada–. Se trata de mamá y Max Thurman. Lo del tatuaje es muy fuerte. Cuando mamá tenía diecinueve o veinte años, las chicas formales no se hacían tatuajes. No era como es ahora. Así que está claro que entre ellos hubo algo serio.

Montana tenía la sensación de que ese «algo» era sexo salvaje.

–Fuera lo que fuese, acabó cuando se casó con papá. ¿No es eso lo que importa?

–Pero ¿por qué acabó? –preguntó Dakota.

Montana entendía perfectamente la importancia de esa pregunta. Una cosa era que su madre hubiera conocido a Ralph, se hubiera enamorado perdidamente de él y hubiera dejado a Max. Y otra bien distinta que Max la hubiera dejado a ella, o que de algún modo se la hubiera robado a su padre. Pero eso no podía ser, porque a fin de cuentas, Denise se había casado con Ralph, no con Max.

–Podríamos preguntárselo –dijo Nevada, indecisa.

–Podrías preguntárselo tú –dijo Montana. Respiró hondo–. Intento convencerme de que le estoy dando demasiado importancia a este asunto. Así que tuvo un novio, ¿y qué?

–No supondréis... –Dakota se interrumpió. Todos la miraron.

–¿Qué? –preguntó Nevada, y sacudió la cabeza–. No. Imposible. No puedo aceptarlo.

–¿Aceptar qué? –preguntó Kent.

Montana estaba a punto de preguntar lo mismo cuando se dio cuenta de lo que quería decir su hermana. Si Max había sido el primero, ¿cabía la posibilidad de que su madre estuviera embarazada cuando se casó con Ralph? ¿Embarazada de Max?

–No, no creo –dijo Montana.

–¿Que no crees qué? –preguntó Kent–. Odio que hagáis esto.

–¿Y si mamá estaba embarazada de Max cuando se casó con papá? –preguntó Montana–. Entonces Ethan sería hermano nuestro solo de madre.

–Estáis las tres locas –Kent siguió jugando con Hannah. La bebé sonreía alegremente mientras brincaba sobre sus rodillas–. Ethan es nuestro hermano de padre y de madre. ¿Lo habéis visto? Es igual que papá. No sé qué pasó con Max, pero no tiene nada que ver con nosotros seis. Le estáis buscando tres pies al gato.

Las hermanas se miraron entre ellas.

–Tiene razón –dijo Dakota–. Pero Max es muy sexy y tiene un aire peligroso, incluso ahora. Imagínate cómo era treinta y cinco años atrás.

–¿Es necesario? –preguntó Kent.

–Dakota tiene razón –Nevada se removió en su asiento–. Max es uno de esos tíos que vuelven locas a las mujeres. Tuvieron que estar juntos antes de que mamá conociera a papá. No puedo creer que mamá estuviera saliendo con papá, que lo dejara por Max y se hiciera el tatuaje y luego volviera con papá.

–Tenemos que descubrir qué pasó entre ellos –afirmó Dakota.

–No necesariamente. Papá no nos parecía un tío sexy, pero nosotras no salíamos con él –señaló Montana–. Y siempre estuvieron locos el uno por el otro. Puede que fuera amor a primera vista. Puede que papá se interpusiera entre mamá y Max.

–Una de vosotras debería hablar con ella –dijo Kent.

Nevada alzó las cejas.

–¿Una de nosotras? ¿Por qué? ¿Por qué no tú? ¿O es que esto es cosa de chicas?

–Eso es exactamente: cosa de chicas. De lo único que hablo con mamá es de cuánto odia a Lorraine –suspiró–.

Está bien, eso que he dicho no es justo, pero sé que lo piensa. No pienso preguntar a nuestra madre sobre su vida amorosa cuando era una adolescente.

–Cobarde –dijo Dakota con una sonrisa–. Emocionalmente, los hombres sois unos flojos.

–Yo lo haré –dijo Montana–. Hace tiempo que no voy a verla. Hablaré con ella sobre Simon y luego sacaré el tema de los amores pasados y le preguntaré por Max.

–¿De verdad crees que vas a engañarla? –preguntó Nevada.

–No, pero puedo hacer como que sí. Le preguntaré y os daré un informe completo.

Simon se hallaba sentado a una mesa grande de un restaurante del pueblo, rodeado por mujeres. Algunas eran más jóvenes, como Charity Golden, la urbanista municipal. Otras hacía tiempo que peinaban canas, como solía decir una sus enfermeras preferidas. Mujeres a las que les hacían el descuento para la tercera edad sin necesidad de enseñar el carné. Marsha, la alcaldesa, entraba en esa categoría, al igual que varias integrantes del gobierno municipal y una septuagenaria vestida con un chándal amarillo brillante. Se llamaba Eddie no sé qué y era la que le había dicho que hiciera de Montana una mujer honrada.

De momento la conversación había sido agradable. Las mujeres habían charlado sobre diversas cosas que estaban sucediendo en el pueblo. Habían puesto a Simon al corriente sobre las gemelas de Pia, sobre el embarazo de Dakota Hendrix, sobre las obras de un casino que iba a construirse al norte del pueblo y sobre el rancho Castle, que acababa de comprar una familia que, al parecer, tenía intención de quedarse.

A propósito del rancho, alguien comentó que una tal Heidi criaba allí cabras y vivía con su abuelo, pero Simon dedujo que tenían que estar inventándoselo.

Cuando acabaron de comer, nadie había mencionado aún el verdadero motivo por el que se habían reunido: su empeño en que él se quedara en el pueblo.

Simon estaba acostumbrado a la presión. Le ocurría en todas partes. Había habido jefes de aldeas indias que le habían ofrecido de todo, desde pollos a hijas vírgenes. En zonas con más influencia de Occidente, los alicientes que le ofrecían incluían dinero, sillones en juntas directivas, acciones de bolsa y alguna que otra hija cuya virginidad no se garantizaba.

El camarero retiró los platos. Simon miró hacia la puerta y se preguntó si podría echar a correr. Al mirar a las mujeres que lo rodeaban, dudó de que pudiera llegar a la puerta antes que ellas. Por mayores que fueran, tenían mucho empuje.

—Estoy segura de que habrá adivinado por qué le hemos pedido que coma con nosotras —dijo por fin la alcaldesa.

—Me hago una idea.

—Ha aportado usted mucho a esta comunidad —prosiguió ella—. Su trabajo es extraordinario, pero no se trata solo de eso. Su entrega a sus pacientes nos ha conmovido a todas. Se preocupa usted por ellos, y eso lo valoramos mucho. Una de las cosas que hace de Fool's Gold un pueblo único es que somos mucho más que un grupo de gente que vive por casualidad en el mismo sitio. Tenemos un vínculo emocional que nos convierte más bien en una familia. En muchos casos, nuestras raíces en Fool's Gold se remontan a varias generaciones.

—Los Hendrix fueron una de las familias fundadoras del pueblo —dijo Eddie—. Y a usted le gusta Montana, ¿no?

Otra mujer la hizo callar.

—¿Qué pasa? —preguntó Eddie—. Todos lo hemos visto. ¿Es que vamos a fingir que no sabemos que se están acostando?

Charity dio un respingo y se volvió hacia él.

—Perdone. Eddie es... ejem, única.

—No hables de mí como si no estuviera delante.

Simon levantó una mano.

—No pasa nada. Entiendo lo que quiere decir.

Al menos Montana no estaba allí para presenciar aquella escena, se dijo.

—Como iba diciendo —continuó Marsha, sacudiendo la cabeza ligeramente—, aporta usted mucho al hospital y creemos que tenemos mucho que darle a cambio. Lo cual me lleva a lo que quería preguntarle. ¿Cuál es su oferta soñada?

—¿Cómo dice?

—Dígame qué haría falta para que se quedara. Estamos construyendo un hospital nuevo. Podría ayudar con el diseño. Crear su hospital ideal.

Simon comprendió que no estaba acostumbrado a aquello. En ningún otro lugar le habían preguntado qué deseaba.

Miró las caras expectantes de las mujeres y supo que intentarían satisfacer cualquier petición que formulara. Si quería dirigir la junta directiva del hospital, conseguirían que así fuera. Si quería que colocaran una gigantesca fotografía suya en la montaña, así sería.

Ojalá fuera tan sencillo.

—Lo que quiero —dijo lentamente— es que la gente tenga más cuidado con el fuego, porque esta vida es la única que tenemos. Lo que quiero es que los padres dejen de hacer daño a sus hijos —respiró hondo—. Pero ustedes no se refieren a eso.

Marsha sonrió con ternura.

—No, no nos referimos a eso.

¿Qué quería? Sabía que no había respuesta a esa pregunta porque quedarse estaba descartado. No era necesario que intentaran convencerlo de las maravillas de Fool's Gold: ya le gustaba mucho aquello. Si pudiera quedarse...

–Agradezco el ofrecimiento –dijo–. Fool's Gold es fantástico. He disfrutado mucho de mi estancia aquí. Pero mi decisión de marcharme no tiene nada que ver con el pueblo. Es una cuestión personal.

–¿Podríamos hacer algo para que eso cambiara? –preguntó la alcaldesa.

–No, nada.

–Agradezco que te hayas pasado por aquí –dijo Montana–, pero tienes un aspecto un poco raro, tumbado en el césped con traje.

Simon besó la palma de su mano.

–Me he quitado la chaqueta.

–Bueno, entonces, de acuerdo.

Después de comer con la alcaldesa y sus amigas, se había pasado por el centro de adiestramiento para ver a Montana. Ella estaba fuera con los cachorros, disfrutando de la tarde calurosa. Simon se había reunido con ella y, tendiéndose en el césped, había dejado que los cachorros se subieran encima de él.

Miró su reloj.

–¿Cuánto tiempo tienes? –preguntó ella.

–Una hora.

Montana se inclinó para besarlo.

–Gandul.

Simon se rio.

–Solo de vez en cuando.

–Bueno, háblame de tu comida con todas esas señoras tan sexys.

Él miró su bello rostro.

–No es que no admire a la alcaldesa Marsha, pero tiene más de setenta años.

–Ojalá todas estuviéramos tan bien como ella a su edad.

Simon se sentó y la observó. Trazó con un dedo la línea de sus pómulos y su mandíbula.

–Tú no tienes nada de qué preocuparte, te lo dice un profesional. Siempre serás preciosa –notó que se sonrojaba y que bajaba la mirada.

–No hagas eso, Simon.

–¿Qué? ¿Decirte lo que sé que va a pasar?

–No soy tan especial.

–Para mí sí.

Dafne se metió entre ellos y empezó a lamer a Simon.

–Tu otra novia quiere que le hagas caso.

Simon tomó a Dafne y la acunó en sus brazos.

–No tienes ningún pudor.

Dafne le dedicó una sonrisa canina y cerró los ojos cuando comenzó a acariciarle la tripa.

–¿Y la comida? –insistió Montana.

–Quieren que me quede en Fool's Gold.

–¿Y te ha sorprendido?

–Me lo imaginaba. Pero me han pedido que les diga lo que quiero, en lugar de ofrecerme esto o aquello. Para serte sincero, me sorprende que hayan tardado tanto en decírmelo. Por lo general pasa desde el principio, directa o indirectamente. A veces mandan a una persona para convencerme, a veces es un comité. En todo caso... –se interrumpió al ver que Montana palidecía y apretaba los labios–. ¿Qué pasa? –preguntó.

En los ojos de ella brilló un destello de mala conciencia.

–Ay, Dios. Lo había olvidado. Bueno, no es que lo hubiera olvidado, es solo que... –cerró los ojos con fuerza y los abrió–. Esto no va a gustarte nada. Lo sé. No te enfades, ¿vale? Déjame explicártelo.

Simon no tenía ni idea de qué estaba hablando.

–De acuerdo.

–Soy yo. Me mandaron a mí. Poco después de que llegaras, Marsha me pidió que trabara amistad contigo y que encontrara un modo de convencerte para que te quedaras en el pueblo. Se suponía que tenía que encargarme yo. Y hemos estado juntos y ahora vas a pensar que te mentí, pero no es cierto. La verdad es que casi siempre se me olvidaba. Bueno, hablé con un par de personas sobre dónde podía llevarte y esas cosas, pero... –tragó saliva–. Ahora me odias, ¿verdad?

Él dejó con cuidado a Dafne en la hierba, se inclinó hacia ella y la besó.

–No te odio.

–No lo entiendo. Deberías estar furioso. Te he traicionado.

Simon se rio.

–Qué va –acarició su mejilla–. No te lo tomes a mal, pero no lo has hecho muy bien. Casi no hemos hablado del pueblo.

–Lo sé. Ya te he dicho que se me olvidaba.

–Serías una pésima espía.

Ella suspiró.

–No me gustaría serlo. Tantas mentiras... –lo besó y, cuando se separaron, él preguntó:

–¿La alcaldesa te pidió que te acostaras conmigo?

Montana lo miró fijamente.

–Claro que no. Marsha nunca haría eso.

Simon intentó no reírse.

–Solo quería asegurarme.

–¡Simon! ¿Cómo se te ocurre tal cosa?

–Solo tenía curiosidad por saber hasta dónde estáis dispuestos a llegar los ciudadanos de Fool's Gold –se tumbó de nuevo en la hierba–. A fin de cuentas, otras veces me han ofrecido muchachas vírgenes. Y una vaca.

–Conozco a alguien que tiene cabras por si quieres probar.

–No, gracias.

–Bueno, pues tú te lo pierdes. Creo que son cabras francesas. Muy sofisticadas.

–Bueno, sin son francesas...

Ella ladeó la cabeza.

–¿No vas a sugerir lo de las hermanas como modo de tentarte?

–¿Qué es lo de las hermanas?

–Muchos hombres tienen la idea de que, como somos gemelas, sería genial tenernos a todas en la cama al mismo tiempo. A nosotras nos da grima pensarlo, pero te aseguro que nos lo han propuesto más de una vez.

Simon se sentó.

–No. Tú eres la única que me interesa.

–¿En serio?

–Eres completamente distinta de tus hermanas –tomó su mano–. No quiero ofender a nadie, pero eres mucho más guapa y mucho más divertida.

Montana se rio.

–Gracias, pero creo que no eres muy objetivo.

Simon sabía que no lo era, pero sabía también que ella no iba a creerle.

–Tenéis unos nombres muy curiosos. ¿Es una tradición familiar?

–No, un capricho del destino. Mi madre tuvo algunos problemas durante el parto. Hubo un momento en que se temió por su vida. Y allí estaba mi padre con tres recién nacidas en el hospital y tres niños pequeños en casa. Mis hermanos echaban de menos a su mamá y estaban enfadados con sus hermanitas, a las que todavía no habían visto, por haberla apartado de ellos. Para intentar suavizar las cosas, mi padre les dijo que podían elegir nuestros nombres –sonrió–. Después nos hemos enterado de las alternativas que sugirieron. En algún momento, al parecer, se barajó «Oceanía», así que supongo que tuvimos suerte.

–Los partos múltiples son muy duros para las madres.

–¿Es el médico quien habla?

–Perdona. A veces no me doy cuenta y me pongo a hablar como un doctor.

–No importa. Me gusta eso de ti.

–¿Cuándo es vuestro cumpleaños?

–Nacimos el día de Navidad, así que mi padre tuvo que enfrentarse a la posibilidad de perder a su mujer y a la madre de sus hijos el día de Papá Noel.

–Pobre hombre.

Palmer y Jester corrieron hacia ella. Montana los abrazó y besó sus cabezas.

–¿Cómo están mis chicos? –preguntó cariñosamente–. Y tú también, Bentley. Tú también eres uno de mis chicos.

Como si Bentley hablara su idioma y fuera a sentirse dolido si lo excluía.

Simon nunca había conocido a nadie como Montana y dudaba de que fuera a conocer a nadie como ella. Fool's Gold le había gustado más que cualquier otro sitio de los muchos en los que había vivido, pero a quien de verdad iba a echar de menos era a Montana. Su risa, su modo de sonreír, su ímpetu y su energía...

«Ven conmigo».

Aquellas palabras se formaron en su cabeza y estuvo a punto de decirlas en voz alta. Por primera vez en su vida estaba dispuesto a considerar la posibilidad de tener una relación estable. Luego miró a su alrededor, el centro de adiestramiento y los jardines, a los perros tendidos al sol, pensó en la familia de Montana y en su hogar. Montana pertenecía a aquel lugar. Además, pedirle que se marchara implicaba una promesa por su parte. Una promesa que no podía cumplir.

Si ella fuera distinta... Comenzó a fantasear y entonces se dio cuenta de que aquello era absurdo. Si fuera distinta, no la querría.

Capítulo 17

—Mamá, quiero preguntarte una cosa —dijo Montana al sentarse en la cocina de su madre con un vaso de té con hielo delante de ella.

—Claro. ¿Qué es?

Su madre puso un plato de galletas de chocolate sobre la mesa. Estaban recién hechas y su olor recordó a Montana las muchas veces que sus hermanas y ella habían hecho galletas con Denise en aquella cocina.

—Has hecho muy buen trabajo con todos nosotros —dijo impulsivamente.

Su madre se rio y se sentó delante de ella.

—Gracias por tu refrendo.

—No tiene que ser fácil, criar a seis hijos. Y a Josh, además.

—Después de los dos primeros no es tan difícil. Tenía mucha ayuda de tu padre y ninguno de vosotros fue especialmente difícil.

—Aun así.

Montana quería tener familia, pero nunca había pensado en tener seis hijos. Le parecía abrumador.

—¿Qué tal te van las cosas? —preguntó su madre.

Montana le habló de los cachorros y de la fiesta benéfica a la que iba a asistir con Simon.

—Tenemos mucho trabajo —dijo—. El taller de lectura en

la biblioteca está funcionando muy bien. Y Max ha traído algunos perros nuevos para adiestrarlos.

Observó a su madre mientras hablaba, pero Denise no mostró reacción alguna al oír mencionar a Max.

–Mamá, quiero que hablemos de mi jefe.

–Claro, cariño. ¿Hay algún problema?

–No, un problema, no. Es solo que... –sacudió la cabeza–. ¿Max Thurman es el Max con el que saliste? ¿El de tu tatuaje?

Su madre se levantó y se acercó al fregadero.

–Qué pregunta tan extraña. ¿Por qué lo dices?

–Porque trabajo para él. Si hubo algo entre vosotros, no quiero meter la pata diciendo algo inconveniente.

–¿En qué sentido?

–No has contestado a mi pregunta.

–No sé si voy a hacerlo –Denise se volvió para mirarla–. Sí, tuve una vida antes de conocer a tu padre. Pero de eso hace mucho tiempo. Me casé con tu padre y lo quise con todo mi corazón. Era un padre maravilloso y un marido estupendo. Daría cualquier cosa por tenerlo otra vez conmigo –su madre parecía emocionada y quizás también un poco enfadada.

–No estoy poniendo en duda tu lealtad hacia papá –dijo Montana.

–Eso espero. Hace más de diez años que me quedé viuda. Y ahora estoy empezando a ver a otros hombres, aunque no me apetezca mucho –entornó los ojos–. ¿Habéis estado hablando de esto?

–Un poco. Nos preguntábamos qué paso.

–Nada que os interese. No voy a hablar de esto y no quiero que vosotras lo hagáis.

–Mamá, ¿por qué te enfadas?

–No estoy enfadada. Solo digo que no necesito que mis hijas adultas se metan en mi vida privada.

Montana se sintió como si le hubiera dado una bofetada.

–De acuerdo –murmuró, levantándose–. No volveremos a hablar de este asunto. Perdona.

Recogió su bolso y corrió a su coche.

Simon sacó su teléfono móvil.

–Bradley.

–Soy Erica. ¿Cómo van las cosas por Fool's Gold?

–Bien.

Erica trabajaba para la empresa que coordinaba sus estancias en distintos centros hospitalarios. Su periodo de trabajo en Fool's Gold estaba a punto de acabar: era lógico que llamara. Simon miró el calendario de la pared. Los meses habían pasado volando.

–Tengo un montón de solicitudes, como de costumbre –continuó ella–. Después de Perú, creo que las dos más interesantes son una clínica en los Apalaches y una misión de ayuda humanitaria en Pakistán. Imagino que depende de dónde quieras pasar esos meses. A los dos equipos les encantaría contar contigo. ¿Te mando la información por e-mail?

Simon sintió que le arañaban suavemente la pierna y miró hacia abajo. Sisi lo miraba con arrobo. Saltaba a la vista que quería subirse a su regazo. Simon la levantó.

–Claro. Envíame los archivos para que les eche un vistazo. Puedo ir a cualquiera de los dos sitios.

–Si vas a Pakistán, tendrás que ponerte un par de vacunas. Eso es lo malo de viajar por todo el mundo.

Simon acarició a la perrita mientras ella lo miraba. Sus ojitos marrones rebosaban amor. Simon movió la mano para acariciar su pecho, y ella le lamió la muñeca.

–Mándame también esa información –le dijo a Erica.

Erica dijo que sí y colgaron.

Montana llamó a la puerta entreabierta y entró.

–Hola. Estaba esperando en el pasillo. No quería interrumpirte mientras hablabas.

—No hubiera importado.

Ella se paró delante de la mesa.

—He venido a llevar a Sisi a dar un paseo.

La perrita pasaba casi todo el día en el hospital. Cuando no podía estar en la habitación de Kalinda, Fay la llevaba a su despacho.

—¿Qué ocurre? —preguntó al ver su expresión preocupada.

—Me he peleado con mi madre. Bueno, no ha sido exactamente una pelea. No sé. Le he preguntado por Max.

—¿Tu jefe?

Ella le habló del tatuaje que su madre tenía en la cadera desde hacía muchos años; posiblemente desde antes de casarse.

—Nunca hemos sabido quién era él. Ni siquiera caí en la cuenta cuando Max se mudó aquí y me contrató. Él nunca ha dicho nada y mamá jamás habla de él. Pero Nevada los vio juntos. Bueno, juntos, no. Solo se miraron. Pero fue una mirada muy intensa.

—Pero si fueron pareja, fue hace muchos años.

Montana se dejó caer en la silla del otro lado de su mesa.

—Lo sé, así que no debería importar, ¿no? Mi madre quería mucho a mi padre. Eso lo sabemos todos. Pero cuando le he preguntado por Max, se ha enfadado y me ha dicho que no era asunto mío. Que no quería que mis hermanas y yo hablemos de ella. Parecía muy enfadada. Tenemos una buena relación. No estoy acostumbrada a que discutamos.

—Pues vuelve a hablar con ella.

—Quizá lo haga. Voy a esperar un par de días. Me disculparía, pero no he hecho nada malo. En nuestra familia siempre se han hablado las cosas. Mis padres nos animaban a ello. Nada de secretos. Y ahora aquí estamos, intentando ignorar a un hombre altísimo.

Simon nunca había tenido una familia unida, de modo

que no podía identificarse con lo que sentía Montana. Sabía, sin embargo, que ella estaba dolida y que tenía que ayudarla.

—Puede que esté avergonzada y que no quiera que lo sepáis.

—¿Avergonzada por qué? ¿Por un novio de juventud? Max es un tipo estupendo. Creo que lo que me asusta es que siempre he pensado que mi padre fue el gran amor de su vida. Pero ¿y si también quiso a Max?

—La gente puede querer a más de una persona.

—Otros sí. Mi madre, no.

Simon se relajó en su silla y acarició a Sisi.

—Eso es absurdo.

—Lo sé —Montana suspiró—. Como te decía, no suelo pelearme con mi madre y no me gusta. Pero, en fin, basta de hablar de mí. ¿Con quién estabas hablando? ¿Puedo preguntártelo? Me ha parecido que hablabas de un viaje.

—De mi próximo destino.

—Ah —Montana bajó la mirada; luego volvió a mirarlo—. ¿Adónde piensas ir?

—A los Apalaches o a Pakistán.

—Dos sitios muy distintos.

—Hay pobreza en los dos, y gente que necesita mi ayuda.

—¿Cómo te decides por uno u otro sitio?

—Me mandan información, echo un vistazo a los casos y veo en qué sitio es más necesaria mi ayuda.

—Entonces, ¿por qué viniste a Fool's Gold?

—El hospital organizó un programa para traer a docenas de pacientes de otros estados. Y también a niños de México. No tengo que estar en un país del Tercer Mundo para echar una mano. Voy allá donde creo que puedo hacer más.

—Me alegro de que nos eligieras.

Simon esperó a que dijera algo más, a que le insinuara que debía quedarse o intentara hacerle sentirse culpable. Pero ella sonrió.

—Veo que Sisi y tú estáis cada vez más unidos.

—Es mi tipo.

—¿Te gusta que las chicas te adoren?

—No viene mal.

—Eres el típico tío.

Simon sabía que no era cierto, pero le gustó oírlo. Se levantó con la perrita en brazos.

—¿Estás bien?

Montana también se levantó.

—Creo que sí. Hablaré con mi madre y todo se arreglará.

—¿Puedo ayudar en algo?

—Ya lo has hecho. Me ha sentado bien hablar —tomó a Sisi en brazos—. Voy a llevarla a dar un paseo. Luego la traigo.

Él miró el reloj.

—Tengo que prepararme para una operación.

—Vale, entonces iré a la habitación de Kalinda, a ver si Sisi puede quedarse allí. Si no, me la llevaré a casa de Max.

Simon esperó a que le hiciera más preguntas sobre dónde iba a ir, o que le sugiriera que debía quedarse. Pero ella le dio un beso suave, salió de su despacho y lo dejó solo.

—Estate quieta —gruñó Dakota mientras comprobaba los rulos calientes que Montana tenía en la cabeza—. Hay que dejarlos un poco más.

—¿Cuánto? Me duele —Montana hacía lo posible por ignorar el calor que notaba cerca de la oreja derecha. Le gustaban más los rizadores eléctricos, pero con los rulos calientes los rizos duraban más.

—Eres una quejica —le dijo Nevada, que estaba tumbada en la cama leyendo una revista.

—Eso lo dices porque tú estás en vaqueros y camiseta.

–Yo no voy a ir a una fiesta elegante. No tengo que ponerme de tiros largos –contestó su hermana con petulancia.

Montana estaba en el cuarto de baño de su habitación, echando un vistazo a su maquillaje. Dakota revoloteaba tras ella, preocupada por su pelo.

Había pedido a sus hermanas que la ayudaran a arreglarse. Estar perfecta para él entrañaba mucho más trabajo del que creía, y necesitaba distraerse un poco o se volvería loca dándole vueltas a la cabeza.

–Estás guapísima –dijo Dakota–. No te retoques más el maquillaje. Espera cinco minutos más y luego te quito los rulos y acabamos de peinarte.

–¡Y hay que ponerle laca! –gritó Nevada–. Tiene el pelo muy largo. Esos rizos van a necesitar ayuda para sostenerse.

Montana observó su cara. No se había maquillado del todo mal; la sombra de ojos le había quedado bastante bien, y hasta se había aplicado el lápiz de labios con un pincel diminuto. Cuando acabara de peinarse, se pondría los pendientes de diamante y ónice que le había prestado su madre y estaría lista.

Su vestido era muy sencillo: negro, sin mangas y con tirantes de unos cinco centímetros de ancho. Era ajustado y corto, con un escote lo bastante pronunciado para resultar interesante. Se había puesto una loción con un ligero brillo que daba a sus piernas bronceadas un suave resplandor. Junto a la puerta de la calle esperaban sus elegantes sandalias negras de tacón alto, y Dakota le había prestado un bolso de mano de raso negro.

–Una cosa es verdad –dijo Nevada apartando la mirada de su revista–: tus curvas son impresionantes.

Montana se rio.

–Igual que las tuyas.

–A ti te sientan mejor.

–Gracias. Deberías ver lo que llevo debajo.

—¿Una faja? —preguntó Dakota.

—Prácticamente blindada. No puedo respirar, pero se nota un montón.

Entró descalza en el dormitorio.

—¿Alguna ha hablado con mamá hoy o ayer?

Sus hermanas cruzaron una mirada, luego la miraron y sacudieron las cabezas. Montana ya les había contado lo que había ocurrido al sacar el tema de Max.

—No deberíamos haberte dejado sola —le dijo Dakota—. Deberíamos haber hablado con ella las tres juntas. En el número está la fuerza y todo eso. Con todas no puede enfadarse.

—Yo no estoy tan segura —le dijo Montana—. Parecía bastante alterada. El caso es que no sé por qué. Estamos hablando de algo que ocurrió hace más de treinta y cinco años. A nadie le importa ya.

Nevada se sentó en la cama.

—A ella sí. Lo que no sabemos es por qué. ¿Quieres que vayamos las tres a hablar con ella?

—No. Voy a esperar un poco más y luego iré a verla. Una de las cosas que me dijo fue que no quería que habláramos sobre Max y ella. Así que puede que sacando otra vez el tema solo consigamos empeorar las cosas.

Dakota le hizo señas de que volviera al cuarto de baño. Después de quitarse los rulos, ya fríos, Montana se inclinó y se peinó con los dedos. Cuando su pelo estuvo suficientemente ahuecado, Dakota lo roció con laca.

Montana se incorporó, se atusó el pelo y luego se cubrió la cara con las manos para una segunda rociada de laca.

—Estás espectacular —dijo Nevada, impresionada—. Quizá debería dejarme crecer el pelo.

Montana tocó su larga melena rizada, que le llegaba muy por debajo de los hombros.

—Gracias —dijo, confiando en deslumbrar a Simon.

Dakota se apoyó en el lavabo.

–Estás loca por él, ¿verdad?

–Sí. Debería haber tenido más cuidado, pero no lo he tenido y ahora, cada vez que estamos juntos, no paro de preguntarme cuánto tiempo queda para que se vaya.

–¿Estás segura de que se va a ir? –preguntó Nevada.

–Sí. Ya ha hecho planes para marcharse a Perú. Es lo siguiente. Y está pensando en otro destino para después. Podría ir a cualquier parte, desde los Apalaches a Pakistán.

–¿Habéis hablado de ello? –preguntó Dakota.

–Más de una vez.

No le apetecía contarles que Simon estaba convencido de que el precio que tenía que pagar por su don era estar siempre viajando por el mundo. Sobre todo porque no creía que ese fuera el meollo de la cuestión. Las heridas de Simon eran muy profundas. ¿Cómo podía confiar en los demás después de lo que le había pasado de niño? Para él, lo más seguro era poner distancias.

–Sé que se siente solo y que quiere encontrar su sitio. Pero no se lo permite.

–Teniendo en cuenta lo que le pasó de pequeño, no me sorprende –comentó Nevada–. Ayuda tener normas porque crean límites. A Simon no le interesa lo que escapa a su control. Su madre no supo dominarse y fijaos lo que pasó. El amor es un lío, es impredecible. Viviendo de ese modo se mantiene a salvo. Se pierde un montón de cosas, claro, pero no le importa demasiado. Así siempre sabe a qué atenerse.

Montana y Dakota se volvieron para mirarla.

–¿Qué pasa? –preguntó Nevada.

–Eso es muy profundo –le dijo Dakota.

–Puede que no tenga un doctorado en psicología, pero no soy una perfecta idiota en lo tocante a relaciones de pareja.

–Por lo visto, no –dijo Dakota con una sonrisa.

Llamaron a la puerta.

A Montana se le encogió el estómago. Se acercó a la puerta y abrió. Se fijó en el traje oscuro y bien cortado, en la deslumbrante camisa blanca y la corbata roja. Pero lo que de verdad llamó su atención fue la cara de admiración y deseo que puso Simon.

—Hola —dijo, dando un paso atrás para dejarlo pasar—. Estoy lista. Solo tengo que recoger mi bolso.

Él agarró su brazo.

—Montana —dijo con voz ronca—, estás preciosa.

—Gracias.

Regresó a su dormitorio y encontró a sus hermanas en la puerta, escuchando.

—Yo esperaba algo más —dijo Nevada—. Que lo cegara el deseo y te hiciera el amor ahí mismo, en el sofá.

—Difícilmente, con vosotras dos escuchando.

—Habríamos salido por la puerta de atrás.

Montana pasó entre ellas y agarró su bolsito.

—Todavía podéis hacerlo —sonrió—. Además, no habéis visto la cara que ha puesto.

Dakota se rio.

—Entendido. Que os divirtáis. Llámanos para contárnoslo todo con detalle.

—Lo haré —prometió Montana, y regresó al cuarto de estar—. Ya estoy.

—Yo también —dijo él con un suspiro—. Preferiría que nos quedáramos aquí un rato, pero si llegamos tarde pensarán mal.

Montana pensó en decirle que sus hermanas estaban en su habitación, pero luego decidió que no hacía falta. Además, tenían toda la noche.

—¿Lo dejamos para luego?

—Ya lo creo.

Simon odiaba por lo general aquellos eventos. No le gustaban las fiestas y siempre había preferido una conversación apacible a la música alta. Aquella fiesta, sin embargo, parecía mejor que la media. Para empezar, y por más que le sorprendiera, conocía a muchos de los invitados. La alcaldesa les había dado la bienvenida en la puerta. La mayoría de las señoras con las que había comido hacía pocos días estaban también allí, así como gran parte del personal del hospital. Y, como había recuperado el buen humor, las enfermeras habían vuelto a hablarle.

Pero la gran diferencia era Montana.

Nunca antes había ido acompañado a una fiesta como aquella. Montana no solo era la mujer más bella del salón, sino que su desenvoltura natural lo hacía sentirse mucho más cómodo que de costumbre. Ella conocía a todos los asistentes, y a sus hijos o padres. Hacía las preguntas adecuadas, sonreía y se reía cuando convenía hacerlo.

—Debe de estar usted disfrutando mucho de nuestra ciudad —dijo con decisión una señora mayor—. Fool's Gold tiene mucho que ofrecer.

Antes de que Simon pudiera responder, Montana dijo tranquilamente:

—He estado enseñándole el pueblo. ¿Ha visitado últimamente los viñedos? Creo que esta va a ser la mejor cosecha que hemos tenido en muchos años —se volvió hacia Simon—. La vendimia es todo un acontecimiento en Fool's Gold —volvió a mirar a la señora—. ¿Qué feria es la que cae más cerca de la vendimia? —y así, con toda naturalidad, se pusieron a hablar de vino, uvas y turistas.

—Esto se te da muy bien —le dijo Simon cuando consiguieron escapar de otra vecina de Fool's Gold.

—Es el arte de la distracción. He estado practicando.

—Te lo agradezco.

—Soy una novia todoterreno. Ya lo habrás notado.

«Novia». Aquella era una palabra que Simon nunca había aplicado a sus relaciones con mujeres, pero Montana tenía razón.

La tomó de la mano y besó su palma. Pasó un camarero llevando una bandeja con copas de champán. Simon tomó una para cada uno.

Estaban en el salón de baile del hotel de la montaña. Era un hotel elegante y confortable. Por encima de ellos brillaban las lámparas de araña, una pequeña orquesta tocaba en un rincón y el sonido de las conversaciones rivalizaba con la música. Unas grandes puertas daban a una terraza. Más allá había una extensa pradera de césped, antes de que las montañas se alzaran hacia el cielo.

Simon volvió a fijar su atención en Montana. Como siempre, la deseaba. No podía estar en la misma habitación con ella sin desearla. Pero, más que eso, disfrutaba de su compañía. Era al mismo tiempo excitante y tranquilizadora. Una contradicción deliciosa.

La música cambió y empezó a sonar un tema lento y sexy.

–¿Bailamos? –preguntó Simon.

Ella levantó las cejas.

–No sabía que te gustaba bailar.

–No me gusta. Pero me apetece bailar contigo –le quitó la copa de la mano y la dejó en una mesita; después la condujo a la pista de baile situada en un extremo del salón.

–¿Sabes lo que haces? –preguntó ella–. ¿Quieres que lleve yo?

Simon la tomó en sus brazos y ejecutó una serie de pasos complicados. Ella lo siguió con facilidad.

–Caray –dijo ella.

–Cuando estaba en el hospital, algunas enfermeras bailaban conmigo. Era una forma fácil de hacer ejercicio. Aseguraban que algún día encontraría una chica con la que me apetecería bailar. Yo pensaba que no pasaría nunca.

Nunca le había contado aquello a nadie, ni había tenido motivos para demostrar sus habilidades como bailarín.

–Tú también bailas bastante bien –dijo–. ¿Cuál es tu excusa?

–Mi madre nos hizo ir a clases de baile. Solo a las chicas. Muy sexista por su parte.

–A mí me parece muy tierno.

–Tú no tenías tres hermanos varones burlándose de ti.

–Seguro que tus hermanas y tú podíais arreglároslas.

–Sí, pero eso no viene al caso.

Simon inclinó la cabeza y la besó en la mejilla y la mandíbula. Luego deslizó la boca por su cuello y su hombro. La piel de Montana era cálida y olía como una flor exótica. Sintió su cuerpo pegado al suyo y pensó que, a fin de cuentas, bailar tenía su atractivo.

–¿Y qué es lo que viene al caso, entonces? –preguntó.

Ella parpadeó.

–No tengo ni idea de qué estábamos hablando.

Simon se rio.

–Me gusta que seas tan espontánea.

–La verdad es que no lo soy. Bueno, sí, pero solo cuando estoy contigo.

Él dejó de bailar y la miró a los ojos.

–A mí me pasa lo mismo.

Alguien tropezó con ellos. Simon la apretó contra sí y empezó a bailar de nuevo. Bailaron varias canciones más, bebieron champán y probaron los aperitivos. Simon habló de becas escolares con la tesorera municipal y de política penitenciaria con el jefe de policía. Cuando Montana se excusó para ir al aseo, estaba enfrascado en una conversación con la alcaldesa.

–Kent y yo nos estábamos preguntando si podíamos llevarnos prestado al buen doctor.

Simon se descubrió entre Kent y Ethan Hendrix.

–Claro –contestó Marsha, y se alejó.

–¿Te lo estás pasando bien? –preguntó Ethan cuando salieron al jardín.

Allí había menos gente. Se había puesto el sol y habían salido las estrellas, pero Simon tenía la sensación de que no habían salido del salón de baile para contemplar el paisaje.

–¿En qué puedo ayudaros?

Ethan y Kent intercambiaron una mirada.

–Queríamos hablarte de Montana. Aun a riesgo de parecer dos vaqueros de una película del Oeste, ¿cuáles son tus intenciones?

Montana tenía casi treinta años, vivía sola desde hacía tiempo y probablemente pondría el grito en el cielo si se enteraba de lo que acababan de preguntarle sus hermanos. Pero Simon sabía que Ethan y Kent se preocupaban por ella y querían asegurarse de que todo iba bien.

–No voy a hablar de mi vida privada con vosotros.

–Claro que no. Pero Montana dice que eres de los buenos. No la dejes por mentirosa –repuso Ethan con evidente sinceridad.

Allí, sin embargo, no había buenos ni malos. Él iba a marcharse. Su estancia allí siempre había sido temporal. No era ninguna amenaza, ni podía formar parte para siempre de la vida de su hermana.

Había dejado claro que iba a marcharse. ¿No? Aun así, cuando Montana había dicho que era su novia, él lo había dejado pasar. Y le había gustado que lo dijera. Incluso había afirmado que tal vez volviera de visita. ¿Creía ella que sus intenciones iban más allá de eso?

De pronto comprendió que había vuelto a meter la pata. Había confundido a Montana y no se había dado cuenta hasta ese momento.

–Perdonadme –dijo y, pasando entre ellos, regresó al salón.

Se abrió paso entre el gentío buscando a una hermosa rubia con un vestidito negro. A la mujer con la que planeaba hacer el amor esa misma noche. La mujer que se le aparecía en sueños y que lo volvía loco cada vez que se veían.

La encontró hablando con Charity Golden.

–Hola, Charity. ¿Te importa que hable un momento con Montana?

–Claro que no.

–Gracias.

La tomó de la mano y la llevó fuera del salón de baile, hacia la entrada del hotel. Encontró un rincón apacible y la miró de frente.

–¿Pasa algo? –preguntó ella.

Simon miró fijamente sus ojos oscuros, buscando la verdad.

–¿Me quieres?

Ella entreabrió los labios y se sonrojó. Pasó un segundo sin que dijera nada. Luego levantó la barbilla y contestó:

–Sí, Simon. Te quiero.

Aquellas palabras fueron como una patada en el vientre. Sus músculos se tensaron y de pronto le costó respirar. Debería haberse dado cuenta, se dijo al darle la espalda. Masculló una maldición. ¿En qué demonios estaba pensando? Montana no era como las mujeres a las que estaba acostumbrado. No era fría, ni calculadora, ni estaba habituada a hombres como él. Había sido un egoísta, solo había pensado en sí mismo, en lo que quería.

Se volvió hacia ella. Montana esbozó una sonrisa trémula.

–Veo por tu reacción que no es una buena noticia.

–Montana –comenzó a decir, y se detuvo. ¿Qué podía decir? ¿Cómo podía arreglarlo?

Su teléfono vibró dentro del bolsillo de su chaqueta. Lo sacó y lo abrió. Había un mensaje de texto. Mientras empezaba a leerlo, sonó el teléfono.

–Es Kalinda –dijo.

Ella lo empujó:

–Vete.

Él ya había echado a correr, de vuelta al hospital.

Capítulo 18

La vida de Kalinda se estaba apagando. Simon lo supo antes de entrar en la habitación y ver a Fay y a su marido abrazados, llorando. Echó un vistazo a la historia de la niña y se acercó a examinarla, decidido a averiguar qué ocurría.

A pesar de que ya lo sabía.

Al verlo, Fay se lanzó hacia él.

—¡Doctor Bradley! Está muy mal. Muy mal. Tiene que hacer algo.

—Lo sé.

Tocó la cara de la niña y notó el calor de la fiebre. Los resultados de la última analítica decían lo mismo que le había dicho la enfermera de guardia al llegar a la planta: Kalinda no estaba respondiendo al tratamiento, sus órganos estaban fallando y no había ya ningún milagro que pudiera salvarla.

A menudo, las quemaduras no mataban en el acto. Sus daños persistían mucho después de apagadas las llamas. El proceso de curación dejaba el cuerpo exhausto, y el trauma de lo ocurrido duraba mucho más de lo que cabía suponer. Kalinda ya había agotado todas sus reservas aferrándose a la vida durante aquellas semanas.

La niña abrió los ojos.

—Hola, doctor Bradley. No me encuentro muy bien.

Él la tomó de la mano.

–Lo sé.

Al otro lado de la cama, sus padres se acercaron a ella.

–Hola, nena –murmuró su madre–. Tienes que aguantar. Lo sabes, ¿verdad?

Kalinda seguía mirando a Simon.

–Me duele.

–¿No puede darle algo? –preguntó Fay.

Él miró el gotero. La dosis ya era muy alta.

–No, no podemos ponerle más.

–¡Tiene que hacer algo!

–No pasa nada, mamá –susurró Kalinda–. Estoy bien. No me duele tanto.

Simon sintió que el dolor lo desgarraba por dentro al ver a la niña intentando reconfortar a sus padres.

–Todavía tenemos trabajo que hacer –le dijo, intentando parecer animado.

–Las operaciones no importan. No puedo volver a estar guapa.

–Claro que sí. Yo puedo dejarte preciosa –o, al menos, podía hacer que volviera a ser normal, pensó con amargura. Con el tiempo, bastaría con eso.

–No, no puede –sus ojos azules se clavaron en el alma de Simon–. Va a marcharse.

Simon se sintió como si le hubiera disparado.

Tenía razón, desde luego. ¿Cómo iba a confiar Kalinda en él? Jamás había dicho que fuera a quedarse. Otro médico acabaría lo que él había empezado. Otro la sacaría adelante.

No supo qué decirle. Había habido otros niños que le habían suplicado que no se marchara, pero él nunca había hecho caso. Siempre había sabido que lo necesitaban en otra parte. Había abandonado a sus pacientes, del mismo modo que sus médicos lo habían abandonado a él.

La diferencia era que sus médicos se marchaban porque tenían vidas propias. Familia, compromisos. Él se marchaba porque...

En ese momento no recordaba por qué, solo que era importante.

—Me pondré mejor si se queda —susurró Kalinda, y le tendió la mano—. Se lo prometo.

Simon no quería mentirle, pero ansiaba salvarla. ¿Quedarse? Imposible. Aun así, alargó la mano hacia la suya para sellar su pacto.

Antes de que se tocaran, empezaron a pitar los monitores. Se encendieron luces rojas y el ruido de las alarmas llenó la pequeña habitación. La mano de Kalinda cayó sobre la cama, sus ojos quedaron en blanco y perdió la conciencia.

Simon arrojó la carpeta sobre una silla.

—Apártense —dijo. No hacía falta pedir ayuda. El equipo acudiría al oír la alarma.

Se inclinó sobre Kalinda y le echó la cabeza hacia atrás. Empezó a reanimarla soplando rítmicamente dentro de su boca. Su mente quedó en blanco mientras se concentraba en lo que hacía. En menos de un minuto la habitación se llenó de gente.

Apartaron a Simon. Él retrocedió, rodeó al equipo de emergencia e hizo salir a los padres de la habitación atestada.

Fay temblaba, sacudida por los sollozos.

—¡No! —gritaba—. ¡No! ¡No la dejen morir! ¡Mi niña! ¡Kalinda! —se desasió de Simon y se arrojó en brazos de su marido—. Ahora no. Así no.

Simon se quedó a su lado. No quería ver trabajar al equipo médico. Sabía lo que estaban haciendo por el ruido. Oyó pedir fármacos, oyó el zumbido del desfibrilador. Sabía que era demasiado tarde.

Pensó en decirles a los padres que lo sentía. Que aquellas cosas ocurrían a veces. Pero no lo sentía. Estaba furioso. Y, lo que era aún peor, se sentía en cierto modo responsable. Como si tuviera que haber sido capaz de salvarla.

Dio media vuelta y se dirigió a su despacho. Se sentía

mareado, indefenso. Las cosas no debían ser así. Se suponía que tenía que salvar a aquellos niños.

Dobló la esquina y se paró al ver a Montana delante de la puerta cerrada de su despacho. Llevaba todavía el vestido negro de fiesta, pero sostenía en brazos a Sisi. La caniche se estremeció al ver a Simon e intentó saltar a sus brazos.

–No sabía qué hacer –le dijo Montana–. He llamado a Max y me ha traído a Sisi. He pensado que podía ayudar.

–Kalinda ha muerto –dijo él sin inflexión, consciente de que un minuto después recibiría una llamada anunciándole lo sucedido.

Los ojos de Montana se llenaron de lágrimas.

–No. Se estaba recuperando. La vi ayer. Se estaba riendo.

Simon no quería hablar de aquello, no quería estar con nadie. Y menos con alguien que aseguraba quererlo. No quería que Montana llevara dentro de su cabeza imágenes espantosas.

–Tengo que irme.

Sabía que debía decir algo más, pero no encontraba palabras. Solo sentía una necesidad urgente de salir de allí.

Se dirigió a las escaleras. Abrió la puerta y corrió abajo. Al salir a la calle comenzó a respirar hondo, pero no sirvió de nada. Nada podía aliviarlo.

Sin pensarlo, sacó su teléfono móvil y marcó un número grabado en la agenda. Unos segundos después oyó una voz conocida:

–Qué trasnochador.

–Alistair...

El tono de su amigo cambió; de pronto se volvió serio.

–¿Qué ocurre?

–He perdido a una paciente. Una niña.

Alistair masculló un juramento.

–Lo siento. No ha sido culpa tuya.

–Eso no lo sabes.

–Sí, lo sé. Eres el mejor, Simon.

Quizá lo fuera, pero esa noche no había bastado con eso.

–¿Alguna vez deseas...?

–¿Dejarlo? –su amigo hizo una pausa–. Sí, a veces. El dolor, el sufrimiento... Pero alguien tiene que ayudar y, francamente, ¿quién mejor que nosotros?

–¿Alguna vez deseas otra cosa? ¿Una vida propia?

–Ya la tuve.

Simon hizo una mueca. La esposa de Alistair y su hija, una bebé, habían muerto en accidente de coche tres años antes. Un mes después de su muerte, Alistair se reunió con Simon en África. Que Simon supiera, su amigo no había vuelto a Londres desde entonces.

–Lo siento –dijo–. No debería haberte preguntado eso.

–Fue hace mucho tiempo.

–No el suficiente –Simon sabía que siempre se acordaría de Kalinda. ¿Cómo sería perder a un hijo? ¿O tenerlo, para empezar?

–Uno sigue adelante –le dijo Alistair–. Va poniendo un pie delante del otro. Una vez me preguntaste si valía la pena. Quererlos y después perderlos. ¿Ha valido la pena intentar ayudar a tu paciente?

–Claro que sí.

–Pues esa es la respuesta.

Montana se enjugó las lágrimas. Sisi la miraba, acurrucada en sus brazos, como si fuera consciente de que ocurría algo malo.

–Ha muerto –repitió, a pesar de que sabía que aquellas palabras no tenían ningún sentido para la perrita. Pero para ella tampoco lo tenían. La muerte de Kalinda le parecía innecesaria y arbitraria. ¿Qué había salido mal?

Se quedó mirando la puerta de las escaleras, preguntándose si debía seguir a Simon. Pasados un par de segundos, dio media vuelta. Decirle que lo quería no lo ayudaría a sentirse mejor. Si iba tras él, quizá pensara que lo estaba presionando, o que intentaba demostrarle su valía. Si Simon la necesitaba, iría en su busca.

Se preguntó por un instante si habría hecho mal al decirle la verdad. Si saber que lo quería complicaría las cosas. Luego sacudió la cabeza. No. No quería ir por ahí. Amar a alguien era un regalo. Ella nunca le había pedido nada, ni había intentado manipularlo. Simon podía apartarse de ella o no: era decisión suya. Ella, por su parte, estaba orgullosa de haberle dicho lo que sentía. Lo que hiciera con esa información era cosa suya.

Se acercó a la habitación de Kalinda. Quería ver a Fay, decirle lo maravillosa que había sido su hija. Que, si necesitaban algo, el pueblo intentaría procurárselo. Ella les ayudaría en todo lo que pudiera, aunque fuera solo ofreciéndoles un techo para pasar la noche.

Pero al acercarse a la habitación de la niña no oyó lloros, sino voces. Voces felices. No de los padres de Kalinda, sino del personal médico.

Apretó el paso.

La puerta estaba abierta y Fay y su marido estaban a ambos lados de la cama, sonriendo y limpiándose las lágrimas mientras se daban la mano por encima de su hija. Fay levantó la mirada y la vio.

—Está bien —susurró con una amplia sonrisa—. Está bien. Su corazón late cada vez más fuerte. Ha pasado la crisis.

Montana se sintió desfallecer de alivio. Sus ojos se llenaron de lágrimas de alegría.

—¡Qué alegría! ¡Y qué difícil ha tenido que ser para vosotros!

—Lo superaremos —dijo el padre de Kalinda sin apartar los ojos de su hijita.

Fay fijó los ojos en Montana.

—Qué elegante estás. ¿Has estado en una fiesta?

Montana asintió.

–Estaba con Simon cuando recibió el mensaje. Vino enseguida. Yo no sabía qué hacer, así que he traído a Sisi. ¿Alguien le ha dicho a Simon que Kalinda está bien?

–Iba a encargarse una de las enfermeras.

Fay cruzó la habitación y la abrazó, apretando al perro entre las dos. Sisi meneó el rabo y les dio sendos lametazos en la barbilla.

–Gracias por todo lo que has hecho por ella.

–Quiero ayudar. ¿Crees que ahora mismo le sentaría bien la compañía de una caniche?

–Creo que sería perfecto –dijo Fay.

Montana dejó a Sisi sobre la cama, a los pies de Kalinda. La perrita avanzó con cuidado sobre la sábana hasta que llegó a la altura de su cadera. Se inclinó y lamió suavemente la mano de la niña. Después se enroscó y cerró los ojos.

Los tres adultos observaban la escena atentamente. La niña se removió ligeramente; luego, muy despacio, movió los dedos y tocó a la perrita. Una sonrisa se dibujó en sus labios.

–Gracias –musitó.

Montana echó un vistazo a su móvil antes de salir del hospital y vio con sorpresa que tenía un mensaje de su madre. Aunque eran casi las diez, decidió llamarla.

–¿Diga?

–Hola.

–Ah, Montana –su madre suspiró–. Gracias por llamarme. Pensaba que estarías en la fiesta, con Simon.

–Estaba allí, pero llamaron a Simon para una urgencia –pensó en Kalinda, que descansaba cómodamente con Sisi acurrucada a su lado–. Ya está todo arreglado.

–Me alegro –su madre hizo una pausa–. Montana, siento mucho lo que pasó el otro día. Lo enfadada y lo irracional que me puse. Seguro que pensaste que estaba loca.

Montana se acercó a su coche y se apoyó contra la puerta.

–Loca, no. Pero no entendía por qué te habías alterado tanto. No queríamos fisgonear, no era eso. Claro que tuviste una vida antes de casarte. No naciste el día de tu boda con papá. Es solo que Max es mi jefe y... –suspiró–. Me alegro de que no estés enfadada.

–No lo estoy. Lo de Max es complicado. No porque haya ningún gran secreto, sino porque no esperaba que saliera a relucir en este momento. Es verdad que salimos juntos. Lo conocí antes de conocer a tu padre. Pero Max era de los que no ven mucho más allá del momento presente. Y yo quería otra cosa. Luego conocí a tu padre y supe que mi futuro estaba con él.

Montana sonrió.

–Parece que fue una época muy emocionante.

–Lo fue, pero estar casada con tu padre fue mejor.

–Gracias por contármelo.

–De nada. Lo siento de veras. Te quiero, tesoro.

–Yo también a ti, mamá.

Prometieron volver a hablar pronto y colgaron. Al subir al coche, Montana se preguntó qué más habría pasado con Max. Había cosas que su madre no le había contado. Luego se dijo que debía olvidarse del asunto. Fuera lo que fuese lo que había ocurrido, pertenecía a un pasado remoto. Y a fin de cuentas, su madre y Max no iban a volver a estar juntos.

Simon deambuló por Fool's Gold hasta que empezó a dolerle todo el cuerpo. Era tarde. Pasada la medianoche, como mínimo, aunque no se molestó en mirar su reloj de pulsera para saber la hora exacta. No importaba.

Estaba nervioso y necesitaba moverse, aunque fuera sin rumbo fijo. Había recibido varias llamadas informándole del estado de Kalinda. La fiebre había desaparecido y estaba estable. Iba a sobrevivir.

Una buena noticia, se dijo. La mejor posible.

Sus pasos resonaban en medio del silencio de la noche. Hacía mucho tiempo que no veía a nadie. Sabía que debía regresar al hotel e intentar dormir un poco, pero no creía que pudiera conciliar el sueño.

Al llegar a un cruce cambió de dirección y caminó por las calles en penumbra del barrio residencial hasta llegar a una que conocía bien. Se detuvo junto a un árbol y contempló la casa.

Las luces estaban aún encendidas, pero Simon ignoraba si todavía estaría despierta. Por fin vio una sombra cruzar por delante de la ventana.

Se le aceleró el corazón al reconocer a Montana. Tenía la corazonada de que estaba esperándolo. Ella sabía que la necesitaba, que iría a buscarla. Porque quería estar allí, para él.

Recordaba claramente a su madre diciéndole que lo quería. Normalmente estaba borracha cuando lo decía, sí, pero era solo en esos momentos cuando le mostraba algún afecto. Lo abrazaba y le decía que lo era todo para ella. Que iban a marcharse para siempre. Que dejaría a los hombres y solo estarían ellos dos, y que sería la mejor madre del mundo.

Simon la había creído durante años, había esperado que empezara a hacer las maletas. Había mirado mapas y pensado en todos los lugares a los que podía ir. Había imaginado una vida perfecta.

Cuando cumplió diez años, sin embargo, se había cansado de esperar. Cuando su madre lo abrazaba y le decía que lo quería, ya no la creía. Y cuando sus novios le pegaban, se imaginaba en otro lugar. En un lugar mejor. Se prometía a sí mismo que aprendería a sobrevivir solo y que se largaría sin más.

Después, ella lo había empujado al fuego.

No había palabras para describir el dolor, el impulso frenético de escapar de las llamas solo para verse arrojado a ellas otra vez. Los gritos que había oído, sus propios gritos, ni siquiera eran humanos. No sabía entonces que pudiera existir semejante tormento.

Después de escapar de las llamas, cuando corrió fuera, no había podido dejar de temblar y de vomitar. Más tarde había sabido que, aunque su madre aseguraba que había sido un accidente, alguien la había oído decirle a su abogado de oficio que lo había hecho a propósito. Años después, Simon había leído la trascripción de su declaración ante la policía. No había dicho que lo sintiera. Había dicho que su hijo había sido siempre una carga y que siempre se había arrepentido de tenerlo.

Nunca lo había querido. Era todo mentira.

Desde entonces, Simon no se había molestado en descubrir si el amor podía existir para él. Había pasado del hospital al instituto y durante la universidad había sido una especie de fenómeno de feria, cubierto de cicatrices, demasiado joven y demasiado inteligente. Cuando por fin su edad se equiparó a la de quienes lo rodeaban, era ya demasiado tarde. Nunca se quedaba en un sitio el tiempo suficiente para trabar relaciones, y él lo prefería así.

Luego estaba Montana. Una mujer que había crecido en un entorno idílico, en el seno de una familia cariñosa. Que nunca había conocido el sufrimiento ni el dolor, más allá de un chichón o un hematoma, ni física ni emocionalmente.

Montana no podía concebir siquiera lo que él había vivido. Pero eso no la detenía. Ella aceptaba sus cicatrices. Creía en lo mejor que había en él. Lo amaba.

Simon había visto las manifestaciones del amor otras veces, en los padres que suplicaban a Dios por la vida de sus hijos o se ofrecían a morir en su lugar. Había visto a una madre o a un padre no apartarse jamás del lecho de su pequeño. Se había visto atrapado en el torbellino del dolor cuando moría un paciente. Pero él nunca había sentido aquella emoción.

Durante sus años en el hospital, siendo un adolescente, había hablado con varios psicólogos y psiquiatras. Ellos le habían explicado la incapacidad de su madre para crear vínculos emocionales y le habían dicho que debía curarse no solo físicamente, sino también mentalmente. Él oía sus palabras y fingía estar de acuerdo con ellos. Pero en su fuero interno se había cerrado por completo y sabía que siempre sería así.

Cruzó la calle y se acercó a la puerta de Montana. Llamó suavemente.

Ella abrió enseguida.

—Estaba preocupada por ti —dijo, haciéndolo entrar—. Te has enterado de lo de Kalinda, ¿verdad? ¿A que es maravilloso? —sonrió—. Sus padres están contentísimos. He dejado a Sisi allí para que pase la noche con ella. La recogeré por la mañana. No sé cómo consigues pasar por esto con todos tus pacientes. Pero esta vez todo ha salido bien.

Era tan bella, pensó Simon tocando su cara. Haría cualquier cosa por él, incluso fingir que él no iba a hacerla sufrir. Pero se equivocaba. Al final sentiría que él era una especie de vampiro emocional: que le chupaba la vida sin darle nada a cambio. Al final se daría cuenta y, cuando cambiara de idea respecto a él, la tristeza que sentiría él sería insoportable.

Dejó caer la mano.

—No quiero volver a verte.

Lo dijo tajantemente, sin emoción alguna, con voz fría.

Ella lo miró desconcertada.

—No...

—Me marcho dentro de un par de semanas y no tiene sentido que sigamos juntos.

Montana siguió muy erguida y con la barbilla levantada.

—Está bien —murmuró.

Simon deseó de pronto retirar lo que había dicho, decirle que estaba equivocado. Montana era mucho más de lo que había esperado nunca. Mucho más de lo que se merecía. Pero no podía decir nada. Era como si estuviera paralizado por dentro.

Ella se acercó a la puerta y la abrió.

—No te entretengo más —dijo con lágrimas en los ojos—. Adiós, Simon.

Él pasó a su lado y salió a la calle. Por un instante aspiró su perfume. Luego aquella fragancia desapareció, la puerta se cerró y él se quedó solo.

Justamente lo que quería, se dijo mientras echaba a andar. Lo que era mejor para los dos.

Capítulo 19

Montana sostenía a la bebé en sus brazos y sentía el calor de su cuerpo envuelto en una suave manta.

–Qué buena eres, pequeña –le dijo a Rosabel en voz baja–. Eres preciosa.

Nevada jugaba al caballito con Hannah, sentada sobre sus rodillas, y Dakota sostenía a Adelina, la otra hija de Pia.

–Esto es fantástico –dijo Pia, estirándose en un sillón reclinable, con los pies en un cojín y una infusión en la mano–. En serio, pensaba que iba a ser muy duro, pero de momento me está encantando.

–¿Te has quedado con ellas a solas un solo momento? –preguntó Nevada.

–Creo que unos quince minutos la semana pasada –Pia suspiró–. Siempre viene alguien a ayudarme. Sé que con el tiempo todo el mundo volverá a sus cosas, pero pienso disfrutar de la ayuda mientras la tenga. La pediatra dice que, mientras todos estemos sanos, es bueno que las niñas tengan contacto con mucha gente. Por la socialización y todo eso.

Montana acunaba suavemente a Rosabel.

–¿Ya te has acostumbrado a ser mamá?

A Pia le había preocupado no ser lo bastante maternal y echarlo todo a perder.

–Es como dicen –reconoció Pia–. En cuanto las tienes en tus brazos, sientes el vínculo. Les he explicado que voy a hacerlo lo mejor que pueda y están siendo bastante pacientes conmigo.

Nevada sonrió.

–Ojalá hubiera presenciado esa conversación.

–Casi todo lo dije yo –contestó Pia.

Montana notó que Dakota y Nevada cruzaban una mirada. Aunque no había dicho nada, sabía que sus hermanas estaban preocupadas por ella. Eso era lo malo de tener gemelas, pensó. Era difícil guardar un secreto.

Hablaron de chismorreos del pueblo, de las animadoras, que se habían ido de campamento como todos los veranos, y de Ethan y Liz, que iban a llevarse a sus niños a Hawái una semana.

–¿Qué tal van las cosas con Simon? –preguntó Dakota con aparente naturalidad.

Montana no se dejó engañar.

–Hemos roto.

Pia se incorporó.

–¿Se suponía que tenía que saberlo?

–No. Fue anoche.

–¿Estás bien? –preguntó Nevada–. ¿Quieres que Kent y Ethan le den una paliza?

–No, no. No quiero que nadie le haga daño. Estoy bien.

Pia se inclinó hacia ella.

–¿Bien? Pero si llevas como dieciséis capas de corrector de ojeras.

–No he dormido bien esta noche.

También había llorado mucho, había arrojado unas cuantas almohadas contra la pared y se había comido casi medio kilo de helado.

Simon no solo la había dejado: también había sido cruel. Había hecho todo lo posible por herirla, y eso era lo que no entendía. Simon era muchas cosas; entre ellas, distante y esquivo. Pero no era cruel por naturaleza.

Ella lo había visto con sus pacientes. Sabía cuánto significaban para él y lo que estaba dispuesto a sacrificar por ellos. De lo que se deducía que su actitud se debía a otra cosa.

A miedo, quizá. Era ella quien había roto las normas tácitas. La que se había enamorado de él.

—¿Quieres contarnos qué pasó? —preguntó Nevada.

Montana besó a la niña dormida en la mejilla.

—Fuimos a la fiesta. Por lo visto, Ethan y Kent se lo llevaron aparte y le preguntaron cuáles eran sus intenciones.

Sus hermanos lo habían confesado todo poco después de que Simon se marchara de la fiesta. Les preocupaba que su brusca partida fuera culpa suya. En aquel momento, Montana se había reído y les había tranquilizado. ¡Qué equivocada había estado!

Las otras tres soltaron un gruñido.

—Sé que solo intentaban ayudar —masculló Dakota—. Hermanos...

—Dímelo a mí —Nevada parecía enfadada.

—¿Qué pasó luego?

—Simon vino a buscarme y me preguntó si estaba enamorada de él —levantó la mirada y vio tres caras de idéntica sorpresa.

—¿Qué le dijiste? —preguntó Pia.

—La verdad. Que sí. Entonces lo llamaron por el busca para que volviera al hospital.

Les explicó que Kalinda había estado a punto de morir y que Simon se había marchado del hospital.

—Eso fue todo. Unas tres horas después se presentó en mi casa y me dijo que lo nuestro se había acabado.

No repitió lo que había dicho Simon: no tenía sentido que su amiga y sus hermanas lo odiaran.

—Sabía cómo era cuando me lié con él.

Dakota la miró con enfado.

—Dime que no vas a sentirte responsable de vuestra ruptura. Tú no has hecho nada malo.

–Lo sé. Descuida, no voy a decir que ha sido culpa mía. Lo que digo es que sabía cómo era cuando empezamos a estar juntos. Para mí, es como si sales con un tío que desde el principio te advierte que es infiel, y luego te sorprendes cuando te lo encuentras en la cama con otra. Simon me avisó de que no quería tener una relación de pareja. Yo sabía que no buscaba un compromiso a largo plazo, ni un lugar donde echar raíces. Siempre está yendo de un sitio a otro. Yo pensaba que estaba preparada, pero no es así –las miró a las tres–. Pero no me arrepiento de quererlo.

–Finn también iba a marcharse –le recordó Dakota–. Puede que Simon cambie de idea.

Montana se encogió de hombros. Le parecía bastante improbable.

–No es que no lo esté pasando mal, claro que no. Pero no puedo culpar a nadie. Ninguno de los dos ha hecho nada malo.

–¿Estás embarazada? –preguntó Nevada–. Si lo estuvieras, quizá quisiera quedarse.

–Bonito modo de empezar una relación –repuso Montana–. No estoy embarazada y tampoco me gustaría que Simon se quedara solo por eso.

–Estás muy tranquila –le dijo Pia.

–Eso es porque estoy en la fase de llorar por dentro –Montana tragó saliva–. Estoy enamorada de él y no quiero que se marche, pero no puedo hacer nada por que cambie de opinión –las miró con enojo–. Y tampoco quiero que le digáis nada.

–¿Haríamos nosotras eso? –preguntó Nevada.

–En un abrir y cerrar de ojos. Quiero que me lo prometáis.

Todas juraron que no dirían una palabra.

–Bien.

Montana siguió acunando a la pequeña. Se sentía satisfecha por haberse mostrado tan serena y haber conseguido engañar a tres personas que la querían. Lo cierto era que lo ocurrido la había hecho trizas. Sentía el impulso de decir que haría cualquier cosa por que Simon le correspondiera aunque fuera solo un poco. Pero no era cierto. Le dolía el corazón con cada latido, pero había logrado hacer lo correcto. Aceptar lo ocurrido y confiar en su capacidad de recuperarse.

Le había costado mucho tiempo, pero por fin había madurado. Con el tiempo aprendería a pasar página. A olvidar a Simon. A enamorarse de otro.

–Siempre nos queda la esperanza –le susurró a la niña que sostenía en brazos–. Tienes que recordarlo.

Simon pasó los días siguientes esperando a que alguien lo agrediera. Estaba seguro de que solamente era cuestión de tiempo que una muchedumbre le exigiera, indignada, que rectificara el error que había cometido con Montana.

Pero la gente seguía siendo igual de amigable que siempre. Le sonreían, le preguntaban por sus pacientes, le sugerían cosas que hacer el fin de semana. Como si nada hubiera cambiado.

Solo se le ocurría una explicación: que Montana no se lo hubiera dicho a nadie. Pero ¿por qué iba a guardarlo en secreto? Debía de odiarlo. Una mujer despechada y todo eso.

El sábado acabó pronto su ronda de visitas y se encontró sin nada que hacer. Había otra feria en el pueblo, algo relacionado con la artesanía. Paseó entre la multitud, compró algo de comer en un puesto y luego se quedó allí sin nada que hacer ni nadie a quien ver. Por fin decidió pasarse por la librería y comprar algo que leer.

Al volverse en esa dirección vislumbró una figura conocida. Una mujer con el cabello rubio. Varias personas pasaron entre ellos y Simon no pudo verla más, pero apretó el paso, siguiéndola. Se le había acelerado el corazón y el deseo comenzaba a embargarlo.

Corrió hacia ella, pero una mujer que vendía pendientes de cristal lo hizo detenerse. ¿Qué demonios estaba haciendo? No podía ir tras Montana. Había puesto fin a su relación. Y lo que era peor, la había herido.

Se recordó que eso era lo que quería. Estar solo. Así eran las cosas. Pero, aun así, sufría por ella. Añoraba su cuerpo, pero también su sonrisa, su risa, las cosas que decía.

Nunca había deseado a nadie como la deseaba a ella, ni había echado a nadie tanto de menos.

La mujer rubia se desplazó hacia su izquierda y, al ver la forma de su cara y su cabello, mucho más corto, comprendió que no era Montana, sino una de sus hermanas.

Se encaminó a la librería Morgan. Era una tienda grande, con montones de ventanales y luz natural. En un expositor había numerosas novelas de misterio escritas por la cuñada de Montana. Estuvo hojeando el último libro de Liz y decidió comprarlo. Con él bajo el brazo, empezó a deambular por la tienda. Todas las personas con las que se encontraba se mostraban amables, y Simon comprendió de repente que había estado esperando un castigo. Quería que alguien le dijera que se equivocaba, que se había portado vilmente. Porque quizá, si se enfurecía, si se sentía culpable, tal vez se pusiera a la defensiva y llegara a convencerse de que había hecho bien poniendo fin a su relación con Montana.

Al doblar una esquina estuvo a punto de tropezar con Denise Hendrix.

Se detuvo, comprendiendo que al fin había dado con una persona deseosa de ajustarle las cuentas. Las madres como Denise defendían a sus hijos con ferocidad.

–¡Simon! –Denise le sonrió–. Hacía mucho que no te veía. ¿Cómo estás? –preguntó amablemente.

–¿Has hablado con Montana últimamente?

–Hace un par de días que no hablo con ella. ¿Por qué?

«Por fin», pensó casi con alegría.

–Hemos roto.

Denise pareció sorprendida.

–Ah. Cuánto lo siento.

–No fue ella, por si te lo estás preguntando. Fui yo. Tengo que irme pronto y pensé que no tenía sentido que siguiéramos juntos. Ella no estaba de acuerdo. Está enamorada de mí.

Denise llevaba un libro. Quizá lo golpeara con él. Quizá lo rodearan todos y empezaran a gritarle. A decirle que estaba en un error. Pero Denise suspiró.

–Entonces es que eres un hombre muy afortunado.

Simon se quedó mirándola, incapaz de creer lo que estaba diciendo.

–¿Afortunado?

–Que alguien te ame es un regalo maravilloso. Sobre todo si es alguien como Montana –se irguió y cuadró los hombros–. Así que, si te quiere, tienes mucha suerte. Y debes de ser un buen hombre, si te quiere.

Simon no supo qué responder.

–Montana ha tardado mucho tiempo en encontrar su camino –prosiguió Denise–. Nunca ha estado segura de lo que quería hacer, pero nunca ha dejado de buscar y ahora ha encontrado su sitio. Estoy muy orgullosa de ella.

Él no entendía. ¿Dónde estaban los gritos? ¿Y los reproches?

–Yo no la quiero.

Denise se quedó mirándolo largo rato. Luego se inclinó y le dio un abrazo.

–Lo siento mucho, Simon. No sé mucho de ti, pero lo que me han contado es muy triste. Tiene que ser difícil para ti confiar en algo que nunca has visto. Ser amado debe de ser de lo más aterrador para ti –retrocedió y le dedicó una sonrisa cariñosa–. Espero que puedas tener un poco de fe. Si no en Montana, al menos en ti mismo.

Sin decir nada más, dio media vuelta y se alejó. Simon se quedó mirándola, más desconcertado que nunca y sin posibilidad de redención.

Simon señaló la pequeña equis roja del dibujo.

—Vamos a empezar por el lado derecho de tu cara —dijo.

Kalinda asintió.

—Porque es el lado malo, ¿verdad?

—No me gusta pensar en esto en términos de bueno y malo. El lado derecho está más dañado y va a requerir más atención.

Kalinda hizo girar los ojos.

—Habla usted como mi madre.

Su madre estaba sentada al otro lado de la cama de la niña.

—¿Por qué lo dices así? —preguntó con una sonrisa.

Desde la noche de su crisis cardiaca, la pequeña no había dejado de mejorar. Simon no necesitaba mirar sus gráficas para saberlo. Estaba despierta casi todo el día, se mostraba vivaz y habladora y se interesaba por todo lo que sucedía a su alrededor. A aquel paso, podría hacerle dos o incluso tres operaciones antes de irse.

Kalinda señaló el dibujo. Era un esbozo esquemático de una cara. Simon lo utilizaba a menudo cuando trataba a niños: les era más fácil entender lo que iba a pasar si veían una ilustración que si se lo contaba de palabra. Además, le habían dicho que a veces se ponía demasiado gráfico. Y lo último que quería era asustar a Kalinda.

—Después de operarme, ¿me taparán toda la cara? ¿Pareceré una momia?

—A medias, seguramente.

—Entonces puedo pasearme por los pasillos por la noche con los brazos estirados y asustar a las enfermeras —dijo Kalinda, entusiasmada—. Para Halloween, quiero ser una momia completa.

Fay miró a su hija.

–Ya sabes que el doctor Bradley no estará aquí para Halloween.

–Sí que estará –ella lo miró–. Me lo prometió. ¿A que sí? Tiene que quedarse.

Simon vio un brillo de indignación en sus ojos azules. Por fin alguien iba a gritarle. Pero, por desgracia, no quería que Kalinda se enfadara con él.

–Kalinda... –comenzó a decir.

–No, no. Me lo prometió. Estaba a punto de prometérmelo cuando se me paró el corazón. No puede dar marcha atrás ahora.

Fay se levantó.

–Lo acompaño fuera –le dijo a Simon.

Salieron al pasillo y, cuando estuvieron el uno frente al otro, ella sonrió, compungida.

–Lo siento. Kalinda puede ser muy terca. Seguramente a usted le parecerá un fastidio, pero para mí es una enorme alegría verla otra vez así, como era antes.

–Yo también veo que ha mejorado.

Quería decirle que no había prometido nada, pero sabía que la niña tenía razón. Había estado a punto de prometérselo. Y sin embargo se marcharía muy pronto.

¿Podía dar marcha atrás por haberle dado su palabra a una niña? ¿No era un disparate?

De nuevo se descubrió echando de menos a Montana. Su sensatez se había vuelto imprescindible para él. Sin ella se sentía perdido en un mundo al que no pertenecía.

Fay tocó su brazo.

–Quiero darle las gracias por todo lo que ha hecho. No lo habríamos superado sin usted.

Simon quiso decirle que se equivocaba, pero aceptó sus palabras con una sonrisa. Eso era lo que Montana le habría dicho que hiciera.

De vuelta en su despacho, puso al día sus historias y luego se recostó en su silla. Miró su teléfono móvil, consciente de lo fácil que sería llamar. Pero ¿para qué? Nada había cambiado. Era mejor para los dos que no hiciera promesas que no podía cumplir.

—He visto las películas un montón de veces, pero esto es mejor —le dijo Daniel a Montana, sentado en una de las pequeñas salas de reuniones de la biblioteca—. Mi madre me ha comprado toda la serie. Son bastante difíciles, pero también divertidos —arrugó la nariz—. No se lo digas a nadie.

Montana contuvo una sonrisa.

—¿Porque leer no mola?

—No. No quiero ser uno de esos empollones.

—Me alegro de que te estén gustando los libros de *Harry Potter*. También son de mis favoritos —vio que Daniel acariciaba a Buddy, sentado pacientemente a su lado—. ¿Un millón de dólares es mucho dinero? —preguntó de pronto.

Daniel se quedó mirándola.

—Sí —su tono dejaba claro que le parecía una pregunta idiota.

—Yo también lo creo. ¿Sabes que, según algunos estudios, las personas que van a la universidad ganan aproximadamente un millón de dólares más a lo largo de su vida que las personas que no van?

Había muchas excepciones, pero eso no iba a discutirlo con Daniel.

—¿Un millón de dólares más?

—Ajá. A veces ser listo es bueno —se inclinó hacia él—. No sé por qué te costaba leer, pero ya pasó. Has mejorado muchísimo estas últimas semanas. Es como si tu cerebro se hubiera estado preparando y preparando y de pronto estuviera ya listo.

Él sonrió con timidez.

—Siento no haber querido intentarlo antes. Me costaba.

—Lo sé, pero lo has intentado de todos modos. Y a Buddy eso le encanta.

Él abrazó al perro.

–Buddy también es muy listo.

–Sí. El caso que, cuando vuelvas al colegio, evaluarán tu habilidad lectora otra vez y te pasarán a otro grupo de alumnos.

–¿Con los más listos? –parecía preocupado.

–Eso depende de cómo lo hagas. Sé que te preocupa que a tus amigos no les guste que cambies. Pero en eso consiste crecer. En cambiar. En probar cosas nuevas. ¿Quieres hacer algún deporte en el instituto?

Él asintió vigorosamente.

–Pues para estar en el equipo tienes que tener buenas notas. Y en la universidad, lo mismo.

–Me encantaría jugar al baloncesto en la universidad. ¿Crees que podría?

–Creo que puedes hacer cualquier cosa.

–Eso dice mi madre, pero yo pensaba que lo decía porque tenía que decirlo –se encogió de hombros–. Ella me quiere.

Daniel hizo aquella afirmación con total convicción. Montana pensó en Simon y lamentó que su infancia no hubiera estado llena de cariño y apoyo.

–Creo que, si sabe que puedes hacer cualquier cosa, es porque te conoce bien.

Daniel se levantó y rodeó la mesa. La abrazó con fuerza.

–Gracias –se incorporó–. Voy a ir a la universidad para poder ganar ese millón de dólares.

–Me alegro.

El niño salió de la sala.

Montana se inclinó para acariciar a Buddy.

–Lo has conseguido, grandullón. Eras justamente lo que necesitaba Daniel. Estamos todos muy contentos. La madre de Daniel ha mandado una carta al director del colegio y todo. Vamos a hacer más talleres.

El perro arrugó el ceño como si le preocupara estar a la

altura de las circunstancias. Ella se rio y besó su coronilla.

—Relájate. Tú puedes arreglártelas, y yo estaré contigo.

La operación de Kalinda duró más de diez horas. Fue un trabajo minucioso: cada pequeño ajuste, cada corte, cada sutura decidiría su aspecto para el resto de su vida. Simon sentía el peso de la responsabilidad. Quería que todo saliera bien.

Sabía que la perfección era casi imposible de conseguir, pero al quitarse los guantes comprendió que se había acercado mucho. Tras hablar con Fay y su marido para decirles que todo había salido bien y que su hija estaría en reanimación un par de horas, se fue a su despacho.

Tenía agujetas. Estar de pie tanto tiempo siempre le pasaba factura, lo mismo que estar inclinado haciendo un trabajo tan meticuloso. Fue a buscar un café a una de las salas de enfermeras y subió dos tramos de escaleras. Debía comer algo antes de empezar su ronda, se dijo. Para conservar las fuerzas.

Al entrar en su despacho oyó un suave gemido. Encendió la luz y vio a Sisi saliendo de su trasportín y estirándose.

—¡Qué sorpresa! —le dijo—. ¿Te ha traído Montana para que luego estés con Kalinda?

La perrita agitó su cola peluda. Bailoteó a su alrededor, encantada de que estuvieran juntos al fin. Simon dejó su café y la tomó en brazos. Ella le dio unos cuantos besos y luego se acomodó en sus brazos con un suspiro de felicidad. Simon se cercioró de que tenía comida y agua, se acercó a su mesa y se sentó.

—¿Quieres jugar? —preguntó, y abrió un cajón de la mesa para sacar un par de juguetes que le había comprado.

Había un gatito de goma que pitaba al apretarlo y una pelota de tenis del tamaño de una de pimpón. Sisi se estremeció, emocionada, e intentó desasirse de sus brazos. Corrió hasta el otro lado del pequeño despacho y empezó a ladrar, expectante. Simon le lanzó el gatito de goma. Ella lo agarró al vuelo y lo apretó, haciéndolo pitar alegremente. Aquel ruido agudo hizo sonreír a Simon.

—Estás muy satisfecha de ti misma, ¿eh? ¿Has visto alguna vez un gato de verdad? No estoy muy seguro de que pudieras con él.

Sisi corrió hacia él y saltó a su regazo. Lo había hecho muchas veces antes, pero esta vez el cajón de abajo estaba entreabierto. Simon vio lo que iba a ocurrir una fracción de segundo antes de que ocurriera. Intentó agarrarla, pero no fue lo bastante rápido. La perrita golpeó el cajón con la pata trasera izquierda. El impacto fue tan fuerte que Simon lo oyó con claridad. Sisi soltó el juguete y soltó un chillido. Después cayó al suelo, gimoteando. Simon empujó el cajón y se puso de rodillas junto a la perrita dolorida.

—No pasa nada —dijo, y se sintió estúpido. No sabía qué le pasaba, pero aquellas palabras le salieron espontáneamente, y siguió murmurándolas una y otra vez.

Acarició suavemente a la perrita. Ella se calmó, con la mirada fija en él, como si le suplicara que le quitara aquel dolor. Simon palpó su pata y Sisi volvió a gemir. Él murmuró un juramento. ¿Estaba rota?

—Bueno, bueno. Voy a llevarte adonde puedan curarte —le dijo, al tiempo que intentaba refrenar un miedo casi abrumador.

Miedo por ella, y también culpa. Se sentía responsable de que aquella perrita dulce y cariñosa estuviera herida.

Buscó su teléfono móvil encima de la mesa y marcó el número de Montana.

—¿Diga?

—Soy Simon. Sisi se ha golpeado la pata con un cajón de mi mesa cuando iba a subirse encima de mí. Le duele mucho. Creo que puede tenerla rota. Dime qué hago.

Montana no titubeó.

–Llévala al veterinario. Se llama Cameron McKenzie. Acaba de sustituir a Mavis Rivera, que se ha jubilado. Aunque eso no hace falta que lo sepas, claro. Perdona. Bueno, te doy la dirección. Tardarás menos si vas andando –le dio indicaciones rápidamente para llegar desde el hospital–. Voy a llamar para decirles que vas para allá.

–Gracias.

Colgó y tomó a Sisi en brazos. Ella gimió cuando la levantó, pero no intentó apartarse y se acurrucó confiada en sus brazos.

Mientras Simon salía del hospital a toda prisa, la perrita no dejó de mirarlo. Parecía decirle con la mirada que sabía que iba a ayudarla.

–Deja de creer en mí –le dijo mientras corría hacia la clínica veterinaria–. Es probable que contigo también vaya a cagarla.

Capítulo 20

La clínica del doctor McKenzie estaba en un viejo edificio que antaño había sido una vivienda particular. Había grandes árboles, una zona con casetas para perros en la parte de atrás y un mostrador de recepción en medio de lo que, por lo que pudo deducir Simon, había sido el cuarto de estar.

–Ha llamado Montana Hendrix –dijo al entrar–. Traigo a Sisi.

En la sala de espera había sentadas dos mujeres con un trasportín. Simon no les prestó atención y se acercó apresuradamente a la señora vestida con una bata azul.

–Sí, doctor Bradley. Nos han dicho que iba a venir –levantó el teléfono–. Sisi está aquí –dejó el teléfono y sonrió–. Enseguida viene Carina a recogerla.

Él asintió con un gesto, aunque en realidad tenía ganas de ponerse a gritar. ¿Enseguida? ¿Qué quería decir? ¿Por qué no estaba esperando aquella tal Carina para llevarse a Sisi inmediatamente?

Aunque la perrita seguía mirándolo con amor, él sabía que le dolía la pata. Jadeaba y gemía débilmente.

A Simon no le gustaba el ángulo de su pata. Si estaba rota, jamás se lo perdonaría.

Una chica rubia que parecía tener doce años entró por una puerta batiente.

—Hola, soy Carina.

Simon sintió el impulso de decirle que le importaba un rábano quién fuese, pero refrenó su enfado.

—¿Montana le ha dicho lo que ha pasado?

—Sí.

Ella tomó a Sisi con suavidad. Aun así, la caniche gimió y Simon dio un respingo.

—Tenga cuidado.

Carina le dedicó una sonrisa cargada de paciencia.

—La cuidaremos bien, doctor Bradley. Cam... Quiero decir, el doctor McKenzie es un veterinario estupendo. Si nos da un teléfono donde podamos localizarlo...

—No voy a marcharme. Quiero saber exactamente qué le pasa y qué van a hacer al respecto.

Carina dio un paso atrás.

—Eh, está bien. Claro. Puede que tardemos un poco. Quizá tengamos que hacerle una radiografía.

—Yo diría que es más que probable. Mire cómo tiene la pata. ¿Tiene usted formación veterinaria? ¿Alguna experiencia?

Carina se puso tensa.

—Sí, así es, y puede que tardemos menos si me deja usted hacer mi trabajo. Ahora, si me disculpa, voy a llevarme a Sisi. Alguien saldrá lo antes posible para informarle.

—Bien.

Carina dio media vuelta y cruzó de nuevo la puerta batiente. Antes de desaparecer, Sisi estiró el cuello y miró a Simon. Sus ojos parecían suplicarle que no la abandonara. Él masculló un exabrupto y se pasó las manos por el pelo. Luego se acercó a la recepcionista.

—Tengo que hacer un par de llamadas. Estoy fuera. Vaya a buscarme si se sabe algo.

Ella asintió tranquilamente.

—Carina sabe lo que hace y, como le ha dicho, el doctor McKenzie es un gran profesional. Su perrita va a ponerse bien.

—Eso usted no lo sabe —replicó él, y salió.

Una vez fuera, recorrió el camino hasta el aparcamiento y volvió sobre sus pasos. Al mirar su reloj vio que Sisi solo llevaba cuarenta y cinco segundos en la consulta. Era improbable que hubieran descubierto qué le pasaba.

Llamó al hospital y habló con una de las enfermeras de la unidad de quemados. Tras explicarle que había tenido que salir, le dijo que tendría el teléfono encendido por si había alguna urgencia. Luego habló con una enfermera de reanimación y se alegró al saber que Kalinda se había recuperado tan bien de la operación que ya iba camino de su habitación.

Después se guardó el teléfono en el bolsillo y siguió paseándose de un lado a otro.

—Toc, toc —dijo Montana al entrar en la consulta del veterinario.

Aunque el doctor McKenzie era nuevo y solo lo había visto una vez, conocía bien al resto del personal de la clínica.

—Montana —dijo Carina, y se acercó para darle un abrazo—. ¿Qué le pasa a ese ogro?

—¿A quién?

—Al tipo que trajo a Sisi. Es de la peor clase de dueños de mascotas. Estaba aterrorizado y furioso al mismo tiempo. Pensé que iba a tener que ponerle un bozal —dijo con un brillo divertido en la mirada.

—Es médico.

—Ah, claro. Debería haberlo imaginado. Daba la impresión de que quería ponerse al mando.

—Seguro que así se sentiría más cómodo. ¿Qué tal está Sisi?

—Sigue con Cameron. Sally lo está ayudando. Le están haciendo una radiografía. Dentro de unos minutos tendremos los resultados.

–Estupendo. Gracias.

–¿Quieres quedarte aquí? Es menos peligroso.

–No. Puedo arreglármelas con Simon. Perdón por el juego de palabras, pero ya sabes: perro ladrador, poco mordedor.

–Si tú lo dices.

Montana cruzó la consulta. Antes de empujar la puerta batiente, respiró hondo y se dijo que, sintiera lo que sintiese al ver a Simon, debía ocultarlo. Aquello era una crisis y él la había llamado por Sisi. Respecto a lo demás, había dejado muy claro lo que sentía. Que ella lo quisiera no significaba que él la correspondiera. Más valía que lo recordara.

Entró en la zona de recepción, pero estaba vacía.

–¿Buscas al tipo que trajo a la caniche? –preguntó la recepcionista.

–Sí.

–Está fuera, dando vueltas. Pobrecillo. Está que se sube por las paredes.

Montana salió y vio a Simon enseguida. Aunque llevaba camisa y corbata, parecía desaliñado. Tenía el pelo revuelto como si se hubiera estado pasando los dedos por él. Estaba cansado, pensó ella, y se acordó de que ese día estaba previsto que operara a Kalinda. Sintió pena y preocupación por él, y esos sentimientos se mezclaron con el dolor que le produjo ver de nuevo al hombre al que amaba y al que no podía tener.

–¿Cómo está? –preguntó él, corriendo a su encuentro–. ¿Te han dicho algo?

–Le están haciendo una radiografía. Pronto lo sabremos.

Él lanzó una maldición.

–No puedo creer que haya pasado esto –le contó lo sucedido–. Es culpa mía. He sido un irresponsable.

Montana le tocó instintivamente el brazo. Luego deseó no haberlo hecho. Sintió que una llamarada de deseo estallaba entre ellos. Una llamarada que parecía burlarse de ella por su intensidad.

—No, nada de eso. Ha sido un accidente. Esas cosas pasan. Tú no le has hecho daño intencionadamente.

—Debería haber cerrado el cajón.

—Sí, deberías, pero no lo hiciste. Si tiene la pata rota, se la colocarán y se pondrá bien.

Simon sacudió la cabeza y empezó a pasearse de nuevo.

—¿Esto es lo que sienten los padres que quieren a sus hijos? Tengo ganas de golpear algo. Quiero entrar en esa consulta y encargarme de Sisi yo mismo.

—Que yo recuerde, no has estudiado veterinaria —repuso ella con deliberada ligereza.

—No estás ayudando.

—Claro que sí. Para responder a tu pregunta, sí, esto es lo que sienten esos padres. Aunque ellos quieren a sus hijos desde hace años y tú solo conoces a Sisi desde hace unas semanas, así que lo suyo es mucho peor.

Mientras lo observaba, pensó que era una pena que no hubiera podido quererla. Aunque fuera solo un poco. Habrían hecho una pareja estupenda.

Se abrió la puerta de la clínica y salió Cameron. Montana lo había visto otras veces. Tenía poco más de treinta años, era guapo y tenía el cabello oscuro y ondulado. A eso había que añadir que amaba a los animales y que estaba criando solo a su hija, de modo que posiblemente era el hombre más deseado de todo el pueblo.

—Hola, Montana —dijo.

—Cameron —se volvió hacia Simon—. Este es el doctor Cameron McKenzie. Cameron, el doctor Simon Bradley. Médico de humanos.

—Encantado de conocerte —dijo Cameron tendiéndole la mano.

—Igualmente. ¿Cómo está Sisi?

—Está bien. No tiene nada roto. Tiene un desgarro muscular y está asustada. Tendrá que guardar reposo un par de días, lo cual es duro para un perro. Ya le hemos dado algo para el dolor y un antiinflamatorio. Tendréis que llevaros las dos cosas a casa –los miró a ambos como si no estuviera seguro de quién se hacía responsable de la perrita.

Simon dio un paso adelante.

–Se viene a casa conmigo.

Cameron le dio el resto de las instrucciones. Simon escuchó atentamente y asintió.

–Voy a mi despacho a buscar el trasportín –dijo.

–No hay problema. Está muy soñolienta por los analgésicos. No hace falta que te des prisa.

Cameron regresó a la clínica.

Simon se volvió hacia Montana.

–¿Puede quedarse conmigo?

–Claro. Avísame cuando quieras que vaya a por ella. Puedo cuidarla mientras estás en el hospital.

Él asintió.

–Gracias. No tenías por qué hacer nada.

–Claro que sí. Sisi es responsabilidad mía, y sigo siendo tu amiga.

Él la miró fijamente.

–Te hice daño, Montana. Lo siento mucho, pero disculparme no excusa lo que dije.

Ni tampoco cambiaba el resultado.

–Te sentías atrapado.

–¿Me estás justificando?

–No, solo digo que entiendo por qué reaccionaste así. Ya conocía las reglas cuando empezamos.

–No estoy seguro de que eso sea cierto.

«Quédate», pensó ella, y deseó que suplicarle sirviera de algo. Si pudiera quedarse con ella, estar con ella, amarla...

–Llámame si necesitas algo –dijo, y se volvió hacia el edificio.

Pensó en ofrecerse a ayudarlo con Sisi, pero sabía lo

que ocurriría si pasaban la noche juntos. Sabía que probablemente se entregarían de nuevo a la pasión siempre presente entre ellos. ¿Y luego qué? En ese momento lo que necesitaba era cuidarse y proteger su corazón. Así pues, hizo lo que debía y no lo que deseaba, y se alejó lentamente.

Montana vio que Nevada tomaba asiento delante de su madre en la alegre cocina de Denise.

–Lo he hecho –dijo con firmeza–. He pedido trabajo en Construcciones Janack. Ya tienen todos los permisos y han hecho correr la voz de que están contratando gente. Tengo una entrevista la semana que viene.

Denise sonrió.

–Ya puedes quitarte esa cara de preocupación. No voy a decirte que estás cometiendo un error. Tienes que hacer lo que te haga más feliz.

–Pero voy a dejar a Ethan.

–Vas a dejar de trabajar para él, que es distinto. Además, tienes razón: a Ethan le interesan más sus molinos.

Nevada respiró hondo y sonrió.

–¿No estás enfadada?

–Claro que no –su madre se volvió hacia Montana–. ¿Y tú cómo estás?

Había preocupación en su tono y compasión en su mirada.

–Te has enterado.

–¿De que Simon y tú ya no salís juntos? Sí, me he enterado –su madre estiró el brazo y tomó su mano–. ¿Puedo hacer algo?

–No. Si te pidiera que hicieras cambiar a Simon, seguramente no podrías. Y aunque pudieras, no quiero que cambie. Lo quiero tal y como es.

–Suele ser lo mejor. Las mujeres piensan que pueden cambiar a los hombres, pero a menudo se equivocan –Denise se incorporó–. ¿Quieres que hable mal de él o que le pida a uno de tus hermanos que le dé una paliza?

A pesar de todo, Montana se rio.

–No, estoy bien. Simon puede seguir con su vida tranquilamente.

–Solo quiero que sepas que estoy aquí si me necesitas –dijo su madre.

–Lo mismo digo –añadió Nevada–. Para lo que quieras. Podemos llamarlo «capullo» o algo peor si no quieres que le ajustemos las cuentas.

–Quizá la próxima vez.

No podía culpar a Simon por lo ocurrido. Como había dicho su madre, intentar cambiar a alguien era un error. Las personas cambiaban porque querían cambiar, no porque alguien las obligara.

–Pasando a un tema más alegre –dijo, volviéndose hacia su hermana–, conozco a alguien a quien me gustaría presentarte.

Nevada puso los ojos en blanco.

–No intentarás en serio hacer de casamentera, ¿verdad?

–Sí. Hace meses que no sales con nadie.

–Años, más bien –gruñó Nevada–. No encuentro a nadie que me interese. Y si me interesan están enamorados de otra.

Montana pestañeó.

–¿Te interesa algún hombre casado?

–No. No seas idiota. Claro que no. Solo digo que puede que una vez haya habido un chico que... –suspiró–. En fin, da igual.

Montana miró a su madre, que parecía igual de intrigada. Habría jurado que Denise conocía al dedillo la vida privada de Nevada. Pero al parecer se equivocaba. Su hermana tenía secretos.

Nevada se inclinó hacia ella.

–Está bien. Háblame de este tipo al que quieres que conozca.

–Se llama Cameron McKenzie. Es el nuevo veterinario del pueblo. Es alto, moreno y con el pelo ondulado. Muy mono. Se mudó aquí hace cosa de un mes. Se ha hecho cargo de la clínica de Mavis Rivera. Se rumorea que tiene una hija. La niña es bastante pequeña. Seis o siete años. Y adorable, según me han dicho.

–¿Dónde está su mujer? –preguntó Denise–. Todas sabemos por Kent que la exmujer es un factor importante de la ecuación. Más vale que te enteres de qué pasa con ella antes de liarte con él.

–No voy a liarme con él –Nevada dio una palmada sobre la mesa–. Ni siquiera lo conozco, mamá.

–Parece muy buen chico.

–Montana dice que es mono y que tiene una hija. ¿Por qué crees que eso lo convierte en un buen chico?

–Le gustan los animales.

–Mátame ya –gimió Nevada–. Que sea rápido, por favor –las miró a las dos–. Puedo buscarme novio yo sola.

–Seguro que sí –dijo su madre con calma–. El problema es que no vas a hacerlo. Y yo quiero verte feliz.

–Soy feliz.

–Vas a cambiar de trabajo y no tienes pareja. Eso cuéntaselo a otro.

Nevada fijó su mirada en Montana.

–¿Estás compinchada con ella?

–Te juro que no ha sido planeado. Ha sido algo espontáneo.

–Pues intenta que no vuelva a repetirse.

A pesar de que su hermana estaba visiblemente enfadada, Montana sonrió.

–Haré todo lo posible.

Durante la semana siguiente, Simon se preparó para dos acontecimientos que no llegaron a suceder. El primero fue un último envite de las autoridades municipales para que se quedara. Y el segundo que Montana apareciera por casualidad en sitios donde él pudiera verla. Porque ella tenía que saber que, cada vez que la miraba, la deseaba con una desesperación que casi lo empujaba a la locura.

Pero ninguna de esas cosas llegó a ocurrir.

Se encontró con la alcaldesa dos veces, con varias concejalas una vez y jugó al golf con Josh, Ethan y Raúl Moreno, el exjugador de fútbol americano casado con Pia. Nadie mencionó su marcha ni le insinuó que debía quedarse. Josh incluso le preguntó por su siguiente destino, y los cuatro debatieron los pros y los contras de trabajar en Estados Unidos o viajar a Pakistán.

Simon no lo entendía. Sabía que las autoridades valorarían mucho su presencia y que el nuevo hospital tendría instalaciones de última generación que tentarían a cualquier profesional de la medicina. Y sin embargo nadie hablaba del tema.

Tampoco se encontró con Montana por ninguna parte. Una vez, al salir del hospital, creyó verla doblando una esquina, pero no estaba seguro y cuando llegó a la esquina ella ya no estaba. Y aunque Sisi aparecía cada cierto tiempo en la habitación de Kalinda, Montana seguía mostrándose esquiva. La única vez que Simon se había quedado hasta la hora en que debían ir a recoger al animal, se había encontrado con Max Thurman, en vez de con ella.

Había llegado al extremo de preguntar por su tía a Reese, que visitaba con frecuencia a Kalinda. El chico lo había mirado con desconcierto.

—¿Cuál de ellas?

Simon había dicho que no importaba y se había marchado.

No verla era aún más difícil que verla constantemente. Al menos cuando estaba con ella podía dejarse llevar por su presencia. Podía inhalar el aroma de su cuerpo, escuchar lo que estuviera diciendo, discutir con ella, hacerla reír, tocarla. Cuando estaban solos, podía hacerle el amor, abismarse en su pasión y, de paso, restañar sus heridas.

Montana formaba parte de él y estar sin ella era tan doloroso como cortarse un brazo. Sabía, sin embargo, que tenía que seguir adelante, reponerse y concentrarse en la conveniencia de marcharse y en las ventajas de seguir soltero.

Pese a todo, quería más.

El sábado por la mañana salió de su hotel, no porque tuviera que ir a algún sitio, sino porque estaba inquieto. El día anterior había operado a un niño guatemalteco que tenía una malformación en la cara y al que probablemente daría el alta a fines de la semana siguiente. Kalinda se estaba preparando para su siguiente operación, pero entre tanto se mostraba contenta y seguía restableciéndose.

Todas las personas a las que había atendido, las víctimas de incendios, las de accidentes o aquellos pacientes que simplemente habían nacido con alguna diferencia, se habían recuperado, habían vuelto a ser normales o iban camino de serlo. No tenía nada que hacer allí.

Caminó hacia el centro del pueblo y no lo sorprendió encontrar la zona que rodeaba el parque preparada para la celebración de otra feria. La acera estaba llena de gente. Olía a barbacoa y a palomitas dulces.

En Fool's Gold parecía haber una feria casi semanalmente. Alguien le había hablado del Festival de Otoño, que iba antes del Festival de Halloween y después de la Feria de Fin de Verano.

Le habían dicho que no podía perderse el Sábado de Colecta de diciembre, y que el belén viviente era muy divertido porque los animales eran reales y el año anterior una cabra se había comido los guantes de la Virgen María y luego había vomitado encima de todo el mundo.

Mientras caminaba entre turistas, se imaginó las montañas cubiertas de nieve y luego no pudo evitar imaginarse la cara de Montana suavizada por el resplandor de las velas.

Se paró a comprar un perrito caliente en un puesto y oyó a dos mujeres hablando de la obra del casino.

–Va a ser enorme –estaba diciendo una–. Un hotel grandísimo y muy elegante, y con casino. Y tiendas, además.

–He oído que quizá construyan también un centro comercial. Eso me encantaría.

–Mi Frank ha pedido trabajo en Construcciones Janack. Dicen que es una empresa que trata muy bien a sus empleados.

–Eso me dijo Julia cuando me estaba peinando. Va a ser muy bueno para la economía del pueblo.

Simon escuchó a las mujeres mientras comía. Luego apuró su refresco y tiró la lata a un cubo de reciclaje. Estaba a punto de volver al hotel cuando oyó un susurro. Una risa suavísima pero inconfundible incluso entre el gentío.

Se volvió lentamente, buscando su origen. Entonces la vio. Montana estaba con su hermana Dakota.

Dakota sonreía, sentada en un banco, y Montana sostenía en brazos a su sobrina y le daba vueltas, riendo.

La niña sonreía y agitaba los brazos entusiasmada. Iluminada por el sol, Montana estaba aún más guapa que de costumbre.

Simon se quedó clavado en el sitio, mirándola como un hambriento contemplaría un festín. Regodeándose en el sonido de su risa y de su voz, en su forma de moverse, en su imagen acompañada de un niño pequeño.

«De un hijo mío», pensó Simon con vehemencia. Quería que Montana sostuviera en brazos a un hijo suyo. A un hijo de los dos.

El anhelo se apoderó de él, dejándolo sin aliento. De pronto sentía la necesidad de estar con ella no unas horas, ni unos días, sino siempre. Nunca antes había experimentado un deseo tan intenso.

Se giró lentamente, observando a la gente que había acudido a visitar la feria, a las familias que daban por sentada su felicidad.

Empezó a andar hacia ella, pero se detuvo. No podía. No podía. ¿De veras iba a sacrificar cuanto era, todo lo que tenía, por un fugaz ensueño de felicidad?

Se rebeló contra aquel argumento, que le había servido en el pasado, y deseó poder cambiar su destino. Agobiado de pronto por la muchedumbre, regresó a toda prisa a su hotel. Necesitaba respuestas, pensó con determinación, y solo conocía un modo de obtenerlas.

Montana sabía que había estado postergando lo inevitable. Era hora de confesarlo todo y aceptar su castigo. Encontrar a la alcaldesa fue relativamente fácil. Estaba en la feria, con Charity y su nueva bisnieta. Montana admiró a la bebé y luego preguntó a Marsha si podían hablar un segundo.

—Claro.

La alcaldesa la condujo a un banco, con su bisnieta dormida todavía en brazos.

Cuando se sentaron, Montana se volvió hacia ella.

—Lo siento —comenzó a decir—. He fracasado. Simon va a marcharse.

—Mi querida niña, me preocupas mucho más tú. He oído que ya no estáis juntos. ¿Cómo te encuentras?

—Voy tirando —si vivir con un agujero en el corazón del tamaño de Utah podía considerarse «ir tirando»—. Echo de menos a Simon.

—Estás enamorada de él.

—Sí, bueno, pero eso no formaba parte del plan, ¿no? Tú me pediste que intentara convencerlo de que se quedara en Fool's Gold. Enamorarme de él ha sido culpa mía.

—El amor no suele ser malo. Por mi parte solo puedo decir que lo siento. Si no te hubiera animado a acercarte a él, esto no habría pasado.

—No digas eso —le dijo Montana—. No me arrepiento. Simon es un hombre maravilloso. Puede que yo no haya tenido mi final feliz, pero tengo unos recuerdos fantásticos del tiempo que he pasado con él. Me gustaba mucho estar a su lado y cómo me sentía con él. Me ayudó a ver que todas las decisiones que he tomado en mi vida me han llevado donde estoy ahora. A encontrar mi lugar en el mundo. Lo estoy pasando mal, pero me recuperaré.

–Sé que lo harás –la alcaldesa le sonrió–. Procedes de una larga línea de mujeres fuertes. Las mujeres de la tribu máa-zib eran guerreras.

Montana se rio.

–Aunque me encantaría que fueran mis antepasadas, mi familia llegó aquí desde otra parte. No desciendo de las máa-zib.

–Tienes razón, pero su fortaleza está aquí, por todas partes, a nuestro alrededor. En los árboles, en las hojas, en el mismo aire que lleva su esencia. Eres una de ellas, Montana. Están muy orgullosas de ti.

Aquellas palabras deberían haberla asustada. Y sin embargo se sintió extrañamente orgullosa y un poco emocionada.

–Eso espero.

–Lo sé –Marsha le sonrió–. Pero no te preocupes. No me estoy volviendo senil, ni se me está yendo la cabeza. Solo digo la verdad.

Reese se acercó corriendo.

–¡Algo le pasa al doctor Bradley! –anunció.

Montana se levantó de un salto.

–¿Qué ha pasado? ¿Un accidente? ¿Está herido?

–Se ha vuelto loco. La gente lo ha visto corriendo camino de su hotel. Iba hablando solo. Luego se ha montado en su cochazo y ha bajado la capota. Se ha ido hacia la montaña gritando como si hablara con alguien, pero no había nadie con él.

–Eso no puede ser buena señal –murmuró Marsha.

Montana echó a correr hacia su casa, donde tenía aparcado su coche.

–¡Voy a buscarlo! –gritó por encima del hombro.

Ignoraba qué había pasado, pero si Simon la necesitaba, allí estaría.

Simon avanzaba por la sinuosa carretera fácilmente. Su Mercedes descapotable se ceñía a las curvas y el sol, que caía a plomo, parecía mofarse de él con su luz y su calor. Habría sido mejor que lloviera, pensó con acritud. O que aullara el viento.

Sabía exactamente adónde iba: a la pradera a la que lo había llevado Montana. Un lugar apacible, espiritual, dirían algunos. Un escenario perfecto para la batalla final.

Mientras tomaba una curva tras otra, en su mente se enfrentaban ideas opuestas. Sentirse atrapado o protegido. Quedarse o escapar.

Nunca antes se había cuestionado sus decisiones. Nunca había tenido dudas.

Solo quedaban unas semanas para que se pusiera la primera piedra del nuevo hospital. Podía formar parte de eso si quería. Decidir el curso que seguía el centro, determinar su especialización. Podía desarrollar un programa que fuera el mejor a nivel mundial, traer otros especialistas, cambiar las cosas cotidianamente.

Y podía viajar algunas semanas al año. Irse a algún lugar remoto para ayudar a los que no tenían esperanza. No tenía por qué renunciar por completo a eso.

Otras personas dirían que tenía sentido.

Podía quedarse allí, tener un hogar, una vida. Podía formar parte de algo, echar raíces.

Siguió subiendo hasta que por fin tomó un camino de tierra que llevaba a un claro. Aparcó el coche y salió. Caminó entre árboles y arbustos tupidos, sin saber muy bien dónde iba hasta que salió a una pradera despejada.

Caminó hasta el centro y levantó la vista hacia el cielo.

–¡No volveré a hacerlo! –gritó–. ¡No quiero ser un rehén! He trabajado duro. Más que la mayoría. Me merezco esto. Merezco ser feliz. ¿Me oyes? ¿Me oyes?

Sus palabras resonaron a su alrededor, seguidas por un ruido: algo se movía entre los árboles. Esperaba a medias que lo atacara un puma o un lobo, pero pasado un momento aquel sonido se disipó y Simon se halló solo.

Cerró los ojos.

No podía seguir así, se dijo, agotado.

No podía seguir huyendo. Y menos ahora. No podía huir del pueblo, ni de sus pacientes. Ni de Montana.

—No voy a renunciar a ella —dijo y, abriendo los ojos, levantó los brazos al cielo.

Se quedó esperando, convencido de que lo fulminaría un rayo.

Pero solo oyó silencio. El cielo estaba despejado y azul, y el aire seguía siendo cálido.

Oyó más ruidos y al volverse vio que Montana salía de entre los arbustos. Bajó los brazos.

—¿Qué haces aquí? —preguntó.

—Eso iba a preguntarte yo. Estás asustando a los excursionistas, ¿sabes? Intenta no hacerlo. Necesitamos los ingresos del turismo —se acercó a él con expresión preocupada—. ¿Quieres que hablemos de ello?

—No estoy loco.

—Tengo testigos que estarían dispuestos a declarar lo contrario.

Sus ojos marrones no vacilaron. Simon vio el amor reflejado en ellos. Pensó en todo lo que le había dado Montana, en cómo confiaba y creía en él.

Ya no veía sus cicatrices.

Soltó una maldición y se arrancó la camisa. El sol iluminó su pecho y su espalda desfigurados por las cicatrices. Tomó la mano de Montana y se la llevó al corazón.

—Este soy yo. Nunca seré perfecto, nunca seré como los demás. Valgo lo que vale mi trabajo y si pierdo eso...

Ella tomó sus manos.

–Nuestra profesión no nos define. Aunque tu trabajo es extraordinario, un auténtico don, no eres tú. Lo que te define es lo que llevas dentro. Tu fortaleza, tu determinación, tu afán incansable por curar a tus pacientes. Eres un buen hombre con un corazón tan grande que temías que, si lo abrías aunque fuera un poco, se te tragara entero –sonrió con ternura–. Tengo que contarte un secreto. El amor no te debilita. Te hace fuerte. Más fuerte de lo que nunca hayas imaginado. Has entregado tu vida a servir a los demás. Puede que sea hora de que te dediques un poco a ti.

Sus palabras eran como la corriente de un río que lo arrastraba y lo estrellaba contra las rocas. Se sentía zarandeado y roto, burlado por aquello que nunca podría tener porque... porque...

Se acordó de su madre, del fuego, de su miedo y del olor a carne quemada. Se acordó del dolor y de cómo vio por primera vez su cara, sabedor de que siempre sería un monstruo. Se acordó de cómo se había acorazado en aquel instante. De cómo había jurado que nadie volvería a hacerle daño jamás.

Se había encerrado sobre sí mismo porque era lo más seguro. Había construido su propia prisión y tenía la llave en sus manos. O quizás en su corazón.

Pensó en Alistair, en el golpe que había sufrido su amigo, y comprendió que él volvería a hacerlo todo de nuevo, volvería a afrontarlo todo, solo por estar un minuto con su esposa. Eso era amor.

–Montana –dijo, atrayéndola hacia sí–. Montana, lo siento. Fue un error. Lo que te dije, cómo te traté –se apartó para mirarla–. Te quiero. Te he querido desde el principio. Eres lo mejor de mí. Eres la luz de mi oscuridad y sin ti estoy ciego. Te daré todo lo que me pidas si te quedas conmigo.

Los ojos de ella se llenaron de lágrimas.

–Lo único que deseo eres tú. Te quiero.

Por primera vez en su vida, Simon se permitió creer

aquellas palabras, sentirlas. Lo embargaron, restañando heridas olvidadas hacía mucho tiempo.

–Te quiero –repitió ella en un susurro, y lo besó–. Te quiero, Simon.

–Yo también te quiero –agarró sus hombros–. Me quedaré aquí, en Fool's Gold. ¿Es eso lo que quieres? Pediré trabajo en el hospital. Tendré que viajar de vez en cuando, pero puedo hacer la mayor parte de mi trabajo aquí. ¿Te parece bien?

Montana se rio entre lágrimas.

–Sí. Es maravilloso. Voy a aferrarme a ti y no voy a soltarte nunca. Te va a costar un poco trabajar así, pero tendrás que arreglártelas –lo abrazó de nuevo–. No voy a soltarte nunca –repitió.

Simon la estrechó entre sus brazos, consciente de que se pertenecían el uno al otro, de que se le había concedido un regalo único y maravilloso: el amor de Montana. Tal y como había dicho Denise, era un hombre con suerte.

Podía imaginar cómo sería su futuro y sabía que todo cuanto había hecho antes lo había conducido a aquel instante. Se le había otorgado la oportunidad de hacer feliz a la mujer más asombrosa del mundo. Pasaría el resto de su vida asegurándose de que así fuera.

–Quieres tener hijos, ¿verdad? –preguntó.

–Quiero tener hijos contigo.

Simon la besó con toda su alma. Después la levantó en brazos y comenzó a girar. Se rieron, y sus risas resonaron en las montañas y en el valle, llevadas por el viento.

En el hospital, en Fool's Gold, Kalinda sonrió y abrazó a Sisi. Todo iba a salir bien.

9 788468 704715